I0656458

BIBLIOTHÈQUE CONTEMPORAINE

PAUL PERRET

LES ÉNERVÉS

PARIS

CALMANN LÉVY, ÉDITEUR

RUE AUBER, 3, ET BOULEVARD DES ITALIENS, 15

A LA LIBRAIRIE NOUVELLE

1885

LES ÉNERVÉS

CALMANN LÉVY, ÉDITEUR

OUVRAGES

DE

PAUL PERRET

Format grand in-18

BOURLOTON. — Imprimeries réunies, B.

LES

ÉNERVÉS

PAR

PAUL PERRET

PARIS

CALMANN LÉVY, ÉDITEUR

ANCIENNE MAISON MICHEL LÉVY FRÈRES

3, RUE AUBER, 3

—

1885

LES VAUDREMER

I

Mathias Vaudremer, bourgeois cossu de N..., une ville riche, prit un matin, au cours de sa promenade quotidienne, la résolution de s'aller fixer à Paris. Ce n'est pas d'hier; on était en 1826. Les Vaudremer, depuis cent ans, avaient fait de père en fils le métier d'armateur, sans aborder pourtant la vraie source des gros biens, le commerce du « bois d'ébène ». Aussi ne possédaient-ils guère, tant en terres qu'en argent, que cinq à six cent mille livres. Sans ce beau préjugé contre la traite des noirs, ils auraient dépassé le million.

Ce n'était pas si mal d'en tenir la moitié et d'avoir pu la sauver en des temps difficiles. Le père de Ma-

1

thias avait traversé la Révolution sans encombre et il
était mort dans son lit. Son fils n'était né qu'en 1796,
après l'orage, et jusqu'à l'année précédente, au mois
de mai 1825, n'avait jamais douté qu'il ne fût le plus
heureux des hommes.

Il avait sa maison à la ville et sa maison à la campagne; il était marié congrûment, et il avait eu un fils à son
tour, un enfant superbe. Mais, voilà qu'un jour, la tran-
quillité de cet esprit honnête et rude s'évanouit; Mathias
Vaudremer connut l'aigreur et les ressentiments.

Ce changement lamentable eut naturellement une
cause : tout cela, c'était la faute d'un clocher.

Le pis, c'est que, taillé en loup de mer comme tous
ceux de sa race, obligé de s'enfermer les après-midi
dans son cabinet, car il faisait encore quelques affaires,
ayant à dépenser une grosse somme d'énergie physique,
Mathias ne pouvait procéder à cette dépense-là que le
matin. C'est l'heure où le soleil est le plus clair. L'armateur sortait de chez lui, gagnait rapidement une
des grandes routes qui aboutissaient à la ville et dévorait deux à trois lieues de son pas large et solide.
Cela, c'était le plaisir; puis venait la peine.

De quelque côté qu'il rentrât dans N..., le marcheur
apercevait ce damné clocher de l'église Sainte-Barbe,
dans sa robe de pierres blanches toutes neuves, sous
son chapeau luisant d'ardoises, montant dans le bleu.

Si la matinée était brumeuse, un point lumineux
brillait dans la houle de vapeurs qui déferlait sur les

toits de la ville : c'était la croix dorée, qui surmontait ce clocher moqueur.

Comme si ce n'eût pas été assez de le voir, il fallait encore l'entendre. Le branle des cloches tenait à Mathias un langage qu'aucun autre n'aurait pu saisir. Aussi, demeurait-il bien persuadé que c'était à lui qu'elles parlaient :

— Dig din, dig don, Mathias Vaudremer, tu enrages ! Nous sommes les cloches de la tante. C'est elle qui nous a logées dans ce beau clocher tout neuf. Elle a donné les écus, qui devaient entrer dans ta poche, pour le planter ici, au dessus de la vieille église. Nous sommes les trois cent mille francs de la tante Barbe-Marie. Dig din don pour toi, Mathias Vaudremer, dig din don.

Voilà toute l'histoire du chagrin de Mathias, et l'on ne sait pas de quels cruels et noirs replis un pareil accident peut étreindre le cœur de ces *bourgeois de la mer*, âpres au gain parce qu'ils ont appris à connaître la misérable inconstance de la fortune. Mathias avait été dépouillé par cette tante Barbe, dont il devait être l'unique héritier, aux termes de la loi et au regard de toute la ville. Il avait eu l'amère déception, et il gardait la honte.

On était alors en pleine réaction religieuse; les bonnes âmes se croyaient volontiers tenues de réparer envers l'Église le mal que des forcenés lui avaient causé. Or, à la fin de 1793, la municipalité révolution-

naire s'était mis en tête de jeter bas le plus bel ornement de cette vieille basilique de Sainte-Barbe; les
lucarnes en étaient ornées de trèfles, que les sans-
culottes de la ville affectaient de prendre pour des lis.

Maintenant, les lis refleurissaient, on avait voulu
relever le clocher; tout se tient. Malheureusement, on
n'avait point le nerf de la bâtisse : Mademoiselle Barbe
Vaudremer fit un testament; le nerf était trouvé! Elle
léguait ses trois cent mille livres à l'un des membres
de la fabrique. Personne ne douta que ce ne fût un
fidéicommis; restait à le prouver.

Mathias Vaudremer aurait pu demander à des juges
l'annulation du testament : procès douteux. Il ne l'avait
point fait, on l'en louait fort. En même temps, on se
moquait de lui : — Holà! ce pauvre Mathias Vaudremer qui voit filer en l'air les écus de sa tante! Le
jeune bourgeois en fera une maladie, c'est sûr. Bien
heureux s'il n'en meurt pas, avec l'aide des médecins!

Mathias ne mourait point, mais il désertait.

Sa résolution arrêtée par ce matin de juin, où le
clocher se profilait sur un ciel brillant et délicat, par-
semé de tons violets et roses, traversé de grands ruis-
sellements d'argent, M. Vaudremer se mit en devoir
de retourner chez lui, gravissant un coteau sur lequel
un quartier de la ville était assis; un moment après,
redescendant la pente sinueuse, toujours de la même
allure rapide et inflexible, avec la rigueur d'un boulet de canon décrivant sa courbe.

Comme il arrivait dans la cour de sa maison, il la trouva tout encombrée par trois chariots, remplis de draps mouillés, que rapportaient les lavandières. Madame Vaudremer paraissait fort affairée, car il s'agissait à présent d'essorer une dernière fois ce beau linge, et de surveiller les servantes qui allaient l'étendre sur les séchoirs, dans le verger. Aussi, ne fit-elle aucune attention à la rentrée du maître.

Madame Élisa Vaudremer n'avait que vingt-quatre à vingt-cinq ans; elle était taillée en force comme son mari; elle avait l'œil vif et la joue en fleur. C'étaient deux époux assortis.

En ce moment, le fruit admirablement sain d'une union si vigoureuse, le jeune M. Henriot Vaudremer, sortit de la maison, courant et braillant, et vint donner dans les jambes de son père, qui lâcha un gros juron. Madame Élisa se retourna scandalisée :

— Hé là, monsieur Vaudremer, quelle humeur vous prend ?

— Écoute, dit-il; quand le linge sera sec, au lieu de le mettre dans les armoires, tu le mettras dans des malles. A la fin de ce mois, j'aurai reçu mon trois-mâts, *le Vaudremer*, qui revient des Antilles, et je l'aurai vendu. Nous allons habiter Paris.

— Nous quitterons la ville ? Et pourquoi ?

Il leva les épaules. Ne le savait-elle pas bien ?

— Ah ! oui, fit-elle, le clocher.

Puis le flot de récriminations s'épancha :

« — Quitter N...! aller à Paris! Mais d'abord, comment s'y prend-on, à Paris, pour faire de bonnes lessives? Pas de jardins, pas de cours; on donne le linge à laver au dehors. Voilà qui est commode! Il doit être blanc et sentir bon! A Paris!

» Madame Élisa n'y était jamais allée; elle avait vu des tableaux et des gravures, qui représentaient de grandes rues étroites et sans jour, des maisons qui se bousculent, qui grimpent les unes sur les autres. Pas d'air. Et Mathias songeait à y transporter l'enfant, tout ce qui restait de deux familles robustes où l'on ne mourait jamais que de vieillesse ou par accident! C'est ainsi que deux des Marescot, ses frères, avaient été tués, l'un à vingt ans, l'autre à dix-huit, dans la dernière guerre faite par Bonaparte en 1815. Ce beau petit Henriot était fort, à quatre ans, comme un Turc. Et Mathias voulait... Oh! Mathias!...

» Il ne craindrait point d'emmener le petit dans un lieu de ruine pour les corps et de perdition pour les âmes! S'il y résistait, lui, Henriot, que seraient les enfants qu'il aurait à son tour? De jolis singes, — bien habillés, c'est vrai, mais des singes enfin, comme tous ces beaux fils de Paris qu'elle voyait passer à N..., pendant l'été, et qu'elle mettrait par terre d'une chiquenaude, elle qui n'était qu'une femme!

» Non, Mathias n'y pensait point, ou ce n'était plus un bon père et un homme sensé. Comment! il menait la bonne vie qui lui plaisait dans la ville où il était venu au monde, et ses pères avant lui, et il s'en irait se restreindre, et manger maigrement tous les jours à Paris, où tout était si cher?... »

Mathias vit bien qu'elle ne s'arrêterait de longtemps; aussi, prit-il le parti de la saisir par le bras.

— Sais-tu bien ce que tu dis? fit-il. Vas-tu soutenir, qu'avec les six cent mille francs que nous avons, on ne vit pas partout à son aise? Et puis, je travaillerai. L'enfant est de bon sang, il n'a rien à craindre. Et moi, je ne verrai plus...

— Le clocher! acheva madame Elisa. Nous y voilà! Crois-tu que je ne regrette pas autant que toi l'argent de la tante? Mais on se fait une raison... Enfin, je ne veux pas aller à Paris, moi!

Mais Mathias, sans lui lâcher le bras qu'il serrait très fort, la regarda aux yeux et lui répondit :

— Tu te trompes. Je le veux. Nous irons.

II

Le temps n'était plus où, dans la rue de l'Université, devant la sévère et vaste boutique de l'éditeur Henri Vaudremer, les passants s'arrêtaient, pour tâcher de découvrir, à travers le vitrage, les auteurs en renom qui s'y rencontraient à la fin des après-midi. Presque tous avaient marqué dans la lutte des oppositions contre les divers gouvernements ; la riche maison Vaudremer était surtout une librairie politique. Elle avait été fondée en 1827 par le père d'Henri, le vieux Mathias, qui, arrivant alors à Paris avec des capitaux importants, les avait jetés dans la bataille. Ce rude Mathias était animé, contre le parti religieux, d'une rage froide dont un homme d'État lui avait un jour demandé la cause. Et Mathias, de répondre avec ce flegme imperturbable, mais un peu lourd, qu'il avait rapporté de province :

— C'est une histoire de clocher.

En 1847, après vingt ans tout juste de labeur sans trêve, il avait résigné ses affaires aux mains de son fils Henri, qui s'était marié quatre ans après. En 1876, le fils unique d'Henri, Élie Vaudremer, avait vingt-cinq ans.

Les représentants de trois générations de libraires étaient là, dans un large cabinet qui faisait suite à la boutique presque toujours déserte, car Élie ne montrait guère de goût pour le métier qui avait enrichi son père et son aïeul, et Henri Vaudremer, las pour son propre compte, et déçu dans son fils, resserrait le cercle de ses entreprises et de ses ventes. Quant à l'aïeul, maintenant octogénaire, non seulement il vivait, mais il avait toujours si fortement mordu à la vie, qu'il ne paraissait point du tout disposé à lâcher prise.

Assis dans un large fauteuil de cuir, il ne disait mot, regardait son fils et son petit-fils qui se querellaient et songeait aux prédictions de sa femme, cinquante ans auparavant.

— Si Henri reste à Paris, disait madame Élisa se défendant de quitter son heureuse vie de province, que seront les enfants qu'il doit avoir à son tour ?

Dans le miroir placé au-dessus de la tablette de la cheminée, l'aïeul se prenait à examiner involontaire-

1.

ment son visage à lui, avec ses grands traits que les
rides avaient creusés sans les amollir, avec son large
front jaune et poli comme du vieil ivoire. Sa chevelure
encore drue avait blanchi sur sa tête, comme le blé
mûrit et se dore sur le sol dont ne le détachera que le
tranchant de la faucille ; l'aïeul se comparait à ceux
qui avaient été formés de son sang.

Henri Vaudremer, son fils, avait alors cinquante-
quatre ans ; il était chauve, sauf quelques mèches
grises ; son regard avait perdu toute flamme, et sa
bouche la vie que donne le sourire.

Il n'avait pas atteint la haute taille de son père,
mais il avait encore ses fortes épaules ; la race en lui
s'était raccourcie sans se rétrécir. Il était trapu, non
rabougri, pesant et légèrement ventripotent, mais
d'allure encore assez virile et libre. La grande ville
n'avait pu qu'entamer le tempéramment primitif des
Vaudremer en ce beau petit Henriot d'autrefois, qui
eût été à N... un superbe mâle comme tous les siens,
qui, à Paris, était encore un homme.

Élie Vaudremer avait des boucles brunes et les ramenait sur son front étroit ; mais c'était comme une poussière de cheveux, tant ils étaient grêles et secs. Il
avait la tête en moins que son père, mais il n'en avait
pas la solide encolure. Ses bras, trop longs, s'en
allaient maladroitement aux deux côtés de ce corps
évidé ; ses épaules formaient deux angles aigus. Les
traits de son visage étaient allongés et pourtant sans

relief. Élie Vaudremer avait les yeux bleus comme toute sa race ; seulement, chez le grand père, ces yeux-là rendaient encore des lueurs d'acier ; dans le petit-fils, ils n'offraient plus qu'un bleu passé dans le globe d'un blanc jaune.

Sur les lèvres molles d'Élie Vaudremer courait sans cesse un sourire indifférent ou vaguement ironique. En ce temps-ci l'hébétement est moqueur.

A bien regarder pourtant ce jeune homme, on s'apercevait qu'il n'était pas laid. C'était seulement un *rapetissé*, et ce rapetissement paraissait comme vide.

Il inaugurait alors la mode de l'habit anglais ; ce riche Élie Vaudremer était un précurseur, et l'un des premiers, avait adopté le veston court moulé sur le torse, le pantalon collé aux cuisses, trop court aux jambes et le long soulier à pointe. Cet ajustement, qui fait valoir les jeunes Anglais, musculeux et agiles, rompus aux exercices physiques, trahit nos jeunes Français, émaciés quand ils sont maigres et, pour peu qu'ils aient quelque embonpoint, taillés en boule.

Élie Vaudremer ne se connaissait guère lui-même et se voyait avec les yeux de l'héritier présomptif de trois millions ; ils ont de la complaisance, ces yeux-là ; ils n'en ont pas plus que ceux de la foule quand elle regarde ces jeunes élus. Ce troisième Vaudremer passait pour un garçon de « beaucoup d'allure ».

Devant la porte de la librairie, une charrette anglaise l'attendait. Un groom anglais tenait les rênes du poney, et c'était cette criante envie de promenade à l'heure du travail qui venait d'allumer la querelle entre Henri Vaudremer et son fils.

Élie se mit à siffloter ; entre deux sons aigus qui sortaient de sa bouche, un bout de confession aussi s'en échappait. En vérité, il n'était pas fait pour le métier de libraire. Parbleu ! il se rendrait justice. Son père avait longtemps parlé de lui céder la maison, comme il l'avait reçue du sien. S'il eût accepté, c'eût été bien malheureux pour tout le monde, car la maison 'y aurait pu que perdre... On savait bien ça depuis longtemps ; c'était chose connue, résolue. Il ne comprenait donc point du tout d'où venait, ce jour-là, le mécontentement de son père : une mauvaise humeur réchauffée, voilà tout.

Ce qui est réchauffé n'a point de force ; Henri Vaudremer leva les épaules et s'assit à son bureau sans répondre. L'aïeul, lui, se taisait toujours. Seulement, il s'était redressé dans le fauteuil de cuir, un moment auparavant, lorsque Élie l'avait mis en cause. Il continuait à repasser dans sa mémoire les prédictions de sa femme, cinquante ans auparavant :

— Que seront les enfants de notre Henriot ?

Entre ses lèvres rigides, l'aïeul murmura la sentence :

— Race d'énervés !

Puis il se leva, toujours muet, et de cet arrière-cabinet descendit dans le jardin de la maison. C'était un étroit espace enfermé entre de hauts murs, d'ailleurs tapissés de palissades vertes et de beaux feuillages; au centre s'arrondissait une pelouse fraîche qui portait en son milieu une corbeille de rosiers fleuris. A la maison, dont cette façade postérieure regardait le midi, un banc était adossé, et l'octogénaire vint s'y asseoir. Les caresses du soleil qui filtrait à travers les nuées lui causèrent bientôt de petits frissonnements de plaisir; il ne songeait plus à ses réflexions douloureuses du moment précédent puisqu'il éprouvait une sensation d'aise; il avait l'égoïsme oublieux des vieillards.

Dans le cabinet, le père et le fils étaient demeurés en présence. Lorsque le pas lourd du grand aïeul eut cessé de se faire entendre, Henri Vaudremer se retourna brusquement.

— C'est la vie oisive, enfin, que tu veux, dit-il à son fils. Sans la déranger, puisqu'elle te plaît, tâche au moins de la remplir. Tu as daigné m'assurer, il y a quelque temps, que tu n'avais point de répugnance pour le mariage.

Ce mot a toujours un son grave. Élie s'égaya; tout ce qui sentait la gravité le faisait rire.

— Aucune répugnance, dit-il en secouant ses épaules grêles. C'est un état comme un autre, et si on le prend bien, il est commode.

— Fais-moi la grâce de tes sottes réflexions, dit le père rudement. Un parti se présente pour toi; il est très

bon et il convient à ton grand-père. Cécile Marescot,
ta cousine de Vendée, a dix-huit ans. C'est une belle
personne, très honnêtement élevée, très saine de corps
et d'esprit, orpheline de père et de mère...

— Bon! fit Élie en riant de plus belle ; une fleur
des champs, une rurale...

— Je te prie de ne pas m'interrompre. Cécile Marescot n'est sortie du couvent que l'an passé ; elle vit
sous le regard de sa tante Laure Marescot, que tu
connais, qui ne s'est pas mariée, qui est riche aussi et
dont elle héritera. Elle-même a reçu de sa mère le
château de Vignolles avec les terres qui l'entourent,
et de son père le domaine de Montoizeau. C'est une
valeur de huit cent mille francs environ. Ton grand-
père te donne cinq cent mille francs, moi trois cent
mille. Tu entreras donc en ménage avec un capital de
plus d'un million et demi, et un revenu dépassant
cinquante mille francs. Ce sera la pleine liberté de tes
goûts, auxquels personne n'aura plus rien à reprendre,
si ce n'est madame Élie Vandremer, parce que les
femmes ont assez coutume de ne pas estimer les
hommes inutiles et que les maris oisifs leur paraissent
bientôt embarrassants. Mais tu t'es endurci dans cette
maison à ces marques de petite estime qu'on ne t'épargne pas. Enfin, je t'ai dit la situation, je te connais et
je crois que tu accepteras. Seulement, j'exige que tu
partes ce soir. L'accord est fait avec la tante Laure.
Ne me réponds pas, je n'ai pas le temps de t'écouter ;

si tu es décidé, boucle ta malle... Tu as encore quatre ou cinq heures devant toi. Va faire le beau fils !

Devant la librairie, conversant avec le groom et flattant le poney de la main, un ami attendait Élie Vaudremer. Celui-ci se nommait Victurnien Latour. C'était le fils d'un huissier de Touraine. Son père contraignait les débiteurs par toutes « les voies de droit » ; lui, à Paris faisait des dettes.

Point de pension paternelle, aucun autre moyen d'existence que le désir de mener toujours la plus grasse qu'il pourrait, et l'art de faire quelque petite figure. Il s'était concédé la particule à lui-même, et, bientôt après, un titre : c'était le vicomte de Latour, rond comme son nom, le visage glabre, avec deux joues roses bouffies et deux gros yeux clairs et pétillants ressortant à fleur de tête.

Il portait le même ajustement étriqué que son compagnon Élie Vaudremer, et l'on ne savait trop lequel des deux avait été l'imitateur de l'autre ; l'héritier des libraires nageait dans le veston anglais, Victurnien de Latour le faisait éclater ; ses hanches débordaient en deux gros bourrelets de chair.

Ils s'en allaient partout et toujours ensemble, Victurnien roulant sur la base solide de deux énormes membres inférieurs, le ventre et les pectoraux dandinant ; Élie fait en angle rentrant, efflanqué, trébuchant, manquant de ses jambes grêles. Dans les cabarets à la mode et dans les lieux de plaisir, cet attelage boiteux, cette paire étrange d'inséparables faisait rire. On avait surnommé Vaudremer le « compas » et Latour la « potiche ».

Élie rejoignit son ami ; et comme il y avait place pour deux dans la charrette anglaise, Victurnien y monta ; le groom se jucha derrière, en dos à dos avec les maîtres ; Élie prit les rênes et l'on partit. Les passants firent l'observation qu'on était fort gai dans ce drôle d'équipage ; l'idée même leur vint que ces deux spécimens des élégances parisiennes pouvaient bien avoir déjeuné au champagne, avant de se mettre en promenade. Ils se trompaient ; pourtant, il y avait une mousse et une griserie dans les rires bruyants dont les deux jeunes gens remplissaient cette rue de l'Université tranquille et médiocrement populeuse. Élie racontait à Victurnien de Latour comment on voulait le marier. N'y avait-il pas de quoi se tordre ?

Le jeune Vaudremer ajouta qu'il avait bien envie de s'y prêter de bonne grâce, parce que c'était une « riche affaire » ; de Latour, continuant de rire très haut, devint attentif. Élie établit le compte des avantages que lui offraient son père et son aïeul et qui arrondissaient joliment la dot qu'il s'agissait d'épouser. Latour acquiesçait du geste et sa grosse tête dodelinait.

— J'y songe, dit Élie. Au bourg de Montoizeau, il y a bien une auberge passable. Si je t'avais avec moi, nous serions deux pour juger l'héritière.

— Toute jugée ! fit Latour. Huit cent mille francs.

— Pourquoi ne viendrais-tu pas en Vendée ? Qui te retient à Paris ?

— Qui pourrait me retenir ? Depuis longtemps, il n'y a plus de contrainte pas corps.

— C'est dit. Seulement, il ne faut pas que mon père le sache.

— Je le crois bien ! Je n'ose plus entrer dans la librairie, je crains le regard de cet homme sévère. Il me déteste... Et le grand-père, donc ! le vieux libraire en granit !

— Ils ne s'en douteront même pas.

— A cette condition-là, tope !

Le train partait à neuf heures. Le lendemain, le fils des libraires et le « vicomte » furent éveillés par les miroitements du soleil sur la grande Loire que longeait la voie ferrée. Il n'y avait dans la voiture qu'un seul voyageur avec eux. Il dormait.

III

Cet homme-là était de ceux dont on peut dire : il a
six pieds de haut. Qu'on les mesure à l'aune, ce ne
sera que deux ou trois pouces à rabattre. Celui-ci avait
une grande chevelure d'un noir intense et lustré, des
traits d'une régularité douteuse et trop accentués. Les
yeux étaient clos : sous l'épaisse et longue moustache,
la bouche, très fraîche, s'entr'ouvrait par moments
pour laisser passer le souffle du dormeur ; elle était
meublée de dents superbes.

Trente ans, et dans ce large repos du matin, que
ne troublaient point les jeux du soleil sur les paupières
de ce grand compagnon, un air de force qui attira
l'attention de Victurnien de Latour et d'Élie Vaudre-

mer. Ils se prirent tous deux à le regarder, en se
poussant du coude. Quel gaillard !

Mais quelle mise de campagne, grand Dieu ! Il portait
un large veston de drap brun, boutons en os : la cra-
vate était nouée plus que négligemment sous un col
rabattu ; le pantalon gris flottait sur la bottine, qui
n'était pas plus longue que le pied. Tout cela parut le
plus ridicule du monde aux deux jeunes adeptes de la
mode fraîche ; ils flairaient un indigène qui retournait
chez lui.

Mais quel dormeur ! Depuis le départ de Paris, il
n'avait pas bougé.

Enfin il s'étira ; ses yeux se rouvrirent, il les avait
noirs et animés ; tout de suite, ils se fixèrent sur ce
paysage superbe, et, pour le mieux voir, il baissa la
vitre de la portière. L'air du matin entra dans la voiture. Le petit Vaudremer releva le collet de son habit,
le gros Latour frissonna tout haut. L'athlète n'y prit
point garde.

Il ne songeait qu'à ce qu'il voyait : le fleuve et ses
îles qui semblaient glisser avec le flot comme autant
de corbeilles de verdure mouvante ; sur l'autre rive,
le sol se relevant en hauts coteaux rocheux à leur
base, semés sur leurs versants de villages, de châteaux
avec leurs parcs, d'églises au clocher dentelé ; au
faîte, la chênaie brune ; et le ciel léger, estompé de
vapeurs.

Cependant on approchait de N... où les deux jeunes

voyageurs devaient changer de train pour suivre une
autre ligne, qui les conduirait à leur destination vers
neuf heures. Le chemin quitta le bord de la Loire et
s'engagea entre deux hautes tranchées; les yeux du
personnage de l'autre monde, — c'est ainsi qu'ils
l'avaient appelé tout bas, — revinrent naturellement
dans la voiture, ne trouvant plus rien à voir au dehors.

Déjà les jeunes gens avaient tout disposé pour le
débarquement prochain; Élie plaça sa valise auprès
de lui sur la banquette. Son nom y était inscrit sur
une belle plaque de cuivre : « Élie Vaudremer », en
lettres gothiques.

Le personnage de l'autre monde bondit sur les coussins, devint blême, passa la main sur son front comme
pour chasser une rage folle; son regard revint fixe,
brûlant, à cette valise et à cette plaque de cuivre, puis
se releva sur celui dont elle portait le nom. Alors il
eut un de ces rires intérieurs qui sont comme des
convulsions de l'âme, qui ne font point de bruit, mais
qui déchirent. Une sorte de gloussement furieux arriva seulement jusqu'à ses lèvres.

Le train s'arrêtait, afin que l'on pût recueillir les
billets des voyageurs avant d'entrer en gare. Le personnage de l'autre monde se leva, saisit sa valise à lui
sur les filets et s'élança si brusquement vers la portière de gauche, qui était celle par où l'on devait
descendre et près de laquelle se trouvait le jeune

Vaudremer, que celui-ci, ne s'étant point rangé à propos, se vit heurté au passage, à demi culbuté sur son fauteuil.

Le riche petit libraire se mit à crier :

— Eh! Monsieur, prenez garde !

Le brutal se retourna et ne répondit rien; mais son regard et sa lèvre contractée, montrant les dents blanches, n'étaient point du tout rassurants. On aurait pu croire qu'il n'avait si vivement déserté le wagon que pour échapper à la tentation d'y faire quelque esclandre; la tentation revenait.

Heureusement, les employés accoururent.

Il en arrivait toute une troupe :

— Monsieur, il est défendu de sauter sur le quai avant la remise des billets. Vous devez remonter en voiture.

Lui, secouant ses fortes épaules, en écarta deux qui faisaient mine de lui barrer le passage et continua son chemin, sans s'inquiéter des clameurs qui le suivaient. Un employé supérieur survint et se mit à courir après lui, criant qu'il allait dresser à ce fou un joli procès-verbal.

— Et ce sera bien fait ! disait Vaudremer penché à la portière de son wagon.

— Je crois bien ! fit l'ami Latour. Un peu plus, il t'aurait bousculé.

— Bon ! reprit Élie fièrement, tu sais si je l'aurais souffert !

— Si je le sais !

— Mais qui peut bien être ce butor ?

— Un homme que tu ne connais pas et qui t'en veut.

Les yeux de Latour tombèrent sur la valise de son compagnon ; il vit la plaque de cuivre aux caractères gothiques et se frappa le front :

— J'y suis ! cria-t-il, c'est ton nom qu'il aura lu ! Ce doit être un amoureux de ta cousine.

Vaudremer se mit à rire bêtement :

— C'est cela, dit-il. Une affaire de femme !

Les deux amis ne firent que traverser la gare pour se jeter dans un autre train montant vers la Vendée. Une heure durant, ils raisonnèrent sur la singulière rencontre du matin. Ils traversèrent un pays accidenté, coupé de coteaux ronds et de petits vallons creux où couraient partout des ruisseaux clairs. Des vignes croissaient sur les pentes, de superbes ombrages se balançaient au-dessus des ravines. Parfois la combe s'élargissait, le fond et les bords en étaient tapissés de bandes étroites de prairies ; les mêmes belles eaux y ondulaient comme des rubans bleus moirés d'argent.

Peu à peu, les collines s'abaissèrent et se couvrirent de bois ; plus de vignes, presque point de champs cultivés, rien que des arbres, de l'herbe, de l'eau ; d'épais halliers formaient berceau au-dessus des rares chemins, défoncés par l'hiver précédent, sillonnés d'ornières et qui conduisaient apparemment d'un village

à un autre ; seulement, ces villages, on ne les voyait
point ; ils devaient être enfoncés sous cette masse de
verdure. Ce n'est pas pour rien que l'on nomme cette
contrée *le Borage*.

Le chemin passa entre deux tranchées, et déboucha
sur un pont au-dessous duquel coulait une vraie rivière.

Elle était même charmante entre ses rives encais-
sées et chevelues, serpentant au soleil en plis non-
chalants et tout à coup se fâchant, bouillonnant aux
abords d'un barrage de belles roches grises sur lequel
un moulin était campé. De l'autre côté, à la tête du
pont, se voyait assis un gros village.

Des toits de tuile rouge, des maisonnettes aux murs
blancs dont la crudité ressortait plus violente sur le
feuillage sombre d'un gros bouquet de chênes verts
encadrant l'église ; à droite, sur une colline dominant
le village, un castel ruiné flanqué d'une haute tour
qui devait être le reste d'un édifice bien plus ancien.
Au-devant du rideau opaque des chênes verts, une
grande maison bourgeoise toute neuve, en pierres
blanches, avec des balcons de briques et un air cossu
qui faisait plaisir à voir.

Vaudremer dit :

— Si c'est ici Montoizeau, cette maison doit être
celle de ma tante.

— Et de ta cousine, fit Latour. Joli pigeonnier. Il
faudra voir la colombe.

Le train s'arrêta et le conducteur cria : Montoizeau-Vaubert !

La station desservait deux bourgades. Le train ne contenait d'ailleurs à la destination de l'une et de l'autre que trois voyageurs : l'épouseur parisien, l'ami Latour et une paysanne.

Dans la gare il y avait un étrange personnage, portant une lévite à longue jupe, une sorte de demi-soutane soigneusement boutonnée jusqu'au cou ; on était surpris de n'y point voir de rabat. Il souleva son chapeau rond dont on s'étonnait aussi de ne point trouver les bords retroussés en cornes ecclésiastiques ; il mit un beau sourire sur la large bouche qui fendait en deux parties inégales son visage tout rond comme le chapeau et rouge, avec des tons violacés, comme une prune de Tours bien fleurie ; et de sa voix de cérémonie, un nasillement particulier variant du grave au doux et du mielleux au solennel, il demanda au gros Latour :

— Monsieur, ne seriez-vous point le neveu de mademoiselle Marescot ?

— Marescot? répéta Latour, connais pas...

— C'est moi que vous cherchez, dit Élie Vaudremer en s'avançant.

— Eh! oui, c'est lui le neveu. Je n'y pensais plus.

— Moi! dit le bonhomme, je suis Marteau, le père Marteau, le régisseur des biens de mademoiselle Laure et de mademoiselle Cécile.

— Vous devez beaucoup régir, car il y a beaucoup de biens. Mais on vous a déjà fait observer que le neveu ce n'était pas moi; donc, je n'ai pas le droit de prendre mes logis chez la tante. Dans votre trou de Montoizeau, il y a bien une auberge.

— Certainement, Monsieur; il y a l'hôtellerie du *Bon Coin*. On y loge à pied et à cheval.

— Vous avez pu remarquer que j'étais à pied, homme perspicace. Vous plaît-il de m'y conduire, à votre guinguette?

Élie Vaudremer riait de tout son cœur. Ce qui l'avait attaché à Victurnien de Latour, dès le moment de leur première rencontre, c'était l'esprit de ce gros gaillard-là; il en avait à revendre!

Et le fils du libraire l'achetait quelquefois.

Tous deux suivirent M. Marteau; une petite brise courant sur la rivière s'engouffrait dans les rues du bourg; elle soulevait les plis de la lévite du bonhomme, et la jupe se gonflait comme un gros ballon noir. Cela prêtait encore à rire aux deux amis.

Ils devenaient l'objet d'une curiosité très vive sur leur passage; les jeunes marchandes accouraient sur le seuil des boutiques pour les mieux voir. Latour fit observer que les femmes paraissaient être d'un beau sang dans ce bout du monde. Le père Marteau se retourna tout d'une pièce:

— Oh bien! fit le bonhomme, il n'y en a pas de si riche!... Et c'est chaud!

2

Les deux amis s'égayèrent plus fort, et cette gaieté arriva au délire quand, à l'angle de la rue et de la place de l'Église, derrière le rideau de chênes verts qui masquait la vue de l'eau, le père Marteau, leur guide, leur désigna une vieille maison à pignon et leur dit :

— Voici l'auberge.

L'enseigne de cette auberge était naïve : — sur un large plat bleu, un énorme coing de couleur d'or, avec ses feuillages verts ; au-dessous, ces trois mots : *Au Bon Coin !*

— Ça, s'écria le gros Latour qui riait aux larmes, c'est le calembour de campagne ; connaissais pas.

Il prit congé de son compagnon :

— Va, lui dit-il, je te mets sous la garde de M. Marteau. Suis-le aussi fidèlement qu'il régit. Mais, pour l'amour de toi-même, ne va point te noyer dans les délices des fiançailles et ne me laisse pas seul jusqu'à demain dans cette taverne du diable !

Le père Marteau regardait, stupéfait, ce gros Latour, et celui-ci ne se doutait guère que ses « blagues » parisiennes rappelaient au régisseur de mademoiselle Laure les boniments de la foire. Il entra dans l'hôtellerie du *Bon Coin :* il y déjeuna tristement, mais largement.

Vers cinq heures il vit revenir le père Marteau. Mademoiselle Laure faisait à l'ami de son neveu l'honneur de le « prier à dîner ».

IV

Ce repas fut servi à cinq heures précises. Latour constata qu'à Montoizeau, en pays sauvage, on dînait la veille. Un si bon trait fit pâmer Élie Vaudremer, qui le reçut dans l'oreille au moment où l'on quittait la table. Sept heures sonnaient.

C'était la minute précise où, devant la porte des cafés à la mode, à Paris, en cette saison, les Vaudremer et les Latour qui n'étaient pas en voyage commençaient de se demander : Irons-nous dîner chez Bignon ou chez Ledoyen ?

Mademoiselle Cécile Marescot ne fit que traverser le salon où l'on allait prendre le café. Elle ouvrit lestement une porte-fenêtre qui donnait sur une ter-

rasse dominant le cours de la rivière. A gauche, un
escalier descendait vers une allée bien sablée qui,
contournant le pied de la maison, conduisit la jeune
fille au jardin situé à mi-côte de la colline, dont une
vigne couronnait le faîte. A droite, un coteau plus
élevé portait le castel en ruines et la vieille tour.

De ce même côté, le jardin bordait un chemin. Le
mur de clôture était coupé de petites brèches qui
témoignaient de la confiance des propriétaires dans
l'honnête discrétion du passant. Mademoiselle Cécile
s'arrêta devant une de ces brèches, prit dans la poche
de sa robe son livre d'heures et un crayon d'argent.
Dans le livre était disposé un carré de papier blanc.
Mademoiselle Cécile y écrivit rapidement quelques
mots, plaça le papier entre deux pierres, qui formaient
une cachette excellente; puis elle tourna les talons.

De jolis talons qui devaient certainement être roses
dans des souliers mal faits, ouvrage d'un cordonnier
barbare. C'était une superbe fille que mademoiselle
Cécile Marescot; on ne voit guère de taille à la fois
si souple et si robuste; on voit encore moins de fraîcheur si vivante.

Reprenant plus lentement le chemin de la maison,
elle se mit à repasser dans sa mémoire les termes
de ce billet mystérieux dissimulé entre deux pierres.
Huit ou dix mots, pas davantage :

« Merci d'avoir été sage dans votre rencontre avec
mon cousin. Vous êtes bon, Daniel ! »

C'était donc le destinataire de ce petit message qui avait heurté dans le train de Paris à N..., à l'arrivée, le cousin voyageur et qui avait eu la tentation de l'étrangler ? Élie Vaudremer et son ami avaient raconté l'histoire à table.

Élie même avait ajouté qu'il se repentait de n'avoir point châtié ce brutal ; il aurait pu lui tirer les oreilles. Et mademoiselle Cécile de répondre de son air candide, sans lever les yeux :

— Il était donc moins fort que vous, mon cousin ?

Maintenant elle pouvait s'égayer à son aise, et le jeune et hardi sourire qui courait sur cette lèvre épanouie illuminait tout le visage. Les yeux d'un bleu brillant de saphir riaient aussi sous leurs cils noirs.

Les cheveux étaient également très noirs ; la jeune fille les portait soigneusement lissés, modestement serrés en petits bandeaux aux tempes. Deux heures auparavant, le gros Latour avait ressenti une colère mentale à la vue de ces méchants petits bandeaux. Quel dommage !

Lui, qui avait « l'œil parisien », songeait à l'effet que produiraient cette grande chevelure sombre tordue à la diable, et des boucles folles encadrant ces joues d'une coloration égale, animée, délicate, qui faisaient penser à la chair des roses.

Victurnien *la Potiche* la trouvait à souhait, cette belle créature, fièrement plantée, bien qu'autour d'elle on n'eût eu d'autre soin, depuis qu'elle était au

2.

monde, que de corriger la liberté de son allure, bien
qu'elle fût misérablement habillée d'une jupe coupée
de travers, aux plis lourds qui l'embarrassaient et d'un
corsage qui n'était qu'un sac. Elle était de soie bleue,
cette jupe, et ce corsage était de velours noir. Un
mariage de couleurs presque aussi ridicule que le
serait celui du cousin et de la cousine, — d'Élie Vaudremer « le compas » et de cette admirable Cécile.

Latour avait bien vu mademoiselle Marescot sortir
furtivement du salon ; et, demandant à voir le coucher du soleil sur la rivière, il avait trouvé le moyen
d'entraîner tout le monde sur la terrasse ; mais la tante
Laure n'aimait point l'air du soir, Élie Vaudremer
craignait les rhumes, ils étaient rentrés tous les deux.
Lui, restait là, guettant la promeneuse au retour.
Son attente ne fut point trompée, Cécile revenait du
fond du jardin, et, lentement, gravit l'escalier.

La première impression qu'éprouva Latour en la
revoyant fut une vive surprise. Il lui sembla qu'il ne
la reconnaissait plus. L'avait-il donc mal regardée
pendant le dîner ? ou bien composait-elle alors son
jeune visage et ne s'en donnait-elle plus la peine
à présent ? Peut-être s'ennuyait-elle cruellement à
table ; peut-être n'était-ce que l'air vif du soir qui
transfigurait cette fille de la nature.

Ce qu'il vit clairement, c'est que ces jolies lèvres si
friandes, et tout à l'heure si serrées, avaient un sou-

rire. La première, elle lui adressa la parole, et sa
surprise redoubla. Décidément, ils étaient bien meilleurs amis qu'il n'aurait pu le penser, puisqu'elle ne
se contraignait pas devant lui : ce n'était plus le ton,
ce n'était plus le son de voix qu'il avait entendu ; tout
était changé.

— Oh ! bien, lui dit-elle, vous regardez la rivière
au soleil couchant. Il paraît que c'est très beau.

— Pourquoi dites-vous : Il paraît, Mademoiselle ?
Vous le savez bien.

— Moi ? Oh ! je ne sens pas cela. On me l'a dit.

— Votre tante, peut-être ?... Non... Enfin, si on
vous l'a dit, vous avez eu raison de le croire. Je ne
suis pas non plus très paysagiste, et je n'aime guère
la campagne...

— Cependant, interrompit-elle en joignant les
mains, vous n'y vivez pas.

— Pour cela non !... mais j'ai des yeux pour la
voir. Très joli ce ruban de rivière. Et là-bas, ce vieux
château branlant avec sa tour !

— C'est lui qui a donné son nom à notre bourg.
Cette tour-là, voyez-vous, n'a pas d'escalier intérieur ;
on arrivait en haut par des échelles, il n'y a que les
oiseaux qui pouvaient s'en passer. Et l'on disait :
Monte, oiseau !

— Une légende, quoi !... Et ce n'est plus habité,
cette baraque ? Si ?... C'est donc par quelque noblail-
lon sans le sou ?

— Le maître n'est pas bien riche ; mais ce n'est pas un noble. C'est Daniel Closmadeuc.

Mademoiselle Cécile, cédant à la pensée de la rencontre du matin, eut un petit éclat de rire. Aussitôt elle le réprima, en jetant un regard vers les fenêtres du salon d'où l'on aurait pu l'entendre.

— Peuh ! fit Latour. Daniel Closmadeuc ! Qu'est-ce que ce rustique-là ?

La jeune fille le regarda aux yeux ; les siens étincelaient. Une légère rougeur passa sur le fond rose de son visage.

— Ce que c'est que Daniel Closmadeuc, répondit-elle à demi-voix, je vais vous le dire. C'est celui qu'on voudrait aimer.

Le gros Latour demeura tout étourdi de cette étrange réponse. Si l'on devait la prendre pour une confidence, c'était hardi.

Cependant mademoiselle Marescot rentrait dans le salon. Le gros garçon resta sur la terrasse et s'accouda deux minutes pour réfléchir. Dans l'étonnante déclaration que la jeune fille venait de lui faire, il ne pouvait voir que de deux choses l'une : ou bien cela signifiait qu'elle était secrètement résolue à n'épouser que ce Daniel Closmadeuc, et, dans ce cas, elle lui avait notifié sa résolution, à lui Latour, afin qu'il transmit à Élie Vaudremer, le fiancé officiel et son ami, cette notification désobligeante ; ou bien elle sentait, en fille positive et sage, qu'elle ne pouvait devenir la femme d'un homme qui ne possédait au monde qu'une tour où l'on montait par des échelles; mais elle en éprouvait un sensible regret et n'avait pu se tenir de l'exprimer.

Dans l'une et l'autre alternative, Victurnien Latour se promit de demeurer provisoirement, et peut-être définitivement, bouche close. S'il parlait, quoi qu'il dît, cela ne pourrait que déranger un mariage qui avait eu son approbation dès la première heure, qui mettrait aux mains d'Élie Vaudremer une superbe fortune, dont il y aurait bien quelques par, celles pour les amis subtils et empressés; un mariages enfin, qui avait à ses yeux d'autant plus d'avantage que l'épouseur ne serait pas lui.

Il rentra au salon. Le tableau qui l'y attendait ne fit que le confirmer dans la sage détermination qu'il venait de former sur la terrasse. Mademoiselle Laure Marescot, « la tante Laure », était assise à l'un des coins du foyer vide; à l'autre coin, Élie Vaudremer; entre les deux, devant une table chargée de livres de piété à images, mademoiselle Cécile, sa broderie en main. Elle n'avait pas perdu de temps pour la reprendre. Et quels airs de candeur en tirant l'aiguille! Une Marguerite brune à son rouet.

La tante Laure était une longue personne, habillée d'un fourreau de soie noire, coiffée d'un bonnet à dentelles et à rubans mauves: elle n'était pas vieille, mais elle n'avait jamais dû être jeune. Elle avait des

yeux d'un bleu trouble, une bouche toute droite, éton-
namment mince, presque sans lèvres; sur ses joues
parcheminées se voyaient de petits points rouges,
comme il y en a sur la peau jaune des abricots des-
séchés sur l'arbre avant d'être mûrs.

C'était une personne de tête, sachant à dix centimes
près ce que lui rapportait chacun de ses champs,
chacune de ses vignes et chaque parcelle de ses bois;
M. Marteau, le régisseur, n'aurait pu lui en remon-
trer sur ses comptes; d'ailleurs, il n'y songeait guère,
le cher homme! Mais mademoiselle Laure était surtout, bien que « demoiselle », une matrone experte
aux questions de bienséance et de décence. Si elle
réprouvait une chose, elle ne disait point comme à
Paris : Ça ne se fait pas. En Vendée, on est plus pittoresque, on dit : C'est drôle.

Élie Vaudremer, qui s'endormait, se secoua sur son
fauteuil :

— Ma cousine, dit-il.

— Mon cousin? répondit la jeune fille sans lever
les yeux.

Il parlait pour se tenir éveillé; la première chose à
dire était la meilleure.

— Ma cousine, reprit-il, vous voilà bien appliquée
à cette broderie.

— Cela doit être ainsi, dit la tante Laure, de sa
plus belle voix d'apparat, car elle était montée sur
ses grands chevaux ce soir-là en une circonstance si

solennelle; une jeune fille bien élevée doit avoir sans
cesse un ouvrage en main. Que penserait-on si on la
voyait à rien faire? Cécile le sait bien, ça serait drôle.

Le gros Latour se mordit les lèvres; il écoutait,
mais il regardait surtout. Dans ce salon, tout était cossu
et glacé, tout semblait, non à cent lieues de Paris,
mais à cent ans. Des rideaux de velours rouge; sur la
tablette de la cheminée, une curieuse pendule dans
le style du premier Empire, en albâtre et en bronze
doré, recouverte d'un globe de verre; des vases
de porcelaine de Sèvres, bleu et or, mais contenant
des fleurs en coquillage. La table près de laquelle se
tenait mademoiselle Cécile était d'acajou; et d'acajou
aussi le piano.

Cet acajou, décrié à Paris depuis longtemps, comme
le symbole du luxe bourgeois en 1820, acheva de
plonger Victurnien Latour dans un abîme de pensées.

Il se disait que ce qu'il y avait de plus froid dans
ce salon, c'était la mine de cette jeune fille; un moment auparavant, il venait pourtant de la voir animée
du plus vivant sourire.

On élevait en ce pays-là les filles dans l'étouffement!
Parbleu! cela valait-il mieux que de les élever comme
à Paris, dans la dissipation?

Mademoiselle Cécile Marescot avait certainement
deux visages, et voilà ce qui était *drôle!*

\

M. Closmadeuc fit grand'peur aux polissons du village, en s'avisant de prendre ce soir-là un chemin
qu'il n'avait jamais suivi, par l'escarpement qui do-
minait la rivière et qui portait son château branlant.
Là, il y avait partout de vieux pans de murs, débris
d'ouvrages avancés qui jadis avaient couvert la forte-
resse du côté de l'eau et qui, maintenant, se dressaient
tout habillés de lierre au milieu d'un taillis. Ces vieilles
pierres et ces jeunes arbres étaient remplis de nids
au printemps.

Tout Montoizeau savait que M. Closmadeuc, qui était
un *original*, protégeait les oisillons. Il avait même
menacé les dénicheurs de leur arracher les oreilles

s'ils venaient faire les bourreaux chez lui. Or, son
ombre tout à coup parut dans la zone lumineuse que
la lune, presque pleine, projetait derrière les ruines.
Ce fut un sauve-qui-peut.

Les gamins ne s'étaient pas trompés un instant sur
la personne du promeneur nocturne. D'abord, il n'y
avait que M. Closmadeuc, dans tout le pays, pour être
si haut planté. La terreur de la petite troupe rustique
redoubla quand ils virent cet homme si grand, si fort
et si lourd, descendre tout droit, de son pas dévorant,
cette terrible pente dans le taillis, tandis qu'eux y
trébuchaient, n'arrivaient en haut qu'en rampant sur
les mains, et se laissaient glisser sur les reins pour
retourner en bas.

Ils se mirent en devoir de détaler comme ils purent;
quelques-uns geignaient, car ils trouvaient de méchantes épines au passage. Il y en eut un qui se crut
sauvé, parce qu'il avait su choisir entre les arbustes
une manière de sente où l'herbe était lisse; mais celui-
ci éprouva que la glissoire n'en était que plus perfide;
il s'en alla donner de la tête sur la margelle de la
rivière et se raccrocha aux joncs en braillant; ses
cheveux avaient effleuré l'eau.

M. Closmadeuc arrivait en bas presque en même
temps que lui :

— Là, dit-il durement, si tu étais allé au fond,
penses-tu que je t'aurais repêché, mauvais gars?

Le garçonnet ne souffla mot. Daniel Closmadeuc s'en

3

allait sur la berge en secouant ses fortes épaules. Ce gamin se serait noyé, le beau dommage! Un bout d'homme cesse de vivre à douze ans ; il n'aura donc pas le temps de faire de mal et il ne connaîtra point les amertumes de la bataille.

Quant à lui, Daniel Closmadeuc, tout en marchant, il s'examinait et se demandait s'il était juste que pour lui cette bataille fût devenue si rude? On travaillait à lui voler tout ce qu'il aimait. Qu'il ne se plaignît pas! On lui dirait :

— Ce qui vous arrive est votre faute.

Que lui reprochait-on? Eh! tout simplement de ne point exister à la manière commune, d'être un *fainéant* et un fou.

Parbleu! bien plus fou qu'ils ne le croyaient encore, ceux qui l'accusaient, puisque, joueur ruiné à toutes les parties, il avait mis son dernier enjeu sur cette adorable méchante fille de la Maison-Blanche, dont le sourire était si radieux et dont le cœur était si peu sûr.

Pourtant il ne voulait pas croire qu'elle fût complice dans la belle affaire qui se préparait chez la tante Laure. Souvent elle lui avait dit, en riant : Est-ce que vous êtes de l'étoffe dont on fait un mari, Daniel?

Alors, il se fâchait un peu, point trop fort. La colère est une arme trop lourde contre ces pétillements de malice dans les filles d'Ève.

En ce moment, il vint à penser à sa rencontre du

matin dans la gare de N..., et à la sotte fureur qu'il
n'avait pu contenir en découvrant, dans le petit voyageur étique et insolent, le beau fiancé qu'on envoyait
de Paris à cette admirable fille. Était-ce la faute de ce
myrmidon? La vraie coupable c'était elle. Il lança
un terrible juron. Les deux rives muettes en auraient
retenti, mais le moulin marchait.

Son tic-tac endiablé couvrait tout autre bruit. La
grande roue, en tournant, lançait des fusées de goutte-
lettes brillantes qui passaient comme des étincelles
dans la clarté molle et uniforme de cette belle nuit.
Une écharpe de vapeurs flottait au-dessus de la chute
d'eau; partout ailleurs la sérénité de l'air était sans
tache. Les têtes des grands arbres se noyaient dans le
bleu argenté; la rivière courait sous de grandes taches
de lumière vacillante et prenait, en d'autres endroits,
des blancheurs de lait. Des trembles qui la bordaient
sortaient des chants de rossignols.

Dans le village auquel Daniel Closmadeuc allait toucher, les rumeurs étaient presque éteintes; c'est qu'il
avait marché lentement, se posant une question sans
cesse : Quel était le degré de complaisance prêtée par
Cécile à ce projet de mariage formé par la vieille mademoiselle Marescot sa tante?

Ce n'est pas un petit problème à résoudre que de
fixer le degré de l'astuce féminine. Aussi Daniel, de
guerre lasse, renonça-t-il à le poursuivre. Tout à
l'heure, il allait interroger Cécile elle-même. Il prêta

l'oreille: une chose l'inquiétait; il n'avait point vu
repasser près de lui, sur le chemin de la berge, la
troupe des polissons dénicheurs. Peut-être avaient-ils
pris une autre route, en remontant la pointe du ma-
melon qui bordait la rivière; la pente en était bien
moins rude que celle dont la crête portait le vieux
château. Ces vauriens ne s'étaient point souciés de se
retrouver à portée de la main de M. Closmadeuc. Daniel
écouta encore.

Décidément le village dormait.

Il pressa le pas, atteignit la place de l'Église, laissa
derrière lui le bouquet sombre des chênes verts et
suivit le mur tout ébréché du jardin des Marescot, par
la ruelle déserte. Devant la brèche principale, il s'arrêta; il allait frapper doucement ses deux mains l'une
contre l'autre quand la jeune fille parut, sortant de
l'ombre d'un bosquet.

— Le signal est inutile, fit-elle à demi-voix. Daniel,
ma tante pourrait avoir ouvert sa croisée. Est-ce que
vous ne savez pas bien qu'elle aimait autrefois à
soupirer à la lune?

— Oh bien! fit-il, ce temps-là est loin; les nouveaux
projets de votre tante lui auront fait oublier ses vieux
romans.

— Ne vous y fiez pas! Ça lui revient.

— Voulez-vous me faire place, demanda-t-il, que
je saute dans le jardin?

— Pour cela, non! Pas ce soir; il y faitclair comme

en plein midi. C'est moi qui vais vous rejoindre, si vous voulez m'aider un peu. L'ombre du chemin est plus rassurante. Daniel, nous n'aimons pas la lune, nous.

Elle grimpa sur le mur avec une agilité féline :

— Daniel, donnez-moi la main.

Il n'en eut garde, il s'avança, la reçut dans ses bras, et, l'enlevant dans une étreinte passionnée, la porta jusqu'au milieu du chemin. Elle jetait d'abord de petits cris étouffés et de petits rires; puis elle ne dit plus rien et se débattit. Enfin, elle réussit à se dégager, et, s'écartant de quelques pas :

— Daniel, dit-elle d'une voix qui tremblait légèrement, vous m'avez serrée un peu fort. Je vous dirai comme les enfants du village : Ce n'est pas de jeu, ça !

Il ne répondait pas, il la regardait et ses yeux buvaient l'ivresse. Cécile était venue sans coiffure et sans mante. Dans la demi-obscurité du chemin, on ne voyait plus les disgrâces de sa robe mal coupée, et la vraie richesse de sa taille se détachait sur le fond transparent de cette ombre légère. Dans les mouvements trop vifs que la jeune fille avait faits depuis un moment, sa chevelure s'était dénouée; ses bandeaux cependant demeuraient encore serrés sur son front : ainsi le voulait l'ordonnance sévère imposée par la tante Laure. Daniel s'avança, et se penchant sur la belle fille, arracha hardiment deux épingles; les bandeaux tombèrent.

Elle écarta de ses deux mains ce flot de boucles noires en liberté désormais qui lui fouettaient le visage :

— Daniel, Daniel, à quoi songez-vous donc? Vous m'avez toute décoiffée?

Il ne disait toujours rien; il l'écoutait, il la regardait encore, il respirait, haletant, cette fraîcheur vivante. Cécile continuait son babil coquet, toujours riant, et pourtant se donnant des mines fâchées :

— Ce n'est pas bien... Comment vais-je rattacher mes cheveux, à présent?... Le vilain, comme il a su trouver les épingles!... Et moi qui vous croyais maladroit en tout!... Daniel! Daniel!...

Il enveloppait d'un de ses bras ce corsage robuste et souple. Cécile ne se défendait plus. Elle abandonna sa tête sur cette forte épaule. Elle ne respirait pas plus librement que lui. Alors il retrouva la voix.

Et ce fut pour dire une de ces choses puériles, vieilles comme le monde, qui n'en sont pas moins éternellement jeunes, puisque c'est le refrain de la chanson de l'amour.

— Cécile, chère enfant, m'aimez-vous un peu?

— Il me semble que je vous aime, Daniel, et je crois bien que je vous aurais toujours aimé. Mais... Ah! Daniel, si vous saviez comme on me met en peine !

— Je le sais. On veut vous marier, vous ne résistez point. Vous acceptez ce mari qui fait rire, qui ferait rougir sûrement une autre fille.

Puis il la repoussa rudement.

— Bon, dit-elle, voilà que vous redevenez méchant, mon ami. Vous étiez généreux ce matin; ce soir, c'est bien changé!

— Changé? fit-il, je ne sais pas ce que vous voulez dire.

— Vous ne savez pas?... C'est donc que vous n'étiez point passé par ici, suivant votre habitude, dès le soleil couché... Daniel! Daniel! Si vous vous armez d'orgueil et de colère contre votre petite amie, que deviendrai-je? Il y a un billet sous la pierre... Oh! je sais que vous ne pourriez plus le lire...

— Non, dit-il avec un rire violent qui sifflait entre les dents serrées, je n'ai pas de si bons yeux.

— Vous avez de mauvais yeux, reprit-elle; je les vois briller comme deux charbons ardents... Allez! ils ne me font point peur... Je l'ai écrit, moi, ce billet, je sais ce qu'il contient. Tenez, je vais vous le dire. Écoutez!

— J'écoute.

« — Merci d'avoir été sage dans votre rencontre avec mon cousin. Vous êtes bon, Daniel. »

Daniel, cette fois encore, ne répondit pas. Il s'en alla vers le mur, souleva la pierre aux billets, en tira celui que mademoiselle Marescot y avait mis une heure auparavant, le déchira et en froissa les morceaux sous son pied.

— A votre tour, écoutez, dit-il. Voici près d'un an

que nous nous rencontrons ici presque tous les soirs.

— Un an, déjà ! Le temps passe... Daniel, il y a une chose que je vous défie d'oublier : c'est qu'un soir, cet hiver, je suis venue pour l'amour de vous sous la neige.

— Pour l'amour de moi... Je retiens ce mot-là.

— J'avais les pieds trempés... Vous vous êtes mis à genoux devant moi... dans la neige aussi... Vous les avez réchauffés dans vos mains... Ah, Daniel ! Daniel ! j'étais fière et heureuse !

— A la bonne heure ! dit-il ironiquement. Voilà de beaux souvenirs ! Vous les porterez à votre semblant de mari, M. Élie Vandremer. Ce sera l'ornement de votre dot.

— Oh ! fit-elle en mettant ses mains sur ses yeux, que vous êtes dur pour moi et que cela est mal !

VI

Daniel se rapprochait et lui saisit le bras :

— Je vous aime, dit-il. Vous le savez trop bien. Avez-vous pensé que je me contenterais de la belle raison que vous me donnez ? Une leçon apprise de la bouche de votre tante : « Daniel, vous n'êtes pas un mari !... » Cela est vrai, suivant les lois du monde bourgeois dont vous êtes... Vous avez quelque chose approchant du million ; moi, je n'ai plus rien... Mais je suis un homme, entendez-vous, et non l'ombre d'un homme... Pour vous, je retournerais avec des âpretés furieuses au travail banal que je déteste... Il ne serait pas dit : « Celui-là tient l'existence de sa femme. » Voilà ce qu'ils ne savent point, ceux qui

3.

m'ont détruit à vos yeux... Eh bien, il faut qu'ils le
sachent ! j'écrirai à votre tante. Vous m'avez toujours
dit qu'il serait inutile de lui demander la main de
Cécile Marescot, sa nièce. J'en veux avoir le cœur net.
Elle aura cette lettre demain.

— Laissez-moi, dit-elle ; vous me meurtrissez le
bras... Soyez donc raisonnable, Daniel. Vous ne ferez
pas ce que vous dites.

— Je le ferai.

— Alors, vous vous en repentirez ; vous ne connaissez pas ma tante... Essayez ! je le veux bien... Vous
saurez après qu'il faudra m'écouter une autre fois.

Il la ressaisit de nouveau par les deux poignets ; il
la regardait aux yeux dans l'ombre claire de la belle
nuit :

— Si je vous tuais, dit-il d'un voix sourde, il n'y
aurait pas d'autre fois ?

Cécile se reprit à rire :

— Vous me faites encore mal, répondit-elle ; mais
vous ne me tuerez pas !

Il s'écarta brusquement. Ce fut lui, cette fois, qui
mit ses mains devant ses yeux ; mais il sentit deux
autres mains douces et moites qui les cherchaient.
Cécile s'était dressée jusqu'à son oreille.

— Non, disait-elle, vous n'êtes pas raisonnable ;
je le suis, moi. Oui, je vous aime ; mais je ne me suis
jamais promis d'autre bonheur auprès de vous que
de vous aimer ; je n'ai jamais conçu d'autre espé-

rance, et je ne vous en ai jamais donné une meilleure.
Est-ce vrai, cela? Tout nous séparait, et nous le sa-
vions bien dès le premier jour où nous nous sommes
rencontrés. Souvent nous avons causé, là, sagement,
en bons amis tous les deux, et je vous trouvais alors
résigné à me voir mariée quelque jour... Mais voilà!
le jour arrive, et l'on n'est plus sage. Croyez-vous que
si je me décidais à céder aux tourments que ma tante
me cause, je n'aurais pas, moi aussi, le cœur près des
lèvres?... Ah! Daniel! Daniel! vous êtes donc un
égoïste comme on dit que sont tous les hommes? Ils
ne songent qu'à leurs propres peines... Allez! pensez-vous que si je me mariais, vous ne resteriez pas
logé au meilleur de mes souvenirs?... Je vous aurais
aimé, je vous aimerais encore... je vous aimerais toujours... Vous dites quelquefois que je suis une fille
étrange et hardie...

— Vous êtes la plus perverse de toutes les filles!
s'écria-t-il en se dégageant. Il vaut mieux que je vous
arrête, car je ne sais ce que vous en arriveriez à dire.
Adieu!

— Oh! non, dit-elle, au revoir!... Je reviendrai
tous les soirs ici, Daniel... Je ne peux avoir de force
qu'en vous.

Il ne répondit pas; il s'éloignait en courant.

Le lendemain soir, Cécile tint sa parole en descendant au jardin. La lune était voilée, et, n'ayant pas
les mêmes craintes que la veille, la belle fille attendit

Daniel au bout du potager, sous le berceau de vigne : c'était le lieu ordinaire de leurs rendez-vous. Une heure se passa, puis une autre; Daniel ne vint pas.

La nuit était humide et maussade; Cécile, toute frissonnante, se décidait pourtant avec peine à reprendre le chemin de la maison. Elle quitta le berceau, erra quelque temps dans l'allée que bordait le mur du côté du chemin et s'accouda même à la brèche. Daniel pouvait se raviser encore... Est-ce qu'elle ne le connaissait pas bien?... Il s'était juré peut-être de ne plus la voir; mais il ne tiendrait pas contre l'envie de se retrouver là, fût-ce un moment, fût-ce tout seul, quand il la croirait rentrée. Il y viendrait encore chercher ses traces et son image... Et si elle s'arrangeait pour le surprendre, certes, il n'en serait point fâché.

Elle attendit encore une heure; elle était transie, ses dents claquaient. En même temps, elle avait le sein tout gonflé de larmes. Enfin, elle abandonna la partie. Mais auparavant, elle prit dans la poche de sa robe son crayon et ses tablettes qui ne la quittaient point. Elle traça dans l'obscurité un nouveau billet, qu'elle mit sous la pierre :

« Daniel, c'est vous qui m'avez trompée en me disant que vous m'aimeriez toujours. Daniel, Daniel, vous ne comprenez pas ! »

Elle revint le deuxième soir et mit un deuxième

billet sous la pierre ; le premier n'avait pas été retiré
de sa cachette.

« Daniel, Daniel, vous avez écrit à ma tante. Vous
avez maintenant sa réponse. M'écouterez vous une
autre fois ? »

Puis elle demeura toute une semaine sans retourner au jardin. Le dimanche suivant, vers la fin de
l'après-midi, les vêpres entendues, la tante Laure
proposa une promenade.

Ce fut un événement dans la maison. La riche Mademoiselle Marescot, la tante, avait ce superbe jardin
et n'y descendait pas deux fois l'an. Toutes les servantes
accoururent sous les portes des salles basses qui con-
tenaient les cuisines et l'office ; M. Marteau se mit à
sa croisée, tout en haut du logis, car il occupait la
belle chambre des combles. Personne ne s'y trompa ;
cette promenade n'était pas seulement extraordinaire,
c'était la marche des fiançailles.

La tante Laure avait pris la tête de la troupe, côte à
côte avec M. de Latour. On eût dit un long peuplier en
quenouille marchant auprès d'un joli pommier en
boule. La tante avait mis ce jour-là son plus beau
fourreau de soie noire et le plus galant de ses bonnets
de dentelle à rubans mauves. Par derrière venait Élie
Vaudremer avec sa cousine, — la fiancée.

— Je sais ce qu'il nous faudra, disait-il. Un petit
train d'abord. Pour vous un coupé, ma cousine. Moi,
ma charrette anglaise me suffirait, mais cela ferait

rire. J'aurai un phaéton. Nous nous offrirons un landau quand les vieux n'y seront plus.

Cécile, qui ne l'écoutait qu'à demi et qui s'en allait
le front penché — rêveuse et nerveuse, — se tourna
pourtant vers lui cette fois assez brusquement. Ces
derniers mots, accompagnés du rire bêlant dont le
jeune M. Vandremer avait le secret, attiraient son
attention à la fin.

— Oh ! dit-elle, quelquefois les jeunes ne durent
pas et les vieux se prolongent. Je vais bien vous
étonner, mon cousin...

— Jamais de la vie ! On ne m'étonne plus, moi !

— Eh bien, je me demande si cette existence que
nous mènerons et que vous me dépeignez doit vraiment s'appeler vivre.

Élie Vandremer la regarda stupéfait.

— Bon ! fit-il, vous ne comprenez donc pas ?

— Oh ! que si. Je comprends moi. Ce n'est pas
comme... comme d'autres personnes, enfin, qui ne
sont pas raisonnables... Pourtant, je vous trouve sans
cesse à la bouche un mot que vous ne m'avez jamais
très bien expliqué : la Vie. Cela se compose sans doute
d'un certain nombre de manières d'exister et de
s'amuser...

— Certainement. C'est la vie. Ça dit tout : la vie.

Cécile inclina de nouveau la tête et redevint songeuse. Le jeune M. Vandremer n'aimait pas autrement la conversation avec les pensionnaires et respecta

sa rêverie. Il ne savait guère à quel point sa fiancée s'était affranchie des petites candeurs de la pension et combien cette rêverie lui était défavorable! Cécile continuait de marcher à ses côtés, en se parlant tout bas. Les lèvres de la jeune fille s'agitaient :

— La Vie! murmura-t-elle... C'est LUI, peut-être, qui a raison, *lui seul*. Vivre, c'est aimer!

Ce jour-là elle avait mis une robe rose, — la robe que Daniel aimait. Élie Vaudremer s'avisa de lui dire qu'il la trouvait assez mal faite, mais que le rose lui seyait bien. Elle eut envie de remonter chez elle et de la quitter. Mais Élie, qui n'avait dit cela peut-être que pour renouer un entretien si languissant, ajouta qu'elle ferait bien de la remettre le jeudi suivant pour recevoir son père et son aïeul. Cécile eut, cette fois, un tressaillement d'impatience.

— Je vous remercie de vos conseils, mon cousin, dit-elle ironiquement, car vous savez en tout ce qui est bien. Seulement, je prendrai la liberté de vous faire observer que votre père et votre aïeul ne sont pas encore à Montoizeau. Leur arrivée dépend d'un mot qu'il me reste à dire.

— Mais vous le direz, ma cousine.

— Probablement. Et ce sera peut-être bien tant pis pour vous et pour moi.

Tout net elle lui tourna le dos et prit une contre-allée. Une force invincible la ramenait encore du côté du chemin, vers le mur. Elle s'arrêta devant la brèche,

La tante Laure, accompagnée de Latour, s'engageait
sous le berceau de vigne, et le jeune M. Vaudremer,
qui venait d'être proprement planté là, les rejoignait
philosophiquement. D'ailleurs, il était probable qu'au
cours de son mariage la philosophie ne lui serait pas
inutile.

Cécile, rassurée de ce côté, consulta d'un autre
regard l'étendue du chemin; il était désert. Elle glissa
sa main sous la pierre et rougit de plaisir et de
triomphe. Les deux billets avaient été pris dans la
cachette; un autre y avait été glissé : la réponse!

— Ah! reprit-elle en se redressant toute radieuse,
je savais bien qu'il reviendrait!

Elle fit passer le billet dans la manche de sa robe
et reprit le chemin de la maison, si rapide, si légère,
qu'elle paraissait glisser au-dessus des plates-bandes.
Le gros Latour vit cela du fond du berceau : « Peste!
grommelait-il, quelle tournure! »

La tante Laure appelait sa nièce, qui n'avait garde
de l'entendre. Latour s'égayait de cette surdité volontaire. La tante prit son air le plus pincé :

— Mademoiselle Cécile Marescot n'a jamais été bien
docile, dit-elle; maintenant, elle se croit déjà libre.

— Ce n'est pas étonnant, grommela Latour; si près
d'être mariée!

Cécile, de la même envolée, monta jusqu'à sa
chambre et s'y renferma. Elle lut le billet, et de
grosses larmes lui vinrent aux yeux.

« Certes, oui, vous êtes une abominable fille. Vous m'avez fait endurer depuis une semaine le plus ignominieux des supplices. J'avais bien le droit de croire que vous m'apparteniez. Cependant, vous vous retirez de moi sans regrets et sans honte, pour vous donner à un autre. Et je n'ai pas frappé tout le monde ! Et je ne vous ai pas brisée vous-même ! Ce lâche mariage se prépare ouvertement. Et si je ne voulais point qu'il se fît, moi ? Avez-vous pensé que je pourrais l'empêcher d'un mot ?... Allez ! n'ayez peur !... Gardez votre mari... Veillez seulement avec la tendresse que vous lui devez, à présent, sur ce commencement d'homme ! Je vous avertis qu'il me viendra peut-être l'envie de le tuer !... Quel plaisir de faire crouler votre rêve de luxe et de liberté !... Car je connais le fond de votre cœur maintenant, je sais ce qui le mène. Si je voulais !... D'un coup d'épée ou seulement d'un revers de ma main, je ferais disparaître l'instrument de votre ambition abominable. Plus de petit millionnaire ! Plus de mari ! Ah, prenez garde !... »

VII

Daniel Closmadeue n'avait pas employé la bonne expression dans ce furieux billet. Élie Vaudremer n'était certainement qu'une moitié d'homme, mais cette moitié-là n'était pas un commencement.

L'aïeul Mathias disait bien juste lorsque, hochant sa vieille tête, il murmurait :

— C'est notre fin! c'est le dernier!

Et pourtant, le fier cordial que l'espérance!

Ce jeudi, à dix heures du matin, Mathias Vaudremer descendait du train à Montoizeau; son fils, le libraire Henri, le suivait. Il y avait foule autour du bâtiment de bois déjà vermoulu qui servait de gare ; tout Montoizeau était accouru pour considérer le petit

bourgeois de campagne d'autrefois, devenu un grand
richard à Paris. Il faisait une brise fraîche qui soulevait les coiffes des femmes; les bavolets blancs battaient les visages. Les enfants étaient muets et péné-
trés de respect, tels qu'on les avait vus en ce même
mois de mai sur le passage de l'évêque, lorsque huit
jours auparavant, Monseigneur, en tournée pastorale,
était venu donner la confirmation dans le village.

Le prêtre, en robe violette, figurait le Dieu du ciel;
cet octogénaire, en redingote couleur de pruneau, —
une mode de sa jeunesse, — représentait le Dieu de
la terre, l'argent. Les hommes soulevèrent leurs
larges chapeaux. Honneur aux millions qui passent!

Lui, le vieillard, redevenu droit comme un chêne,
marchait sans le secours même d'une canne, près de
son petit-fils, chétif, à demi trébuchant dans ses longs
souliers à la façon nouvelle, derrière la tante Laure,
qui avait remplacé le bonnet aux rubans mauves par
un chapeau à plumes blanches. L'aïeul n'avait d'yeux
que pour la superbe fille qui allait retremper sa race.

Cécile Marescot avait mis sa robe rose. Ce n'était
pas la peine, trois jours auparavant, de rudoyer son
cousin qui lui conseillait de la mettre. Il y a de ces
revirements dans les têtes que l'amour chauffe, mais
que l'ambition travaille.

Elle s'avança toute rougissante, et le vieux Mathias
l'embrassa.

Puis il fit claquer ses vieilles lèvres, comme un

homme qui vient d'avaler une gorgée de vin frais et
généreux et qui se sent vivifié.

En ce moment, l'ancien du village, le pas traînant, les reins ployés, appuyé sur un gars vigoureux
de vingt ans, s'approcha :

— Est-ce bien toi, Mathias? Je suis Jean Larpantis,
avec qui tu jouais, il y a soixante-dix ans. Nous
allions dans le bois chercher les nids.

— Je me souviens, Jean Larpantis, répondit le millionnaire. L'âge t'a courbé plus que moi.

— C'est que j'ai travaillé la terre. Et toi, tu n'as
remué que les écus.

— Peut-être bien. As-tu des fils?

Jean le caduc se redressa :

— J'en ai eu cinq. Voici un de ceux que le dernier
m'a donnés.

Il montrait le beau garçon qui le conduisait, et qui,
tout abêti de frayeur, roulait son bonnet de laine
entre ses doigts.

Mathias le frappa rudement à l'épaule :

— J'en aurai qui vaudront celui-là, dit-il. Je ne
demande que de voir le premier.

Voilà ce qui se passait au village. Les méchants
récits ont des ailes; celui-ci monta jusqu'à la tour;
le fermier de M. Closmadeuc le reporta au maître,
qui, depuis le dimanche, ne sortait plus, même la nuit.

En sa ruine de Montoizeau, Daniel avait sa chambre
favorite. Le fermier, logé dans une autre partie du

manoir branlant, appelait cela le chenil de M. Closmadeuc. Il n'y a plus de respect !

Daniel habitait en compagnie de ses trois chiens
cette pièce voûtée et toute ronde. Deux fenêtres basses
y donnaient un jour tremblant coupé de grandes
ombres. Si l'on voulait jouir de la pleine lumière du
midi, il fallait se tenir dans l'une des embrasures,
profondes de quatre pieds. La première de ces deux
croisées s'ouvrait au nord, au-dessus de la rivière, en
regard des grands bois de l'autre bord ; la seconde, au
levant, au-dessus de la pente chargée de vignes qui
descendait vers le bourg. L'intérieur de la chambre
offrait une disparate curieuse. La vaste cheminée de
pierre blanche, assez grossièrement travaillée, datait
certainement du même temps que le corps de logis
principal de Montoizeau, époque à laquelle on avait
dû restaurer la vieille tour aux échelles. Mais sur les
parois de la muraille et sur cette rude voûte de granit,
un négociant de N... possesseur de Montoizeau au
siècle précédent, avait eu l'idée d'appliquer des boiseries. On a d'étranges fantaisies quand de bourgeois
on devient seigneur.

Ces boiseries, peintes autrefois en gris tourterelle,
présentaient des figurines sculptées et des guirlandes
délicates de feuillages et de fleurs. Au centre d'un
plafond galant, de bois aussi, plaqué sur la pierre, on
voyait encore un groupe d'Amours ; l'humidité seulement avait fait tomber leurs ailes.

Partout les panneaux éventrés laissaient voir la nudité primitive du mur et s'en allaient par grands lambeaux rongés; une poussière de moisissure volait à travers la chambre.

Aussi, n'était-il pas étonnant, malgré la chaleur régnant au dehors, que la racine entière d'un vieux poirier brûlât dans la cheminée. La flamme montait, grondant et sifflant, éclairant au fond de l'âtre la plaque qui portait le vieil écusson des barons de Vaubert, anciens maîtres de Montoizeau. Les trois chiens, couchés en rond devant le foyer, s'y rôtissaient en conscience. Quant à Daniel, il allait à grands pas saccadés par la salle ronde délabrée, qui n'avait d'autres meubles qu'une vieille table et trois bergères boiteuses du même âge que la boiserie. Elles avaient été jadis recouvertes d'un brocart de Chine rose et blanc, le dernier mot de la mode en ce temps raffiné; maintenant, le siège et le dossier ne montraient plus que la toile éraillée du dessous. Les trois chiens firent bien voir qu'ils savaient s'en contenter, en braves bêtes au service d'un philosophe.

Repus de chaleur, ils prirent tous trois leur parti ensemble; un seul bond, de la pierre du foyer, les porta sur les fauteuils.

Le maître les regarda vaguement s'y faire leur lit et leva les épaules.

Leur repos ne fut pas long, car Daniel s'approcha de la vieille table et en ouvrit le tiroir; une souris

s'en échappa. Les trois chiens se trouvèrent ensemble
hors des trois bergères et commencèrent un abominable tapage, jappant, flairant le trou par lequel le
gentil rongeur avait disparu, grattant la boiserie qui
se détachait en lamelles pourries sous leurs ongles.

Daniel, dans le tiroir, avait pris une lettre.

C'était une pièce à cacher, et pourtant il ne l'avait
pas mise sous clef dans cette table. C'est que le tiroir
ne se fermait plus. Pas un meuble ne gardait une ser-
rure dans le « chenil » où il lui était indifférent de
vivre. Et cette insouciance donnait raison aux termes
désobligeants dans lesquels cette lettre était écrite.

Elle venait de la plus rigide, de la plus anguleuse
et de la plus sèche, de la plus riche aussi, des ma-
trones du canton. Une matrone-demoiselle. C'était la
réponse de la tante Laure.

Parbleu ! la tante Marescot avait frappé fort et surtout juste. Elle avait dû songer d'abord à n'opposer
que le silence à la démarche de Daniel Closmadeuc ;
cela eût été plus dédaigneux. Mais le mauvais garçon
lui offrait une trop belle occasion, il présentait les
verges. Qui pouvait mieux connaître que les Marescot
le mauvais état où le dérèglement de sa vie avait réduit Daniel Closmadeuc ? C'était la tante Laure qui,
depuis dix ans, ne cessait d'acheter pour sa nièce ou
pour elle-même les terres qu'il ne cessait de vendre.
La ferme de Montoizeau lui restait ; encore l'avait-il
grevée d'une hypothèque. La prêteuse, c'était toujours

elle; il n'avait pas payé le dernier semestre d'intérêt.

« Eh là! écrivait la tante Laure, M. Closmadeuc songe à se marier!... »

La matrone continuait : « Se marier! On pensait bien qu'il avait ses raisons. Épouser Cécile Marescot, ce serait rentrer dans son bien. Daniel Closmadeuc tranchait du seigneur, il lui fallait comme aux marquis et aux vicomtes des héritières pour se redorer. Le père Closmadeuc n'avait été pourtant qu'un vigneron, — à la vérité, un gros vigneron et qui avait amassé. Quel malheur pour cet honnête bonhomme d'avoir mis au monde un nouvel enfant prodigue et d'être mort trop tôt pour défendre son épargne! Son fils avait voyagé, au lieu d'exercer son métier d'avocat au chef-lieu. On connaissait son histoire.

» Pendant dix ans, pas de nouvelle du déserteur; il n'y avait, pour entendre parler de lui, que le notaire. On l'assassinait de lettres, ce notaire, moins complaisant d'année en année! C'est qu'il fallait de l'argent! Ce jeune monsieur Closmadeuc aurait dévoré des trésors; quel appétit! On en arrivait à croire que le prodigue pouvait bien entretenir auprès de lui quelqu'une de ces bouches damnées qui ne sont jamais satisfaites. Une personne du pays, qui était allée à Paris, disait l'y avoir reconnu, escortant une chanteuse.

» Enfin on l'avait revu quand il était demeuré un

beau jour à peu près tout nu, sauf le coin de terre
qui lui restait et cette tour aux échelles que le bonhomme Closmadeuc avait achetée autrefois par orgueil. Il avait continué son existence de Bohémien,
dans son château branlant. Après tout, qu'il en fît à
son aise! Cela ne regardait que lui, ses créanciers et
le bon Dieu.

» Mais demander une Marescot en mariage, c'était
un peu trop hardi! Cécile n'avait point manqué d'en
rire de tout son cœur. Elle ne savait guère d'où lui
venait ce prétendant de comédie. Mademoiselle Marescot la nièce connaissait à peine *l'original* de
Montoizeau... »

— Ah! pour le coup, vous mentiez effrontément
tante Laure!

Daniel rejeta la lettre, puis au bout d'un moment
la reprit; il la savait par cœur, mais il éprouvait
un cruel besoin d'en revoir, de ses yeux, la dernière
phrase. La tante Laure ne s'entendait pas mal à
aiguiser le trait de la fin!

« Ma nièce m'a positivement déclaré que, eût-elle
même mon agrément, elle ne voudrait point de
M. Closmadeuc pour mari. *Il n'est pas du bois dont
on les fait.* »

La tante Laure, ici, ne mentait plus. Cécile avait dû
dire cela; elle le lui avait dit à lui-même bien des fois.

Elle le lui avait fait entendre encore dans son dernier billet.

4

Livrant ses mains aux siennes, dans leurs rendez-vous de nuit sous le berceau de vigne, le laissant respirer à plein cœur et à pleines lèvres la fleur radieuse de sa jeunesse, elle lui disait, comme l'autre soir encore sur le chemin : « Il me semble que je vous aurais toujours aimé. Mais allez! c'est un rêve que je regretterai d'avoir fait peut-être. Mon beau Daniel, vous n'êtes pas un mari. »

Elle lui avait donné la première flamme de son imagination et de ses sens, la première émotion de son cœur même, si ce cœur, qui se possédait si bien tout en ayant l'air de se livrer, pouvait jamais être ému. Au milieu de ces attendrissements dont il goûtait le charme sans méfiance autrefois, elle gardait sa raison bourgeoise toujours armée, toujours en éveil.

Si elle avait toujours ainsi trompé tout le monde, elle ne le trompait pas, lui... Encore une chose qu'elle lui avait dite dans leur dernier rendez-vous, et à laquelle il n'avait rien trouvé à répondre.

C'était vrai.

Ceux qui n'auraient connu que leurs entrevues du soir, n'auraient pas manqué de dire : Voilà une fille extravagante! — Mais lui qui savait désormais quels froids calculs recouvraient ce goût de l'aventure et cet appétit de caresses, il se disait seulement : O fille perverse, comme tu t'es jouée de moi !

Il avait eu souvent de terribles colères sous ce berceau; il n'était point clairvoyant alors. Mais ce n'était plus l'heure à présent de se dissimuler que jamais, jamais, il n'avait servi que d'amusement à cette fille d'Ève.

Seulement la nature, s'il avait osé le vouloir, eût été souvent plus forte en elle que la prudence.

— Pourquoi ne l'avait-il pas voulu?

VIII

Daniel frissonna. Dans l'âtre, la racine du poirier s'était consumée tout entière; l'humidité se dégageait plus âcre des boiseries déchiquetées. Le soleil, à la fin de sa course, se glissait derrière la tour, et comme les deux fenêtres de la chambre ronde ne laissaient pénétrer le jour, à cause de leur profondeur, que lorsqu'elles recevaient directement la lumière, il y faisait déjà presque nuit; cependant il était à peine sept heures.

Daniel ouvrit la lourde porte qui donnait sur son jardin. On y arrivait de plain-pied; les branches d'un énorme figuier obstruaient le seuil, le maître n'ayant jamais songé à le faire émonder; il fallait, pour sortir, se frayer un passage à travers ce feuillage noir, à la senteur pénétrante. Une fois dégagé, le jeune homme aperçut à ses pieds le ruban argenté de la rivière et le village; ses yeux s'arrêtèrent sur la maison de pierres blanches, aux balcons de brique, — la belle maison des Marescot.

Lentement d'abord, comme un homme qui se consulte sur ce qu'il doit faire, puis, bientôt, d'un pas plus rapide et plus sec, il descendit la pente. Il piquait tout droit à travers les vignes, sur le chemin que bordait de l'autre côté le mur ébréché du jardin de la tante Laure.

Dans ce chemin, personne. Sur la grande brèche, les deux pattes de devant posées sur l'éboulis du mur, le chien de la maison le regardait venir et frétillait d'aise. On lui avait appris à connaître le visiteur nocturne. Parbleu ! Daniel Closmadeuc tenait bien toutes les avenues du logis.

Il risquait fort d'être traité en ennemi s'il essayait d'y entrer par la grande porte; mais la petite était bien à lui, ainsi que tous les passages secrets; de ceux-ci, il était le maître.

Il fouilla la cachette ordinaire où Cécile déposait ses lettres. Rien... Il secoua rudement les épaules, et il eut un geste de menace; Cécile se dérobait, à présent. Il ne devait pas en être surpris. Ce n'était plus l'heure du roman; là-bas, dans le salon cossu de la tante Laure, elle écoutait peut-être les grands pa-

4.

rents qui discutaient les bases du contrat. C'en était
fini de l'amusement pour elle.

Daniel se dit qu'il serait bien sot s'il ne prenait pas
sa revanche brutale, et si justement ce n'était pas le
commencement de l'amusement pour lui.

Mais il ne lui était jamais arrivé de venir en cet
endroit presque sous le plein jour, et c'était sûrement
un comble d'audace. Un fâcheux, tout à coup, se
montra dans le jardin. M. Marteau, le régisseur, sortant du berceau même où se tenaient les rendez-vous,
demeura cloué sur le sable de l'allée quand il décou-
vrit le visage de Daniel Closmadeuc au-dessus de la
brèche.

Puis il s'avança doucement, sa longue lévite en
jupe battant les buis qui bordaient les carrés; Daniel
ne bronchait point.

— Je vous salue, Monsieur, fit le bonhomme. Que
vous plaît-il de souhaiter chez nous ?

— Écoute, cafard, répondit Daniel. Je souhaite
d'abord que tu ne joues pas la surprise parce que tu
me vois ici, et ensuite que tu n'ailles pas chanter que
tu m'as vu. Attends ! ce n'est pas tout. Je ne sais si
tu as trouvé ton profit dans les bons marchés que ta
maîtresse a faits par ton entremise à mes dépens;
mais je sais bien que, si tu me fais obstacle ou si tu
jases, tu trouveras ma main pour briser ta souple
échine. J'ai dit. Va-t'en de ton côté, je vais du mien.

Pesamment, il se mit à suivre le chemin dans la

direction du village. Il ne regrettait point les menaces qu'il venait de faire au bonhomme, car elles étaient nécessaires; pourtant, il se disait que, s'il avait été riche, il se serait contenté de l'acheter et que sûrement cela eût été plus décent.

Étant pauvre, il lui avait fait peur.

Comme il traversait la rue qui montait vers l'église et le bouquet de chênes verts, les femmes et les filles, sur les portes, chuchotèrent :

— Oh! bien, en voilà un qui n'est pas content! On lui prend sa mignonne et il perd de beaux écus.

Les hommes aussi l'observaient; il ne répondait pas à leurs saluts et ne les voyait pas même; ils secouaient la tête. Tout le monde, dans le village, connaissait l'aventure. Voilà pourquoi Daniel avait dit, tout à l'heure, au bonhomme Marteau :

— Ne joue point la surprise, cafard !

Tout le monde était informé, sauf ces gens venus de Paris pour offrir à la fille d'Ève leurs millions et leur fils, — la moitié d'un homme et l'ombre d'un mari. C'est à cela que Daniel songeait, tout en continuant sa route; il avait désormais un cruel sourire aux lèvres, car son plan était formé. Ces gens de Paris aussi se-raient trompés dans leurs espérances !...

Ils allaient recevoir un cruel affront secret, en re-tour de l'outrage douloureux qu'on lui infligeait, à lui. Parbleu ! ils voulaient une belle fille pour retremper leur race. Eh bien ils seraient satisfaits; mais ils ne savaient guère à quel prix !...

Daniel s'arrêta devant l'hôtellerie du *Bon Coin*. Robuste comme il était, et menant cette vie de chasse et de liberté sous l'haleine âpre des bois, il avait des appétits exigeants; il sentait bien qu'il avait négligé d'aller prendre son repas chez son fermier, dont la ménagère le lui préparait matin et soir. Il entra donc dans l'auberge. L'hôtelier flaira un supplément de crédit.

Mais il reconnut aussi dans la pénombre la mine noire de M. Closmadeuc, s'inclina et dit son menu :

— Monsieur Closmadeuc, nous avons une fine gibelotte !

Un grand éclat de rire se fit entendre à l'autre bout de la salle. Certes, il y avait quelque chose d'irrésistible dans ce brevet de finesse que le cuisinier de campagne décernait à ses ragoûts; Daniel lui-même avait dû se pincer les lèvres. Mais il se retourna, — ce que fit aussi le rieur, et justement en même temps.

A l'instant, Victurnien Latour, — car c'était lui qui dînait dans ce coin reculé, à la lueur de deux chandelles, — replanta les yeux dans son assiette.

Il connaissait le nom de Daniel Closmadeuc depuis sa conversation du premier soir avec mademoiselle Cécile, sur la terrasse de la maison blanche; et, depuis quinze jours, errant sans cesse dans le village, il avait appris aussi l'*histoire*.

On parlait quelquefois du « bohémien de là-haut »,
à la maison blanche même ; c'était le nom que la
tante Laure ne manquait jamais de donner au maître
de Montoizeau, et ses lèvres sèches se fronçaient alors
en une moue tout à fait méprisante. Un éclair passait
dans les yeux bleus de Cécile.

Mais le gros Latour ne l'avait jamais rencontré, ce
« bohémien de là-haut », qui ne sortait que la nuit,
comme les hiboux. Il venait de reconnaître en lui le
compagnon menaçant de la gare de X... C'est pourquoi il se repentait d'avoir ri.

L'hôtelier servait Daniel. Le gros Latour joua de
la fourchette ; ce n'était plus qu'une feinte. Pourtant,
il se remettait d'une première émotion. Il ne doutait
point que ce grand garçon incommode ne l'eût reconnu
à son tour ; mais tout, décidément, faisait croire en
Daniel Closmadeuc à des intentions dédaigneusement
pacifiques.

Il s'était mis à table sans souffler mot. L'hôtelier
voulut jaser ; Latour se garda bien de se retourner une
autre fois, et comprit pourtant que le dîneur avait dû
répondre d'un signe qui disait clairement au bavard :

— Ne recommencez pas !

Eh ! Latour savait bien que le maître du donjon
aux échelles était ordinairement d'humeur farouche.
Mais depuis la veille, depuis l'arrivée des Vaudremer,
ce Daniel Closmadeuc avait assez de raisons pour
grincer des dents.

Latour, cependant, avait encore envie de sourire en pensant qu'ils auraient pu s'entendre. Il y avait entre eux comme une petite communauté d'affronts subis à la maison blanche. C'étaient des exilés tous les deux.

L'aïeul Mathias avait témoigné une surprise désobligeante en trouvant ce gros Latour à Montoizeau, près de son petit-fils. Le matin même, Élie avait reçu la mission délicate de faire comprendre au gros camarade qu'il manquait à l'ornement de Paris en cette saison printanière ; Latour retournait au boulevard.

Il allait prendre le train montant vers N... Il dînait avant le départ.

Mais ce Daniel Closmadeuc était un ingrat, qui ne semblait pas du tout disposé à lier connaissance avec lui. C'était mal le récompenser de sa discrétion, car enfin il en avait usé, Dieu merci, depuis deux semaines ! Il avait étudié, il avait écouté, il en savait long !

Il en était même arrivé à cette conclusion : que mademoiselle Marescot, la tante, n'était pas la moins bien instruite ; — et c'est ce qui donnait à cette tante Laure une hâte naturelle de marier sa nièce.

Toutes ces pensées bataillaient dans son esprit qui avait une pente à la malice, et, n'ayant que le mur de la salle devant lui, il riait à ce visage de pierre. Son repas était terminé ; l'hôtelier lui apporta un breuvage de couleur rousse où nageaient quelques points noirs, moitié parcelles de charbon, moitié grains de

marc, et qu'il baptisa du nom de café. Latour en
huma une gorgée, fit une horrible grimace, laissa le
reste et prit le parti de rouler une cigarette et de
philosopher.

N'est-ce pas une chose bien plaisante que d'entendre
toujours ces ruraux, parmi lesquels il avait vécu
quinze grandes journées, dénoncer les mœurs de
Paris comme le comble de la pestilence et le raffi-
nement du mensonge ? Eh bien, on chercherait peut-
être longtemps dans la grand'ville avant d'y trouver
une fille aussi « avancée » que cette Cécile. Sarpejou ! la
fine commère de village ! Comme elle s'entendait à
prendre son plaisir où il se présentait et à régler son
intérêt où elle le trouvait, sans jamais mêler l'un et
l'autre !

Et il se retraça l'entretien qu'il avait eu avec la
jeune fille le soir même de son arrivée à Montoizeau,
sur la terrasse de la maison blanche. Cécile lui avait
dit :

— Daniel Closmadeuc, c'est celui-là qu'on voudrait
aimer !

Elle parlait au conditionnel. L'idée était bien venue
à Latour qu'elle serait plus près de la vérité en employant le présent. Mais il ne savait rien alors, et il
n'aurait pas osé croire à tant d'audacieuse duplicité
chez cette belle rustique. Il avait eu bêtement envie
de penser qu'elle lui notifiait par ces paroles étranges
sa résolution de ne pas épouser Élie Vaudremer...

Allons donc! Elle avait, dès ce moment-là, formé très nettement la résolution contraire. Depuis, dans un autre bout de conversation à la volée, pendant une promenade, elle lui avait fait entendre qu'elle était une fille positive et affamée de vie libre, qu'elle voulait Paris et l'indépendance de la fortune.

Il avait écouté curieusement, ne sachant s'il en devait croire ses oreilles, admirant les replis de perversité où peut s'engager l'imagination d'une fille d'Ève qui s'échauffe toute seule, attisée par l'ennui, bercée par l'oisiveté dans une grande maison vide, aux côtés d'une tante Laure. Tout cela n'était point beau ; le gros Latour se sentait tout près d'en être scandalisé. Par-dessus tout, il s'en lavait les mains.

Tant pis pour ces bourgeois gourmés et méprisants qui, venaient de lui donner son congé. Et quant à Élie Vaudremer... Parbleu! c'était la faute du père et de l'aïeul ! lui, cela ne le regardait point. Comment ces deux augures pouvaient-ils penser qu'on mariait sans accroc, pour renouveler une race, un garçon bâti comme leur fils ?

Dans la grande chambre enfumée, on n'entendait plus que le bruit des mâchoires de Daniel qui continuait son repas. Le gros Latour remarqua que ces robustes mâchoires-là devenaient de plus en plus nerveuses. Certes les morceaux de la gibelotte étaient durs, mais le maître de Montoizeau les broyait avec une colère croissante.

Il se mit à frapper violemment du dos de son couteau sur la table, il voulait du vin. Latour trouva le moyen de pivoter doucement sur sa chaise, et, grâce à cette conversion savante, put apercevoir du moins l'ombre du dîneur qui se détachait en silhouette sur la muraille nue.

Son énorme chevelure bouclée s'y reproduisait en ondes sombres, et Latour admira cette forte crinière; il pensait qu'il avait devant lui un lion amoureux : ces grands fauves n'aiment point qu'on les dérange dans leurs amours. Ce rapprochement lui causa une nouvelle envie de gaieté qui l'incommoda même très fort, car elle lui chatouillait vivement la gorge.

Au dehors, on entendit un roulement sourd qui ébranlait la terre, puis des coups de sifflet déchirant l'espace. Le fracas se rapprocha, le train accourait. Latour n'avait pas oublié qu'Élie Vaudremer allait venir pour le mettre en voiture; le rendez-vous était dans l'auberge. Une voix aigre s'éleva dans la rue, la porte extérieure de la salle s'ouvrit.

La table où Daniel Closmadeuc était assis se trouvait justement en face. Certes, le fils des libraires ne s'attendait point à être placé si brusquement en présence de celui que, depuis quinze jours, il bravait du fond de la maison blanche. Il demeura cloué sur le seuil. Latour s'était levé et ne riait plus.

Il y eut quelques secondes d'un lourd silence. Daniel ne leva pas les yeux, se versa une rasade, et la

5

porta à ses lèvres ; Latour entendit le choc des dents contre le verre.

— Je suis prêt, dit-il à Élie Vaudremer.

Les deux jeunes gens avaient disparu. Daniel passa sa large main sur son front.

— Ce n'est point sa faute à lui ! murmurait-il. C'est elle qui m'a fait tout le mal, c'est elle qui le payera.

Il sourit cruellement, car il était sûr qu'elle *paye-rait*. Il la connaissait, cette fille imprudente ; elle n'était point maîtresse des fibres de ses nerfs et de la flamme de son sang au même point que des mouvements de son cœur.

IX

Il se leva. On l'aurait étonné peut-être en lui disant que ce n'avait pas été doucement. Cependant, la chaise qu'il quittait s'en alla frapper l'angle de la cheminée qui occupait le milieu de la salle, la table chancela, la bouteille vide roula par terre. Il y avait dans tous ses mouvements une violence dont il ne se rendait plus compte, parce qu'il n'en était plus le maître. Le fracas fut tel que l'hôtelier accourut encore.

— Nicolas Patural, fit Daniel, veuillez compter tout ce que je vous dois.

Nicolas Patural se demanda s'il avait bien entendu :

— Oh ! monsieur Closmadeuc, ce n'est pas pressé...

— Très pressé ; je quitterai le pays cette nuit même. On ne m'y reverra pas.

L'hôtelier le regarda, secoua les épaules et sortit. Naturellement, il se trouva que le compte était fait ; il ne restait plus qu'à y ajouter la note du dîner. L'addition couvrait toute une bande de papier, la bande était longue. Daniel qui, en attendant, avait dévoré la salle à grands pas, prit le papier, consulta le total, jeta six pièces d'or sur une des tables. Il y avait une différence de quelques francs en sa faveur ; le bonhomme parla de les lui rendre, Daniel l'arrêta d'un geste.

L'hôtelier, touché au fond du cœur, se trouva une larme au coin des yeux :

— Pardié, fit-il, que vous seriez bon, monsieur Daniel, si vous étiez riche !

— Oui, mais je suis forcé d'être méchant et lâche puisque je suis pauvre.

Daniel allait ouvrir la porte extérieure de l'auberge, par laquelle Latour et Élie Vaudremer étaient sortis un moment auparavant et qui donnait sur la rue du village. Le bonhomme le rappela :

— Monsieur Daniel !...

— Que veux-tu ? N'ai-je pas tout payé ?

— J'y pense. Vivre là-haut sur vos champs, ce n'était pas déjà si aisé. Mais hors de chez vous, comment exister, monsieur Daniel ?... Vous feriez mieux de reprendre ce bel argent que vous venez de me donner, vous vous acquitteriez plus tard...

— Merci, j'écrirai au notaire. Il vendra la tour et ma ferme à mademoselle Laure Marescot qui les guette. J'aurai le prix du marché.

—- Ouais ! de cette façon-là les Marescot vous auront tout pris, votre bien, votre maison, et aussi votre cœur.

— Et moi, fit Daniel, en retournant d'un pas vers le bonhomme qu'il saisit par le bras, moi, sais-tu si je ne leur aurai pas pris davantage ?...

Cette fois la porte vola ; les vitres auraient dû s'en briser. Le vieil hôtelier demeurait sur le seuil, riant d'un rire particulier qui n'est jamais sorti que de la bouche serrée des paysans de ces campagnes lorsqu'ils s'égayent, et qui ressemble à un gloussement :

— A la bonne heure ! grommelait-il.

La réponse de Daniel Closmadeuc lui semblait d'un gaillard qui sait bien ce qu'il fait. Pardié, d'autres aussi s'en doutaient. Ces gens de Paris, venus si loin pour chercher une femme à leur fils qui n'était qu'une moitié d'homme, allaient avoir un bon lot !

Le bonhomme referma sa porte en disant :

— C'est égal, si celui-là qui s'en va était le millionnaire, ce serait plus juste. Mais on ne refait point la vie de ce monde, quoi !

Daniel Closmadeuc redescendait la rue ; toutes les portes désormais étaient closes, et presque toutes les fenêtres éteintes. On entendait au loin, sur l'autre bord de la rivière, le sifflet du chemin de fer traversant les grands bois ; plus près le murmure de l'eau ;

dans les écuries du bourg, les chevaux donnant du
pied contre les murs; dans le jardin du curé derrière
les chênes verts, un rossignol qui lançait ses trilles,
et, tout à coup, à l'horloge de l'église, une volée de
cloches, le son de neuf heures qui passa.

La nuit était piquée d'étoiles, mais sans lune; des
senteurs fraîches la traversaient. C'était l'haleine des
hautes herbes dans les prairies étroites qui formaient
de ce côté la berge de la rivière, des blés grandissant
sur les pentes que ne couvrait point la vigne, et des
arbustes encore fleuris dans tous les jardins. Daniel
reprit le chemin qui longeait celui de la maison
blanche; mais arrivé devant la brèche, il s'arrêta.

Ce qu'il allait faire de l'autre côté du mur croulant,
il le savait bien; ce qu'il ne connaissait pas, c'était le
lendemain qui attendait une action si redoutable.
Vingt fois il avait été le maître de perdre cette fille
décevante et téméraire qui lui faisait tant de mal à
cette heure; vingt fois il l'avait tenue dans ses bras,
bien moins défendue par l'appréhension de la faute
que tourmentée par la curiosité de la chute.

Vingt fois il s'était enfui la tête perdue; et le matin,
à son réveil, quand il avait consulté sa conscience,
jamais elle n'avait cessé de lui dire : Tu as bien fait.

C'est qu'aussi il avait en ces premières nuits dangereuses un renfort puissant, c'était l'espérance. Il
se flattait de ramener Cécile à l'honnêteté du cœur
qu'il avait été si sincèrement épouvanté de ne point

trouver en elle. Peut-être, en lui exposant l'étrange distinction qu'une fille positive doit faire entre l'amour et le mariage, répétait-elle seulement la leçon apprise. Il voulait toujours y reconnaître la courte morale bourgeoise de la tante Laure, qui ne savait pas trop ce qu'elle disait. Cécile ne faisait sans doute que répéter avec des étourderies enfantines le bel adage de la vieille fille : aimer et se marier font deux.

Quant à lui, il était encore bien persuadé qu'elle serait sa femme, et voilà ce qui la défendait. Il la connaissait maintenant; il savait combien il s'était trompé sur elle. Cécile Marescot, une étourdie! Ah! Dieu, non. Il n'y avait pas de fille plus réfléchie et cachant une volonté si ferme sous de grands rires; et peut-être n'y en avait-il jamais eu de si naturellement perverse.

Mais quoi qu'il eût fait alors, il aurait eu pour excuse la sincérité de cette chaude passion qu'elle avait allumée en lui dès le premier jour où il l'avait vue. C'était un dimanche, sous les chênes verts, au retour de ses voyages... A présent, où était l'excuse? Il la haïssait, et c'était cette haine qui s'armait d'un terrible aiguillon de désirs.

Il allait à elle, ivre d'orgueil déchiré, conduit par l'effroyable révolte de sa chair qu'il avait domptée longtemps. Il fallait que Cécile fût à lui; il la voulait, au prix de la force même; il était prêt à toutes les

violences contre cette pudeur légère qu'il avait eu
naguère l'honnête peur d'entamer.

C'est qu'il se souvenait du jeu cruel qu'elle s'était
fait de ses transports, de ses colères, de sa loyauté
même; c'est que ce délaissement sans excuse, sans
précaution, des derniers jours, ce renoncement hardi
du passé avaient comblé la mesure. Ah! oui, la
revanche était légitime! Combien de fois Cécile lui
avait-elle dit, sournoisement railleuse, en le recon-
duisant jusqu'au bord de ce chemin, après leurs
rendez-vous :

— Allez! je ne vous crains pas, mon bon Daniel.

Eh bien! la cruelle fille saurait tout à l'heure que
la confiance est présomptueuse quand on l'a fondée
sur la générosité d'un homme, et qu'à cet homme on
a démontré qu'être généreux c'est être dupe. Daniel
mit le pied sur la brèche du mur.

Son plan était fait. Il traverserait le jardin jusqu'au
pied de la chambre de Cécile; il monterait à l'assaut,
en s'aidant des saillies du chaînage de briques, et
frapperait aux vitres de la croisée.

Que l'un des nouveaux hôtes de la maison vînt à
s'éveiller au bruit, le vieillard, par exemple, — on
ne dort guère, à quatre-vingts ans, — parbleu, ce
serait un fier éclat chez la tante Laure! Et si c'était
en face d'Élie Vaudremer que le rôdeur de nuit se
trouvât tout à coup placé?... Ah! tant pis pour cette
moitié d'homme... On ne court point de ces aventures

désespérées sans risquer de briser quelqu'un ou quelque chose.

Si Élie Vaudremer venait encore une fois se placer sur le passage de Daniel Closmadeuc, ce ne serait fâcheux que pour lui... Et vraiment aussi pour *elle!* Adieu les rêves d'ambition, de vie brillante et libre à Paris, qu'elle avait caressés! Ce serait fini de toutes ses combinaisons et de ses ruses. Daniel Closmadeuc ne serait plus seulement son propre vengeur; la destinée lui aurait marqué un autre rôle : il serait le justicier démasquant la fraude.

Mais comment allait-elle le recevoir?.. Cette fenêtre où il voulait frapper, l'ouvrirait-elle?... Ne pouvait-elle feindre de ne pas entendre? N'aurait-elle pas la pensée, dans ce péril où il allait la mettre, d'user d'artifice, d'appeler, de crier au malfaiteur devant sa croisée, de le forcer à fuir aussi vivement qu'il serait hardiment entré?...

Allons donc! Est-ce qu'elle oserait?... Il la trouverait docile et prompte. Est-ce qu'elle n'aimait pas le danger? Est-ce que sa première pensée, son premier mouvement de fille d'Ève ne serait pas de s'amuser de cette visite qui glacerait d'effroi d'autres femmes? Il s'attendait à lui trouver un sourire aux lèvres; elle lui dirait :

— Daniel, mon bon Daniel, ce que vous faites là est fou. Comme il faut que vous m'aimiez!

Il sauta dans le jardin...

5.

Et, à l'instant, il s'arrêta, car il percevait là-bas, sur le sable de l'allée principale, un bruit léger; sur le fond mouvant de la nuit ses yeux croyaient distinguer un point d'ombre. Il ne se trompait pas, un appel étouffé arriva jusqu'à lui : « Daniel! Daniel! »

Il ne bougea plus, elle venait; elle lui prit les deux mains et mit comme autrefois sa tête sur cette robuste épaule :

— Daniel, Daniel, j'espérais bien que vous n'y tiendriez pas là-haut, dans votre vilaine tour... Je voulais vous voir encore une fois, je suis venue... Ah! si vous saviez comme je suis heureuse!

Lui ne disait rien. Il se sentait une rougeur au visage, en songeant que la nouvelle famille de Cécile Marescot et le mari du lendemain dormaient à cent pas de là, dans la maison, et que tous ces Vaudremer qu'il haïssait étaient aussi les jouets de cette créature étrange aux candeurs diaboliques et pourtant si douces.

C'était lui, du moins, qui avait en ce moment les profits du jeu; Cécile s'abandonnait sur son épaule, murmurant des choses sans nom dans aucune morale au monde :

— Daniel, Daniel, que c'est cruel de vous quitter! Pourquoi n'a-t-il pas été possible que nous passions ensemble toute la vie? Ah! comme je vous aurais toujours aimé!

Et lui donc! Sans cela, n'aurait-il pas rejeté loin

de lui cette redoutable fille, qui faisait horreur à sa conscience, et dont son cœur était plein, et que ses sens dévoraient? Elle attisait en lui la colère qui grondait depuis le matin, mais elle ne lui causait aucune surprise. Il avait prévu ce langage, il savait bien, en sautant dans le jardin, qu'il allait au-devant de ses caresses. Il l'attira de plus près encore vers lui, elle ne résista point. Jamais elle n'avait résisté.

Toute cette luxuriante beauté eût été son bien depuis longtemps s'il avait osé le vouloir. Il appuya ses lèvres qui brûlaient sur la chevelure brune de Cécile qui, se dégageant, se haussant sur la pointe de ses pieds, plongeant ses yeux dans ses yeux, lui dit :

— Daniel, que ferez-vous quand je ne serai plus là? Est-ce que vous aimerez une autre femme du pays?...

— Je quitterai ce pays, fit-il d'une voix sourde. Je me garderai bien de jamais aimer une autre femme, car elle pourrait être semblable à vous, et vous êtes un monstre.

— Oh ! dit-elle, riant toujours, un monstre que vous avez adoré, Daniel.

Il serrait ses bras autour de la taille de la jeune fille, et cette étreinte se changeait en un cercle de fer.

— Je partirai, reprit-il; je ne veux jamais revoir ce coin de terre et ces vieilles pierres qui me restaient de l'héritage d'un brave homme. Je ne veux pas

retrouver dans les chemins les traces de la misérable
fille qui m'a appris à douter de tout ce qui est bien,
de tout ce qui est bon, de tout ce qui est beau...

— Mon Dieu ! fit Cécile cherchant à se dégager,
comme vous me traitez, Daniel ! Et savez-vous ce que
cela me prouve ? Que vous m'aimiez plus encore que
je ne le croyais. Cette pensée me ravit et me fera
oublier bien des peines. Oh ! oui, vous l'aimez bien
fort, et vous l'aimerez longtemps, cette misérable
fille ! Mon ami, laissez-moi, vous me faites mal.

— Non, dit-il brutalement, pas cette fois.

Il la tenait étroitement, leurs visages se touchaient,
leurs lèvres s'effleurèrent.

— Daniel ! Daniel ! murmurait Cécile, qu'avez-vous ?
Ce soir, vous me faites peur.

— Ce que j'ai ? dit-il ! Je te veux ! Tu vas être à
moi !

Il l'entraînait vers le jardin.

X

Après cinq ans.

...Le porche sévère de la vieille église était drapé de noir; un superbe char funèbre tout empanaché, jonché de fleurs et de couronnes, attendait le cercueil; un cordon de pauvres se formait à l'entour, espérant une pluie d'aumônes. Ce fut ce que les Parisiens nomment volontiers en souriant « un bel enterrement ».

La foule dans la nef était si serrée, qu'un certain nombre d'invités demeuraient sous le porche. C'étaient les retardataires, ceux qui n'aiment pas à presser leur déjeuner. Tous, se dressant sur la pointe des pieds, essayaient de faire courir leurs yeux jusqu'au fond du sanctuaire ; ils avaient une curiosité :

— Le vieux Vaudremer est-il là ?

On plaignait fort ce vieillard presque nonagénaire qui, deux ans auparavant, avait conduit le deuil de son fils, le célèbre libraire, et qui venait, maintenant, de voir tomber son petit-fils. Un autre libraire qui se trouvait là, qui n'avait point réussi et que le malheur rendait fort aigre, se prit à remarquer à demi-voix que le petit homme n'était pas tombé de bien haut.

On le regarda sévèrement ; il y eut un silence de glace. Certaines pitiés sont faciles. Tant pis pour ceux qui refusent ce tribut de décence. On savait bien que ce libraire, un maladroit en tout, était un vilain homme.

En ce moment, un gros garçon que tous les amis des Vaudremer connaissaient, fendit la foule et gagna le porche en s'épongeant le front. De pareilles cohues ne sont pas faites pour les corpulents ; ils y sentent fondre leurs regrets qui s'en vont en eau ; ce n'est point des larmes. On arrêta le compagnon intime du mort au passage.

— Le vieux Vaudremer a-t-il trouvé ce courage, vraiment, d'accompagner les restes de son petit-fils ?

Le vicomte leva les épaules.

Pouvait-on raisonnablement demander un si cruel effort à un si vieil homme ? Tout le monde en tomba d'accord : cela ne se pouvait point. Donc, l'octogénaire était demeuré chez lui.

.

Mais les interrogations étaient lancées : on prévoyait bien depuis quelques années la mort d'Élie Vaudremer; comment ce dénouement fatal était-il arrivé pourtant si vite? Le vicomte de Latour continuait à secouer les épaules.

— Eh! Messieurs, la mort vient toujours à son heure. Ce pauvre Élie avait bien des choses qui rendent heureux. D'abord, une grande fortune...

— Et une jolie femme, dit quelqu'un.

— Ce n'est pas cela qui sauve! reprit le vicomte.

Depuis trois ans, on faisait durer Élie Vaudremer, on ne pouvait le faire vivre. On l'avait prolongé en le traînant en Égypte pendant un hiver, et l'été à toutes les eaux célèbres. Parbleu, ses amis avaient au moins une consolation : le pauvre garçon était bien mort de son mal, point des médecins. Cela est peut-être plus rare qu'on ne le pense.

• Là-dessus, le gros Latour, qui ne trouvait point d'air vraiment libre sous ce porche enveloppé de draperies et encombré de monde, réussit enfin à se dégager et gagna les degrés qui descendaient à la place. A gauche de cette église Saint-Germain-des-Prés s'ouvre un square tout plein d'ombre discrète, car il la reçoit, d'un côté, du mur de la basilique; les hauts feuillages des arbres se jouent sur les vitraux des fenêtres romanes. Le gros Latour se dirigea d'instinct vers ce coin de verdure fraîche.

Il allait s'appuyer à la grille qui défend le square

respirer ces senteurs vivifiantes; il recula. D'un
autre côté de cette grille, la place était prise. Latorel
eut bien envie de se frotter les yeux.

Là, il y avait un homme... et c'était... Point de
doute : il reconnaissait d'abord cette taille d'athlète
et ce buisson de boucles noires encadrant cette face
vigoureuse... Cinq ans écoulés y avaient mêlé quelques fils blancs, mais c'était lui, c'était bien lui le solitaire de la tour de Montoizeau, là-bas, en Vendée, le
« bohémien de là-haut », pour parler comme la tante
Laure, ce Daniel Closmadeuc, enfin, dont Cécile Marescot, la veuve d'Élie Vaudremer à présent, disait
alors avec tant d'audace naïve : Daniel, c'est celui qu'on
voudrait aimer.

— Oh bien ! pensait Latour en faisant volte-face, il
vient voir son ancien rival s'en aller en terre; ce n'est
pas généreux, mais c'est si naturel !

Le résultat de cette conversion soudaine et forcée
fut de faire retomber le gros Latour sous le porche,
dans le groupe des interrogeants. Mais il ne les écoutait plus et ne leur répondait que du bout des lèvres.
Il avait bien un autre souci en tête.

D'où sortait-il, ce revenant de la Tour aux échelles ?
Qu'il fût là, présent, — discrètement, d'ailleurs, et
de loin, — à cette cérémonie qui flattait ses vieux
ressentiments, et que les journaux avaient annoncée,
rien d'étonnant. Ce n'était pas là le point délicat des
réflexions du gros Latour.

Ce point, le voici.

— Ce grand Closmadeuc, depuis cinq ans, avait-il revu Cécile Vaudremer ?

Le son des cloches, le brouhaha de la foule, qui de l'église commençait à refluer sur la place, avertit Latour que ce n'était point l'heure de se poser des problèmes. Il fallait avant tout qu'il allât prendre son rang dans le cortége, le premier rang s'il pouvait, derrière les cousins, car il n'y avait plus d'autres parents autour des Vaudremer.

Et le convoi funèbre, déployant un moment après sa longue file dans la rue de Rennes, Latour, qui suivait tête nue, songeait à ce mort qu'il escortait et à ce vivant qu'il venait de voir.

Le premier, jadis, avait supplanté l'autre ; mais, celui-ci avait bien devancé celui-là dans le cœur de la belle Cécile.

Encore, si ce n'était que cette vétille ! Mais Latour, à présent, se demandait si Daniel Closmadeuc *revenait* pour la première fois. Ces Vaudremer, si joliment abusés avant le mariage, n'avaient-ils cessé depuis d'être trompés ? Il aurait voulu ne pas le croire ; ce gros Latour n'était pas un pessimiste. Il avait beaucoup observé la jeune madame Vaudremer, et souvent il avait été surpris de lui trouver l'attitude d'une femme sans reproche, bien que l'ombre de mari qu'on lui avait donné fût un mari détestable et qu'un veuvage anticipé lui eût procuré depuis longtemps les

facilités que lui assurerait désormais le veuvage légal.
Elle paraissait s'être vouée tout entière à son enfant,
— car elle était mère.

. . . .

Daniel Closmadeuc s'était placé derrière ces feuillages et derrière cette grille, parce que diverses personnes auraient pu le reconnaître. Celles-ci comptaient
parmi les anciennes relations des Vaudremer, alors
qu'ils étaient des libraires politiques. Daniel ne voulait
point que son nom figurât sur la liste des assistants
dans les journaux; il pensait que Cécile pourrait avoir
la curiosité de la lire. Et si ce n'eût été que Cécile!...
Mais d'autres la dévoreraient, cette liste, toujours
flatteuse quand elle est longue; la tante Laure, par
exemple. Il savait que la vieille demoiselle avait fait
le voyage de Montoizeau à Paris, pour assister sa nièce
dans cette « épreuve ».

Ce mot-là fit passer sur sa forte bouche un sourire
qui montra l'éclair des dents. Une épreuve? Quelle
dérision!

Maintenant, il ne craignait plus de se faire voir; le
convoi funèbre était loin. Il avait cet avantage sur ses
ennemis d'autrefois, qu'ils ne connaissaient pas sa
présence à Paris. Mais elle, mais Cécile, mais la veuve
toute fraîche, l'affranchie de la veille, ne l'ignorait
plus...

Il traversa la place Saint-Germain-des-Prés et prit le grand boulevard qui court vers la Seine. Devant un hôtel neuf, il s'arrêta sur la chaussée; les arbres, déjà touffus, qui couvrent le trottoir, lui servaient de rideau contre les regards qui auraient pu lui arriver des fenêtres basses. D'ailleurs, les habitants de ce logis ne songeaient point à s'approcher des croisées en un pareil jour; elles étaient closes et muettes. Des ouvriers travaillaient à déclouer au-dessus du portail les tentures funèbres; les domestiques allaient et venaient sous la voûte; aucun d'eux n'avait jamais vu Daniel Closmadeuc.

Pourtant, il était venu là une fois. Dès le lendemain de son retour à Paris, l'année précédente, il savait que les Vaudremer avaient abandonné leur maison de la rue de l'Université, après la mort d'Henri. Élie avait acheté cet hôtel. L'aïeul en habitait le rez-de-chaussée; le jeune ménage s'était installé à l'étage supérieur, le logis était vaste. Et Daniel était venu là pour les voir, elle et lui.

Il savait tout : Cécile avait un fils.

Et cet après-midi-là, une belle journée de l'arrière automne, il se glissait avec une curiosité ardente sous ces jeunes arbres dépouillés. Il avait encore appris que, vers deux heures, madame Vaudremer sortait en voiture avec l'enfant. La porte cochère s'ouvrit; le coupé, roulant sous la voûte, déboucha sur le boulevard. Le hasard favorisa ce

curieux haletant : l'enfant se penchait de ce côté à la
portière, et sa mère derrière lui le retenait par le
bras.

Cécile étouffa un cri et se rejeta au fond de la voiture. Lui, dévorait des yeux ce pauvre petit être ma-
lingre et blême...

Puis, la voiture étant passée, il avait baissé la tête.

Cet enfant le condamnait ; il n'était pas revenu.

Il vivait, il tuait les heures. Un long séjour qu'il
avait fait en Amérique lui avait assuré le pain libre.
Un jour, il s'était plu à tracer le tableau de cette terre
étrange qu'il connaissait bien, et s'était avisé de porter
cette relation fidèle à un recueil périodique. Le succès
ouvrit devant lui une carrière nouvelle ; mais quoi
d'étonnant que cette réputation naissante ne fût pas
arrivée jusqu'à Victurnien de Latour ? Ce gros vicomte
pour rire était de ceux dont on a dit : Ils relient leur
livres et ne les lisent point.

Ceux-là estiment le maroquin dans Corneille et la
tranche dorée dans Voltaire.

On ne lisait pas davantage chez Élie Vaudremer,
— déjà moribond, d'ailleurs fils de libraires. Daniel
était donc bien sûr que son nom n'était point arrivé
jusqu'à Cécile. Cécile ne savait pas même de lui le
peu qu'il avait su d'elle. Un jour, elle l'avait revu, et
son premier mouvement avait été de peur. C'est
qu'on croit avoir noyé le souvenir des fautes ; tout à
coup, voici que dans le miroir du passé on voit repa-

raître l'image, et la crainte est bien naturelle. Pourquoi s'élève-t-on contre le ressentiment que vouent
les femmes à ceux pour qui elles ont péché ? C'est
qu'elles savent bien que ce ne sont pas seulement des
complices. Qu'elles ne se défendent point, ce seront
toujours des maîtres !... Cécile Marescot était peut-être
bien payée pour craindre Daniel Closmadenc.

Cependant, il revenait ; ayant appris par les journaux la mort d'Élie Vaudremer, à trente ans à peine,
il avait aussi lu quelques condoléances galantes sur
l'âge de la veuve : vingt-trois ans. Et il songeait que
des convoitises déjà se levaient autour de ces voiles
noirs qui recouvraient une si admirable jeunesse,
sans parler de cent mille livres de rente qu'elle avait
préférés au bonheur honnête et à l'amour.

Ce secret de la veuve, les épouseurs ne le connaissaient point.

Il revenait donc, poussé par la même curiosité
brûlante qui l'avait conduit, le précédent automne.
Seulement, cette fois, ce n'était pas pour *lui*, pour
l'enfant, que ce sentiment-là s'attisait. C'était pour
elle.

Que faisait-elle dans ses premiers moments d'une
situation qui la rendait libre ? A quoi, à qui songeait-
elle ! Il aurait voulu plonger ses yeux dans ces vitres
aveugles et percer ces murs. Cette violente possession
du désir triompha bientôt de ses appréhensions ; il
secoua les épaules parce qu'il avait pu craindre

quelque chose. Eh ! que lui faisait que cette vieille
femme venue pour secourir sa nièce, qui, sans doute,
n'avait guère besoin de secours, — que lui importait que la tante Laure pût le découvrir ? Les sottes et
méchantes gens d'autrefois qui lui avait fermé le
chemin du bonheur étaient impuissants désormais à
l'empêcher de se le rouvrir. Il franchit le trottoir ; il
errait au pied même de la maison, et, dans la fièvre si
soudainement réveillée des anciens jours, il croyait
entendre derrière ces croisées une voix fraîche et
rieuse qui l'appelait, comme dans le jardin de Montoizeau, à l'ombre tombante, cinq ans auparavant :
Daniel ! Daniel !

Si les yeux de Daniel Closmadeuc avaient pu percer
ces murs voici ce qu'il aurait vu et entendu :

Au fond d'un salon du rez-de-chaussée où les
rideaux étaient baissés, si bien que le jour y arrivait
à peine, le vieux Mathias était assis, droit, inflexible,
silencieux comme toujours dans son grand fauteuil.
Une porte s'ouvrit ; Cécile Vaudremer entra, conduisant son fils par la main. Elle s'inclina devant le vieillard, sous ses grands voiles noirs, et dit à l'enfant :

— Henriot, embrassez votre grand-père.

Henriot s'approcha timidement, comme s'il savait
bien ce qui l'attendait... De sa longue main dé-
charnée, mais à peine tremblante, l'aïeul écarta
l'enfant.

La mère prit son fils entre ses bras et l'emporta

tout en le couvrant de baisers, à travers l'escalier qui
montait à son appartement :

— Cher mignon, lui disait-elle, le grand-père ne
te trouve point beau et fort comme il t'aurait souhaité.
Est-ce ta faute ?

Rentrée dans sa chambre, elle déposa le petit Henriot à terre ; la rudesse de l'aïeul ne chagrinait guère
le baby, qui se remit à jouer avec des billes sur le
tapis. Elle, le regardait :

— Ainsi, se disait-elle, j'aurais apporté dans cette
maison un enfant robuste qu'il y serait aimé. Le bon
Dieu pourtant ne l'a pas souffert.

Elle était radieuse sous ses voiles de deuil; son teint empruntait un éblouissement à ce cadre sombre. Elle portait la livrée de la mort et n'avait jamais eu cette splendeur vivante; ses vingt-trois ans avaient la plénitude du fruit mûr. Pourtant elles sont lourdes, ces premières semaines du veuvage, même à celles en qui la douleur serait volontiers légère. Madame Vaudremer vécut dans une claustration rigoureuse.

Elle n'osait descendre dans le jardin de l'hôtel. Si la tante Laure l'en pressait, elle invoquait les bienséances. Ces raisons-là frappèrent d'abord la vieille demoiselle de campagne, qui se piquait de les connaître. Cécile ne disait point ce qui la retenait surtout prisonnière.

C'était la crainte de l'aïeul.

Sous les chaleurs pesantes de l'été qui s'avançait, elle sentait pourtant une cruelle fièvre des nerfs. Ces plis de crêpe et de laine l'étouffaient. Dans la chambre unique où elle s'était confinée, elle rêvait sans trouver le courage de prendre une broderie, sans songer même à demander un livre. L'enfant jouait, à ses pieds, sans bruit, avec les lenteurs automatiques des êtres maladifs. Henriot n'avait point de cris et point de rires.

Il se traînait sur le tapis et ne se relevait qu'avec effort; le poids de sa tête trop grosse l'accablait; il allait flageolant sur ses pauvres petites jambes grêles. Sa mère le saisissait au passage, l'enlevait dans ses bras, le mangeait de baisers, puis, cette fureur de tendresse assouvie, le regardait longuement. Les yeux de l'enfant ne répondaient pas aux siens, ils n'avaient que des lueurs vagues sous leurs lourdes paupières de cire. La tante Laure entrait.

Elle portait un deuil léger, car le mort était son parent à peine, — une sorte de demi-deuil poitevin : douillette de soie noire, cornette de dentelles blanches sous lesquelles ressortaient mieux les rides de ce visage sans couleur et sans vie. Elles s'étaient beaucoup creusées depuis cinq ans. On vieillit vite quand on ne sert de rien ni aux autres ni à soi-même; la nature est quelquefois équitable.

La matrone demoiselle avait trouvé depuis long-temps le moyen de faire courir sans cesse un sourire

6

béat sur ses lèvres arides. Elle arrivait, elle souriait,
et de cette lèvre qui ne connaissait point l'ennui profond qu'elle distillait, tombait la même phrase toujours :

— Si vous n'allez pas au jardin par convenance,
pourquoi ne laissez-vous pas l'enfant y descendre
avec moi, ma chère Cécile ?

Madame Vaudremer secouait les épaules sans répondre.

Un jour, elle rompit le silence. S'approchant de
l'une des croisées qui s'ouvraient sur ce jardin assez
bien rempli d'ombres, elle aspira longuement le
souffle d'un massif de grands marronniers noirs qui
s'élevaient à quelque distance de la maison ; puis, au
bout d'un moment, elle recula d'un pas.

A demi-voix, elle appelait mademoiselle Marescot qui
vint lentement, comme il sied à une personne d'importance, grassement pourvue des biens de ce monde et
qu'y s'y croit trop bien située pour avoir jamais aucune
raison de se presser. Tout en traversant la chambre,
elle recommençait son antienne : — Je vois ce que
c'est ! La fraîcheur des arbres vous tente pour Henriot. Je l'y conduirai quand vous voudrez.

Cécile lui prit brusquement la main et lui montra
sous les marronniers le vieux Mathias qui sortait de la
maison : — Vous ne comprenez donc pas ? s'écria-t-elle.
Vous conduirez Henriot. Est-ce vous qui le défendrez ?...

L'aïeul s'appuyait d' e main au bras de son valet
de chambre, de l'autre sur une canne et, quelque

temps, il se laissa guider par les allées, muet comme une figure d'airain, la taille toujours droite, la tête seulement retombant sur sa poitrine; d'un coup sec de son bâton il marquait la cadence de son pas sur le sable.

Tout à coup cette tête sinistre se redressa comme par l'effet d'un ressort, et Cécile revit devant elle ce visage menaçant, à la peau jaunie, séchée, parcheminée sur les os. Les yeux du vieillard, du fond de leurs orbites sombres, coururent à la fenêtre où se tenaient les deux femmes.

L'enfant venait de se glisser entre elles, les boucles de ses cheveux d'un blond pâle se détachaient sur la robe noire de la veuve, le haut de sa pauvre petite figure dépassait à peine le bord de la croisée. Le vieillard se souleva sur ses pieds, brandissant sa canne; il échappait au valet qui employait toute sa force à le retenir, et il jetait de grands cris... Cécile avait enveloppé son fils dans ses bras et l'emportait au fond de la chambre.

La tante Laure la suivit, déclarant que ce spectacle faisait mal.

Madame Vaudremer, affaissée sur un fauteuil, serrant toujours étroitement l'enfant, ne trouvait pas un mot. La vieille demoiselle était partie et n'avait pas besoin de réplique.

— Hélas! disait-elle, l'heure n'est pas la même pour chacun de nous; mais elle vient pour tous. Le bon Dieu, qui avait donné à Mathias un esprit si fort

et qui le lui a conservé si longtemps, le lui reprend à la
fin. C'est qu'aussi, depuis ses quatre-vingts ans accomplis, le vieux Mathias n'a eu que des peines.
Ah! les mauvaises dernières années! Il avait fait pourtant un heureux rêve en mariant son petit-fils Élie...

Cécile se redressa sur son fauteuil et arrêta d'un
geste ce flot qui menaçait de monter toujours :

— Un rêve trahi ! dit-elle en souriant avec effort...
Il maudit mon Henriot parce que le pauvre petit est
semblable à son père. Il ne m'a jamais pardonné de
ne l'avoir pas mis au monde semblable à moi...

— Je sais ! fit la tante Laure. Il semblait que, d'un
beau sang comme le vôtre, d'autres Vaudremer auraient dû venir, et qu'ils seraient comme ceux d'autrefois, comme lui... C'était là son idée... En vérité,
Cécile, vous me faites dire des choses... Eh bien, oui,
Henriot est faible et malade. Est-ce votre faute ?

Cécile sentit un flot de ce beau sang dont parlait la
tante lui monter au visage :

— Son vœu aurait été exaucé, murmura-t-elle, que
ce vieillard ne m'en ferait que plus de peur...Ne parlez
point de ce que vous ne connaissez pas, ma tante...Je
quitterai cette maison. Je m'enfuirai avec Henriot au
bout du monde. J'ai peur et je suis libre !...

— Non, Cécile, vous ne l'êtes pas absolument.
Pensez-vous qu'à votre âge les bienséances permet-
tent de voyager seule ?

La jeune veuve eut un rire bruyant :

— Là! dit-elle. Il s'agit bien des convenances!...
Oh! ne vous fâchez donc pas! Si je vous disais qu'il
y va de la sécurité d'Henriot dans l'avenir et de mon
salut à moi?...

— Vous ferez votre salut partout, riposta la vieille
demoiselle avec componction... J'ai même plusieurs
fois pensé que vous ne le feriez nulle part aussi sûrement qu'à Montoizeau, près de moi. Et si vous vouliez
y revenir...

Madame Vaudremer se leva, se dirigea lentement
vers sa tante, lui prit les deux mains et la regardant
aux yeux :

— Avez-vous donc si peu de mémoire ? lui demanda-
t-elle d'une voix basse et tremblante... Daniel Closmadeuc n'est pas mort. Sa maison branlante est là-
bas qui l'attend, car je vous ai priée formellement de
ne point l'acheter quand il voulait la vendre... Si
j'étais à Montoizeau en bas dans la maison blanche et
que, lui, il revînt là-haut?

La lèvre sèche de la tante Laure se plissait :

— J'imagine, dit-elle, que vous ne songez plus à
cet homme-là.

Cécile leva les épaules :

— Vous imaginez mal, répliqua-t-elle. Mais je
vous dirai ce que vous me disiez tout à l'heure : ce
n'est pas votre faute! Si vous compreniez, vous vous
garderiez bien de m'interroger! Vous ne vous mettriez
point en peine de savoir si je songe à celui que vous

6.

appelez « cet homme-là », et vous vous demanderiez plutôt comment je n'y songerais pas! Est-il bien possible que vous ne sentiez pas ce qu'est Daniel Clos-madeuc à mes yeux? Mais c'est la tentation de mordre à la vie et au bonheur, et de préférer quelqu'un et de me préférer moi-même à mon fils! Tenez! je vous en avais trop dit pour ne point aller jusqu'au bout... A présent, vous le voyez bien qu'il faut que j'use de ma liberté et que je parte.

— Grand Dieu! non, je ne le vois point, fit la tante. Je reconnais seulement que vous êtes folle, Cécile. Heureusement que vos mauvaises pensées s'effaceront d'elles-mêmes! Daniel Closmadeuc est loin.

Madame Vaudremer saisit de nouveau le bras de sa tante, et de son autre main lui indiquant la direction du boulevard:

—Là! dit-elle. Vous devinez bien maintenant pourquoi je reste dans cette chambre qui ne s'ouvre que sur le jardin? Là, entendez-vous? Il est là!

On frappait à la porte, un valet entra. Il était envoyé par le vicomte de Latour, qui demandait si madame Vaudremer pouvait le recevoir.

Cécile alla jusqu'à l'extrémité de la chambre, en froissant sous sa main les crêpes de sa robe:

— Je recevrai M. de Latour, dit-elle.

Le valet sortit.

— Ne prenez point de ces airs d'étonnement, ma tante, reprit madame Vaudremer. Voici la seconde visite que me rend M. de Latour depuis hier. La première fois qu'il est venu, il aurait eu le droit d'être surpris parce que je l'avais appelé. Il sait aujourd'hu pourquoi je l'attends. C'est lui qui portera ma dernière volonté à Daniel Closmadeuc ; c'est lui qui me délivrera de la tentation.

— Votre dernière volonté ? répéta la vieille demoiselle. Je vous vois décidément folle à lier, Cécile, car vous n'êtes point mourante, à ce que je pense, et ce singulier messager...

— Ai-je le choix ? Est-ce vous qui vous chargeriez du message ? Allez ! je suis mieux que mourante, je suis morte pour Daniel, parce que je veux l'être. Je vivrai pour mon fils et rien que pour Henriot. Laissez-moi seule avec M. de Latour, ma tante, je vous e n prie.

La tante Laure s'en allait, les mains croisé es, les yeux au ciel. Le gros Latour, qui entrait, lui fit place sur le seuil et la salua. La réponse de la vieille demoiselle fut courte et serrée, à peine un air de révérence.

Et le gros Latour vint s'incliner à nouveau devant la jeune madame Vaudremer, qui l'attendait debout près de la cheminée. En se remettant d'aplomb sur ses pieds, après tant de courbettes, il s'épongea de son mouchoir. La chaleur était intense au dehors ; l'étonnante épreuve qu'il subissait au dedans aurait suffi à lui mettre la sueur au front.

— Monsieur, dit la jeune veuve, tout est prêt.

— Madame, je vous remercie de votre confiance.

— Je sais bien, reprit-elle, que c'est une mission délicate ; mais vous étiez le meilleur ami de celui qui n'est plus...

— Je lui devais beaucoup...

Latour avait beau travailler à se vaincre, il balbutiait.

—Ce pauvre vieil Élie ! continua-t-il. J'ai reçu même de son amitié une dernière marque...

— Ne parlons point de cela. Une misère... je veux dire un présent bien mérité...

— Madame, vous aviez dit le mot... Une misère... Ne vous reprenez point.

— Vous ne doutez pas que je n'en sois aise. Au reste, je ne voudrais pas vous défendre la reconnaissance, puisque c'est à vos bons sentiments que je m'adresse. Ce que vous allez faire, Monsieur, c'est bien moins pour moi que pour son fils... Car vous me comprenez bien, n'est-ce pas ? J'entends me consacrer uniquement à cet enfant, et je ne souffrirai point que certaine personne intéressée puisse croire... Toute votre mission, la voilà.

— Décourager cette personne de croire... Il ne faut point de malentendu !

— Il n'en faut pas. D'ailleurs vous aurez dans les mains un gage de mes intentions.

— C'est très clair, fit Latour ébauchant un sourire et n'arrivant qu'à une assez piteuse grimace ; une preuve écrite ?

— La voilà, dit Cécile.

Elle tirait de son corsage un papier plié en quatre qu'elle ouvrit. La chaleur l'avait froissé contre son sein. Le gros Latour commençait de se ravoir un peu; il eut envie de sourire.

— Dirai-je à ce Daniel où l'on avait placé ce billet, en attendant le messager ? se demandait-il.

— Lisez! fit madame Vaudremer.

— Quoi ? murmura Latour.

L'invitation était flatteuse pour une curiosité qui avait terriblement travaillé depuis la veille; mais il était bien de se défendre, ou, tout au moins d'en avoir l'air.

— Ce n'est pas nécessaire, je pense, reprit-il. Mais, vraiment, entendez-vous que je doive présenter ce billet tout ouvert, après en avoir pris connaissance, puisque vous le... voulez?...

—Je l'entends ainsi.

Une ombre passa sur les rondeurs de son visage; il songeait à l'humeur peu accommodante du destinataire.

— Lisez, reprit Cécile.

Il lut: « Daniel, Daniel, vous ne connaissez pas les femmes. Il y en a qui ont pu sacrifier le vœu de leur cœur aux intérêts de la vie. Celles-là ont durement senti qu'elles avaient mal fait... Daniel, Daniel, il n'y a pas de mères, non, je veux le croire, il n'y en a pas qui sacrifieraient leur enfant! »

XII

Sorti de la chambre, le gros Latour demeurait au faîte de l'escalier; ses réflexions le clouaient au tapis; elles étaient désobligeantes.

Le valet qui le précédait s'était arrêté de même, et, au bout d'un long moment, se permit une petite toux sèche, avertissant le visiteur de sa distraction. Latour se secoua et s'ébranla : mais, tout en descendant, il maudissait franchement ce don de la perspicacité qu'il avait reçu de la nature.

Il s'en était enorgueilli quelquefois; il avait eu tort, car c'était cette perspicacité rare qui lui valait à cette heure la très désagréable ambassade dont il se voyait chargé. Si jadis, à Montoizeau, il n'avait point pénétré si lestement l'intrigue téméraire nouée entre Cécile Marescot et Daniel Closmadeuc, la veuve d'Élie Vaudremer n'aurait pas songé à lui pour en faire son confident et son messager.

Et là ! c'était un beau message !

Le gros Latour, mentalement, se compara au gardien d'une ménagerie qu'on aurait chargé d'aller porter, au lieu du repas attendu, de la viande creuse à l'un de ses fauves... Et si, dans sa déception, cet affamé, ce farouche s'avisait de penser que le porteur même serait un morceau excellent pour remplacer le dîner dont on le frustrait !

Latour n'avait pas oublié l'humeur enragée de ce Daniel Closmadeuc.

Au temps où il avait appris à les connaître, ces fureurs d'un amoureux trop bien récompensé sans doute, et pourtant évincé, il ne se serait point du tout risqué à en essuyer l'atteinte. Cependant il n'avait alors presque rien à perdre. C'était autre chose à présent.

Le vicomte de Latour avait hérité de l'huissier de Touraine, son père; le legs de cent mille francs que lui avait fait Élie Vaudremer à titre de souvenir arrondissait joliment ce magot. Maintenant, au boulevard, si quelqu'un avait la curiosité de demander :

— Est-il riche, ce gros Latour ?

Tous les amis répondaient :

— Le vicomte La Potiche? Oh! que oui, il a de l'argent dans un bas.

Latour, enfin, était de ceux qui se trouvent de bonnes raisons, sans compter leur répugnance naturelle, pour ne point risquer de se faire jeter par les fenêtres. Il est vrai que, froissant dans sa main le billet de la jeune et belle veuve, il se flattait bien un peu de ne point aller jusqu'à certain logis de la rue de Vaugirard pour le remettre au destinataire. Dans une première entrevue avec madame Vaudremer, il avait promis de savoir où demeurait Daniel Closmadenc, et il l'avait su. C'était au diable vauvert. Si ce boulevard Saint-Germain est déjà la banlieue, la rue de Vaugirard, c'est la province.

Le gros Latour en avait assez de la province, il l'avait jugée, et sans appel, depuis l'aventure de Montoizeau. Cécile Marescot lui en avait alors fait connaître les Agnès; et Daniel Closmadenc l'avait fait rire des esprits forts qui s'en vont disant qu'il n'y a plus de loups.

Ah! oui, une rare Agnès, que cette belle millionnaire de campagne! Et ce bon Élie, le pauvre vieux, un autre personnage de Molière que Latour ne voulait plus même nommer tout bas, car, enfin, il avait été légataire; on sait être reconnaissant ou on ne le sait pas.

Mais quelle galerie, pourtant, de dupes excellentes que tous ces Vaudremer, jusqu'à cet aïeul extravagant qui s'était flatté de retremper sa race dans le sang pur de cette belle fille, et qui ne lui avait jamais pardonné d'avoir mis loyalement au monde un enfant sincère, authentique, qui portait les signes indéniables de la probité de son origine.

Celui-là, de tous, c'était le plus fou. On disait même que sa vieille folie devenait furieuse...

Mais la veuve elle-même? Cécile! Est-ce qu'elle était vraiment tout de bon en possession de sa pleine raison? Qu'était-ce que cette nouvelle *histoire*? Qu'était-ce que cette démarche, auprès de celui...? Non! non! Latour ne voulait plus songer à certaines vieilles choses, par égard pour la mémoire d'Élie, le brave garçon!

Pourtant ce billet à l'adresse de *l'autre*?

On ne pouvait nier que, tout le temps qu'avait duré le mariage, la jeune veuve ne se fût conduite à merveille. Elle avait été sans reproche. Mais ce billet, ce diable de billet, que voulait-il? A quoi tendait-il? Le sens découvert en était facile à saisir. Madame Vaudremer faisait savoir à Daniel Closmadeuc qu'elle ne se remarierait point, qu'elle ne voulait pas même le revoir, qu'elle lui préférait son fils. Pas la mémoire de son mari, oh! non... Mais son enfant... Ah! que c'est beau l'amour maternel! Comme ce sentiment-là vous relève un cœur de femme! Et pourtant, ici!...

Latour le sagace n'aimait point à penser qu'on pût le mystifier jamais... Si ce billet avait un sens caché?...

7

Il arrivait sous la voûte de la porte cochère. Le concierge entr'ouvrit un des larges vantaux et se tint là, chapeau bas. Le visiteur ne se décidait pas à sortir. Latour relisait ce billet.

Eh oui ! cela était sublime, si c'était sincère. Madame Vaudremer ne voulait point sacrifier Henriot... C'est qu'en vérité ce n'était pas un enfant ordinaire, ce pauvre petit bout d'être. Il serait plus sacrifié qu'un autre par un remariage de sa mère qui pourrait avoir d'autres enfants bien plantés et bien tournés. Voilà sans doute pourquoi elle se vouait au veuvage éternel à vingt-trois ans, vivante et curieuse comme Latour la connaissait... Ce renoncement était délicat et superbe.

Il relut encore. Cécile avait écrit des choses très fortes, et par exemple celle-ci : « Daniel, Daniel, vous ne connaissez pas les femmes ! » Mais nulle part elle n'avait dit : « Ne revenez pas, ni maintenant ni jamais !... » Et c'est cela qu'il aurait fallu exprimer clairement, car c'était tout.

En repliant le billet, Latour grommelait : « Bon ! De quoi vais-je me soucier ? » Lui, le gros homme qui avait si prestement écarté les soucis de son existence, allait-il se mettre en peine pour cette aventure, au lieu de songer tout franchement à s'en décharger ? Parbleu ! le sauvage qui était là savait lire..., car il se croyait bien sûr que Daniel Closmadeuc était là... Et ce Daniel était bien payé pour se démêler dans les replis et les détours d'un langage de femme.

Latour franchit enfin la porte cochère; sans lever la tête, il fit courir ses yeux de l'autre côté du boulevard et vit qu'il ne se trompait point.

Daniel était là, justement en face de l'hôtel Vaudremer, à demi caché sous la voûte d'une autre porte; et soulevant de temps en temps son chapeau, il s'essuyait le front.

Latour décrivit une diagonale savante pour traverser le boulevard; tout bas, il continuait son monologue:

—Le pauvre homme! disait-il. Un tourment d'amour sous la canicule!... Et quand on pense qu'à trente mètres du trou noir où le voilà, il trouverait peut-être à se rafraîchir. Tantale Closmadeuc, tu me fends le cœur!

Quant à lui, il rêvait au moyen de s'acquitter de son message, sans se frotter à un péril, ou sans risquer, tout au moins, d'essuyer une algarade. Et après?... Au diable les suites! Il s'en laverait les mains.

Comme il arrivait au bord du trottoir, à l'angle d'une rue transversale, il poussa une exclamation sourdement joyeuse; sa face ronde s'éclaira: le moyen était trouvé.

Entre l'endroit où se tenait Daniel Closmadeuc, sous cette voûte, et celui où Latour était arrivé, s'étendait à présent la largeur d'une maison considé-

rable dont le rez-de-chaussée était occupé par un café.
Latour se glissa entre les tables rangées au dehors, et,
par une porte d'encoignure qui donnait en partie sur
la rue, il entra :

— Hé ! garçon, une demi-glace et ce qu'il faut pour
écrire !

D'autres consommateurs l'appelaient, ce garçon ;
mais il connaissait son monde et le nouvel arrivant fut
à l'instant servi, ce qui enchanta le gros Latour.
Il savait bien que depuis quelque temps il avait pris
un air très cossu ; mais il aimait l'empressement des
inférieurs. C'était la preuve qu'il ne s'abusait point
sur lui-même.

Il savoura sa glace ; elle était à la framboise. Puis
il prit une enveloppe dans le buvard qu'on lui avait
apporté, tira le billet, le fameux billet, de sa poche,
le glissa sous le pli et traça une belle suscription à
main reposée. Son père, l'huissier de Touraine, qui lui
refusait le moindre petit mérite, lui reconnaissait pourtant une belle plume autrefois.

« A monsieur Daniel Closmadeuc. »

Il rappela le garçon, lui mit une pièce de cinq
francs dans la main, et, comme celui-ci se précipitait
pour en chercher la monnaie le gros Latour prit son
air de prince :

— Gardez tout. Seulement, écoutez.

Il lui parla tout bas. Le garçon reçut le pli tout pré-
paré pour Daniel et se remplit dévotement des instruc-

tions que lui donnait un client généreux. Puis il s'en
alla vers la porte de coin ; un fiacre vide passait, il le
héla. Latour sortit avec le dandinement que lui impri-
mait la rondeur de sa personne ; c'était le roulis d'une
vague humaine. Il monta dans le fiacre qui partit, et
par la portière étendant la main, il dit :

— A présent, allez !

Certes, ce n'était pas exécuter le mandat que Cécile
Vaudremer lui avait confié. Elle entendait bien qu'à la
remise de ce terrible billet il ajouterait des commentaires. Eh bien ! cette candide personne s'abusait. Il
s'en dispensait, des commentaires ; il ne s'exposait
point à se voir interrogé par le « bohémien » et à se
fourvoyer dans les répliques ; il simplifiait le mandat.
Il se lavait les mains.

Tandis qu'il prononçait tout bas ce mot de « bohémien », les lèvres charnues du gros vicomte de Latour, le parasite arrivé, dessinèrent une moue inef-
fable. Le fiacre s'éloignait ; Latour s'étendit sur le
coussin poudreux, dans un parfait contentement de
soi. Il ne savait point ce qu'il venait de faire.

Le garçon de café s'acheminait vers la voûte de la
porte qui cachait Daniel Closmadeuc et lui remit le
pli. Daniel l'ouvrit, le lut d'un regard.

Ses yeux se remplirent de sang, ses genoux ployè-
rent. Le garçon, qui n'avait point l'égoïsme raffiné du
gros Latour, s'avança pour le soutenir. Daniel se rassurait sur ses jambes et le repoussa :

— Va-t-en ! cria-t-il.

Il ne demanda point comment et par qui le message lui arrivait ; il avait bien vu Latour sortir de l'hôtel. Un moment, il songea. Puis traversant le boulevard tout droit, la tête baissée comme un taureau qui charge l'ennemi, il se dirigea vers la maison des Vaudremer et souleva le marteau de bronze.

La porte s'ouvrit ; mais la violence du coup attirait en même temps le concierge hors de sa loge. Il vit ce géant en désordre qui entrait. Tout en l'interpellant et en criant : « Que voulez-vous ? » il reculait.

Daniel prit dans une des poches de son gilet tout l'argent qui s'y trouvait. Parmi la monnaie blanche, il y avait cinq ou six pièces d'or.

—C'est pour vous ! dit-il. Je suis attendu par madame Vaudremer.

Il passa. Le concierge comptait cette riche aubaine, ricanait et disait :

— Déjà !

Daniel monta quelques degrés qui conduisaient à l'appartement du rez-de-chaussée. Personne sur son passage. Du fond de ce logis de l'aïeul, bien que toutes les portes fussent garnies par d'épaisses tentures, sortaient des cris rauques et comme le bruit d'une lutte. Si entièrement occupé qu'il fut de lui, de sa colère, de sa résolution implacable, de la pensée qu'il allait la revoir, *elle*, et la reprendre, Daniel pourtant tressaillit.

Il s'arrêta malgré lui, prêta l'oreille, puis leva les

épaules. Il savait que cet appartement n'était pas celui
de Cécile. Que lui importait le reste ? Il continua de
monter.

Tout à coup, au-dessous de lui, l'une des portes
de ce rez-de-chaussée vint à s'ouvrir ; un domestique
parut, courant, appelant le concierge : Baptiste !... Il
fallait que Baptiste vint à l'aide de Jean et de lui-
même... Plus moyen de maîtriser le vieux. On n'a-
vait pas retiré la clef de l'armoire aux armes... Il y
avait pris un revolver chargé... On ne pouvait le lui
reprendre. Tout à l'heure il avait failli tuer Jean, il
tuerait tout le monde.

Le concierge accourait... Daniel eut un instant la
bonne pensée d'aller secourir ces hommes ; puis il
sourit de sa sottise. Qu'on se tuât en bas, peu lui importait encore. On le tuait en haut, lui !... Seulement
il se défendait ! Ces fureurs étaient les dernières, sans
doute, que devait avoir ce vieillard... La fin arriverait
après une de ces crises. Cécile en demeurerait plus
libre, et l'on verrait bien si Daniel Closmadeuc ne lui
dicterait pas un peu l'usage qu'elle aurait à faire de sa
liberté !

Sur le palier de l'étage, il vit une femme de chambre qui se penchait sur la rampe, écoutant ce qui se
passait en bas. En apercevant cet inconnu, dont la
mine était si déterminée et si sombre, la fille se
dressa ; elle aurait voulu l'interroger : que demandait-
l ? où allait-il ?

Mais elle était prise de peur et ne trouvait point de voix. Daniel porta de nouveau la main à la poche de son gilet, elle était vide. Dans son habit, il prit son portefeuille, en tira un billet de banque :

— Indiquez-moi l'appartement de madame Vaudre-mer, dit-il, je ne vous demande pas de m'introduire.

Elle le regardait, et regardait le billet de banque, sans répondre ; il lui saisit le bras. La fille, tremblante, allongea l'autre qui demeurait libre et montra une porte. Il laissa tomber le précieux chiffon de papier sur l'une des marches et ne s'occupa plus d'elle. Il allait tout droit à cette porte qu'il ouvrit.

Alors, il se trouva dans une sorte d'antichambre. Les tentures et les tapis, empêchaient d'arriver jusque-là le bruit diabolique qui se faisait à l'étage inférieur. Mais lui, derrière l'autre porte, — celle de la chambre de Cécile, apparemment, — il entendit une voix qui chantait doucement. C'était la sienne, et c'était une de ces chansons du pays de Vendée, aux modulations lentes et monotones qui servent à endormir les enfants. Sans doute elle berçait son fils dans ses bras.

Son fils!... Daniel Closmadeuc pâlit.

C'était de cet enfant qu'elle voulait faire son rempart contre lui, contre le passé, contre son droit!

XIII

— ..... Daniel ! Daniel !

Cécile s'était levée toute droite, puis, appuyée au dossier d'un fauteuil, pâle, les lèvres tremblantes, les yeux demi-clos :

— Ayez pitié de moi, murmura-t-elle. Pourquoi êtes-vous venu ? Je savais bien ce que j'éprouverais en vous voyant ; aussi je ne voulais pas vous revoir. Ne vous a-t-on pas remis un billet ?

Lui, demeurait sur le seuil de la chambre, menaçant, ironique :

— On m'a remis un billet, dit-il. Vous avez d'étranges messagers.

— Vous savez bien que je n'avais pas le choix.

7.

Depuis sept jours vous êtes là, devant la maison...

— Il fallait vous délivrer de moi !

— Il fallait écarter cette obsession qui me tuait.

— Ainsi votre intention, en m'écrivant ce billet, était bien de m'éloigner pour jamais?...

— Pour jamais !

— Et cependant voici que je n'ai pas tenu compte d'une résolution si nette et peut-être si téméraire. Voici que je force l'entrée de cette maison. Oh ! vous ne m'attendiez point...

— Non ! non ! Dieu vivant ! je n'avais pas prévu cela.

— Alors, vous me donnez à croire, ce qui est bien flatteur, que vous n'avez pas absolument oublié le passé et que, même, il a gardé sur vous quelque puissance...

— Daniel, Daniel, vous le voyez trop bien !

— Est-ce au moment où vous m'adressiez le billet que vous avez été sincère ? Est-ce à présent que vous l'êtes? Éclairez-moi.

— Ah ! fit-elle que me demandez-vous ? Je ne sais plus... Mais vous, sachez donc combien je vous ai misérablement aimé depuis ce dernier soir, là-bas, à Montoizeau...

— Ah ! dit-il en tressaillant, si je vous croyais !...

— Oui, je vous ai aimé. Et pourtant vous m'aviez perdue ! Mon ressentiment et mon devoir, tout m'aurait commandé plutôt de vous haïr...

— Mettons que vous m'ayez aimé, reprit-il d'une voix sourde. Cela n'a eu qu'un temps, il est passé.

— Qui vous le dit ? s'écria-t-elle... Ah ! je suis insensée ! je me défends mal ! Oui, je devrais vous le dire... Mais à quoi bon feindre ? Ce billet, je me suis arraché le cœur pour l'écrire, je n'y ai exprimé pourtant que ma ferme volonté... Dès que j'ai su que j'allais redevenir libre, je me suis juré de vivre seule !

— Soit ! fit Daniel, je n'en doute pas ; ce beau serment a été prononcé contre moi. Certes, il ne vous liera point contre un autre.

— Daniel, je ne l'ai pas fait que contre vous !...

L'enfant, qui avait reculé devant la brusque irruption de l'étranger dans la chambre, revenait en ce moment s'accrocher à sa mère ; elle le sentit qui se prenait aux plis de sa robe :

— Henriot ! Henriot !

Tout à coup elle l'enleva dans ses bras, et le montrant à Daniel :

— Tenez ! s'écria-t-elle, ne m'interrogez plus ! Ne doutez plus de moi ! Toute ma sincérité, toute ma force, la voilà !

Daniel Closmadeuc se mit à rire bruyamment :

— Bon ! dit-il, le garant est chétif, et le rempart n'est pas fort !

— Oh ! murmura-t-elle, ce n'est plus vous, Daniel ! Vous n'êtes donc plus un homme généreux ! Vous vous attaquez aux enfants !

Puis, glissant d'un pas vers lui, après avoir remis Henriot sur le tapis :

— Je vous en supplie, dit-elle à demi-voix...
Plus rien devant lui. Parlons bas. Il comprend tout.

— C'est donc un grand avantage que cet enfant a
sur moi qui n'ai jamais rien compris, riposta Daniel.
Je baisserai la voix, soyez satisfaite. Rappelez-vous
qu'il y a cinq ans, à Montoizeau, je ne comprenais pas.
Vous me le disiez...

— Je vous aimais, je vous le disais aussi.

— Vous vous donniez à un autre. Vous me trompiez,
moi, lui et les siens, toute la terre...

— Et moi-même ! interrompit-elle. Moi, surtout !
Le mal que j'ai fait alors, c'est moi qui l'ai payé le
plus cher.

— Je ne comprenais pas ce qui me paraissait mons-
trueux, il y a cinq ans, continua Daniel du même ton
bas et violent...

Les mots sifflaient entre ses lèvres :

— Je vous voyais seulement résolue à vous affran-
chir d'un sentiment qui n'était plus pour vous qu'une
entrave, et où, moi, j'avais mis toute ma vie.

— J'y avais mis aussi toute la mienne. Hélas ! je ne
le croyais pas.

— Alors, souvenez-vous, j'ai pris une folle revanche,
j'ai enchaîné, j'ai scellé vos souvenirs.

— Oh ! fit-elle en se couvrant le visage de ses mains.
Mais vous ne dites pas tout. Vous êtes parti.

— Je vous ai dit un adieu que je croyais bien éternel.

— Vous vous êtes enfui comme un larron d'honneur,

monsieur Closmadeuc, dit-elle. Voilà ce que je n'aurais
jamais dû vous pardonner, jamais ! Vous me laissiez
seule avec ma honte et ma peine. Seule, entendez-
vous bien ? sans défense contre ceux qui m'obsédaient
de leurs prières et de leurs ordres, et contre mes
propres terreurs. Je pouvais désormais être perdue
sans retour... Ce mariage me sauvait... L'avais-je donc
accepté formellement jusque-là ? Je cédais à moitié à je
ne sais quels entraînements, à je ne sais quels calculs
de fille inquiète et à je ne sais quels rêves d'enfant.

— A moitié ! dit-il. Oseriez-vous soutenir que c'était
seulement à moitié ?

— Vous êtes parti... Eh bien, oui, j'avais été am-
bitieuse et ingrate envers vous, Daniel.

— Ah ! voilà qui est mieux, enfin. Vous l'avouez.

— Ce n'était que le commencement de ma faute.
Abandonnée par vous, j'ai commis une fraude abominable ; j'ai toujours eu le pressentiment que j'en serais
punie. Mais ce n'est pas à vous de me la reprocher.
C'est vous alors qui auriez pu me sauver de moi-même.

— Certes, dit-il avec une ironie croissante, par la
persuasion de la force !

— J'étais devenue votre bien. Pourquoi n'êtes-vous
pas resté ?

— Je vous l'ai dit, fit-il avec un rire étouffé, c'est
que je ne comprenais pas. Voilà tout le mal. Je ne
comprends pas mieux à présent. Vous vous armiez
alors contre moi de la volonté de votre tante et de la

raison. On fait de vilaines choses au nom de la raison.
Vous invoquiez l'usage qui veut qu'une fille riche
épouse un homme riche. Je n'étais pas un mari, moi.
Et maintenant ?

— Maintenant, j'ai souffert, j'ai reconnu ma folie,
et je m'humilie devant vous. Pardonnez, Daniel, et
quittez-moi.

— Maintenant, vous mettez entre nous votre enfant,
le fils de cet homme...

— Daniel ! Daniel !

— Quelle autre défense, quelle autre feinte auriez-
vous trouvée contre moi, si l'enfant eût été le mien ?

— Daniel, Dieu ne pouvait le vouloir. Taisez-vous !

— Laissez là Dieu ! Il n'y a rien que la nature... C'est
elle qui ne l'a pas voulu. N'importe ! je n'ai point le
gage de mon droit, mais je suis las et résolu à mon
tour ; je voudrais vous chasser de mon cœur et de ma
pensée, je voudrais vous briser comme du verre ; mais
je ne vois le supplice et le charme de ma vie qu'en
vous, je vous adore et je vous veux.

Il lui saisit les deux mains :

— Vous avez dit tout à l'heure : J'ai été votre bien.
Il n'y a que cela de vrai. Vous l'êtes encore, je viens
vous reprendre.

Cécile ferma de nouveau les yeux ; elle chancelait.
Doucement, il l'attira vers lui, et les lèvres de la jeune
femme frémissaient et s'entr'ouvraient malgré elle.

— Emmenez votre fils ! dit-il.

Henriot, effrayé de tout ce qui se passait d'étrange sous ses yeux, s'était blotti dans l'embrasure de la croisée. Peut-être sa mère avait-elle raison et cet enfant comprenait-il... Elle vint à lui, mit un long baiser sur ses boucles pâles; puis elle le prit par la main, se dirigeant avec lui vers la porte intérieure qui donnait dans la chambre voisine. Mais Henriot, quand il vit qu'on le renvoyait, se mit à pousser des cris perçants.

Alors Cécile s'arrêta et tressaillit.

— Reste, mon mignon, dit-elle, et reprends tes jouets.

Puis revenant, le front levé, d'un pas bien plus ferme vers Daniel.

— Non, dit-elle, je ne le renverrai point, il ne veut pas. Il sait qu'il me garde.

.   .   .   .

.   .   .   .

XIV

— Mon ami, mon unique ami, disait-elle à Daniel Closmadeuc, maintenant assis à ses côtés.

— Ce que je veux, dit-il, c'est une réponse claire.

— Pourquoi me presser et me tourmenter ? Avons-nous besoin de songer à demain ?

— Qui sait si, demain, vous ne m'échapperiez pas encore ?

— Daniel, Daniel, le moment présent ne vous remplit donc pas tout entier... Moi, je suis heureuse. Je vois là, tout près de moi, mon lion rugissant que j'ai presque dompté. Ah ! j'ai toujours aimé vos colères. Donnez-moi votre main, je la connais, elle est forte... Et pourtant elle n'a pu que me faire ployer tout à l'heure, elle n'a pas su me rompre. Ah ! si c'eût été autrefois, vous redeveniez le maître. Daniel, j'ai beaucoup changé.

— Vous le croyez ! dit-il.

— Voyez celui qui m'a donné la paix de l'imagination et du cœur. C'est ce cher petit être qui joue là-bas au bout de la chambre. Il n'a qu'un souffle de vie ; aussi, comme je le défends ! Vous me verriez quelquefois, la moitié des nuits, penchée sur son sommeil... Daniel, ne plissez pas le front. J'avais juré de ne vivre que pour mon fils.

— Et moi, dit-il d'une voix que l'impatience fit encore trembler, je vous relève de votre serment.

— Cela veut dire que vous me forcerez à le violer, répondit-elle tristement ; vous me mettrez à cette cruelle épreuve, ou de vous fuir, et je ne le pourrais plus, ou d'effacer toutes mes résolutions qui, seules, étaient sages... Allez ! je ne doutais pas de ce qui m'arriverait si je vous revoyais... Ah ! Daniel, si vous pouviez mesurer au fond de mon cœur la force dont je suis attachée à cette chère créature !... J'ai vécu cinq ans d'un souvenir et de ce faible gage d'espérance... J'étais faible alors, car je ne croyais pas que ce souvenir reparût jamais vivant devant mes yeux.

— Je suis un revenant, fit Daniel avec un sourire ; vous entendez derrière moi un bruit de chaînes. Et vous avez beau dire que la fuite ne vous serait plus

permise à cette heure, vous ne songez qu'à cela. Vous
ne voulez pas être liée !...

— Daniel, Daniel, ah ! que vous êtes injuste ! dit-
elle... Mon cœur retourne vers vous avec des mouvements joyeux... je voudrais le retenir, il m'échappe...
Si vous saviez comme j'aimerais à renouer les beaux
temps d'autrefois !... Je mettrais, comme sous le
berceau de la maison blanche, ma tête sur votre
épaule...

— Oui, dit-il, mais l'enfant vous garde.

— L'enfant est là... Daniel, il y sera souvent ; c'est
à cela qu'il faut que vous songiez !... j'ai peur, voyez-
vous, que cette pauvre petite mine chétive ne réveille
en vous des pensées qui vous le feront haïr...

— Vous me jugez mal ; c'est un enfant.

— Attendez, dit-elle, ce n'est pas tout... J'ai peur
que si d'autres enfants remplissaient notre maison de
leurs jeux et de leurs rires... Daniel, Daniel, je voudrais vous parler l'âme ouverte, et je n'ose...

— Je parlerai donc pour vous, répondit-il... Ceux-
là seraient bruyants et forts...

— Et lui, vous le voyez silencieux et faible... Daniel,
ne me demanderiez-vous pas un jour : Pourquoi
l'aimez-vous mieux ?...

— Levez-vous, dit Daniel, allez prendre votre fils
et enseignez-lui à me connaître, je l'embrasserai. Ce
sera le gage !

Cécile se leva.

— Ah! s'écria-t-elle, vous êtes bon et je vous aime. Je vous rends décidément votre bien. Je suis à vous!

Comme elle courait à l'enfant assis au milieu de ses jouets, dans l'embrasure de la croisée, Daniel se dressa sur son fauteuil. Les mêmes clameurs qui l'avaient suivi dans le grand escalier, tandis qu'il montait une heure auparavant vers l'appartement de madame Vaudremer, remplissaient encore la maison. Elles arrivaient dans la chambre, dont la porte était demeurée entr'ouverte; celle de l'antichambre avait seule été fermée.

Cécile, dans le transport passionné de sa joie, n'entendait rien. Elle parlait à l'oreille de l'enfant entre deux baisers:

— Henriot! Henriot! venez connaître votre nouvel ami, votre grand ami, mon mignon...

Daniel écoutait. Au dehors c'était un pas précipité, puis encore les trépignements d'une lutte. On criait: « Il a retrouvé le revolver que Jean lui avait repris et caché... Prenez garde!... » Au même instant, deux coups de feu.

Cécile, cette fois, entendit, et tremblante, interrogeant Daniel d'un regard éperdu, serra son enfant dans ses bras.

Les cris continuaient: — Il n'a plus qu'une balle!... que madame se barricade là-haut!...

Daniel s'élança pour fermer la deuxième porte. Mais Cécile, traînant son enfant, se jeta sur son passage et se prit à son cou d'une étreinte folle :

— Défendez-nous ! disait-elle. C'est le vieillard !...
Il en veut à l'enfant d'être chétif et malade !... il m'en
veut à moi, la mère !... Il nous tuera !...

La première porte, dont le verrou n'avait pas été
poussé, s'ouvrit et, dans l'encadrement de la seconde,
l'aïeul parut.

— Laissez-moi, Cécile, par pitié pour vous, disait
Daniel, cherchant à se dégager de ces deux bras con-
vulsifs qui le serraient. Cécile, vous nous perdez
tous !...

Le fantôme se dressait sur le seuil. Il agitait son
arme dans sa longue main osseuse : un ricanement
furieux secouait les rides de son vieux visage, et ses
yeux cherchaient Henriot derrière les jupes de sa
mère. C'était bien à l'enfant qu'il en voulait, sa folie
visait le dernier énervé de sa race.

Les domestiques arrivaient ; mais avant qu'ils n'eussent pu le saisir, l'insensé fit encore un pas dans la
chambre ; cette fois il tenait bien au bout de son arme
le groupe enlacé, Daniel, l'enfant et la mère. On entendit un pauvre petit cri déchirant ; Henriot tombait,
Cécile s'affaissait auprès de lui : « Je disais bien que
je serais punie ! » murmura-t-elle.

Daniel Closmadeuc s'enfuyait.

. . . .

A quelque temps de là, le vicomte de Latour, assis à une table joyeuse dans un cabaret à la mode, entendait, sans dire son mot, de grands discours sur madame Élie Vaudremer, héritière de l'aïeul et de son enfant, maîtresse à présent d'une énorme fortune. Le vieux Mathias n'avait survécu que de deux ou trois jours à ce dernier acte de folie qui avait fait une victime innocente.

Toute cette histoire tragique n'était pas des plus claires : un personnage inconnu s'y trouvait mêlé. On l'avait recherché, il avait disparu. Tout cela résultait du moins de la déposition du concierge et de celle d'une parente qui habitait la maison, mademoiselle Laure Marescot, — une vieille fille très riche, dont le bien viendrait s'ajouter encore à celui de la jeune veuve. Cela faisait la pelote sans cesse, une pelote magique.

Le gros Latour écoutait ; il connaissait mieux que personne les détails d'une affaire à laquelle il n'avait été mêlé que de trop près. Il n'avait point revu Cécile, d'abord enfermée dans son appartement, et, comme il le disait, quand il ne parlait qu'à lui-même, sans enfant désormais et *deux fois veuve*.

C'était la tante Laure qui l'avait appelé, afin qu'il dirigeât les dépositions des gens et qu'il *étouffât l'affaire*.

Mais, autour de cette table, dans le cabaret, les propos allant toujours s'échauffant sur la richesse de la jeune madame Vaudremer, quelqu'un s'avisa de demander si l'on ne se console point de tout à vingt-trois ans, même de la perte d'un fils unique, et si l'on ne verrait pas, un jour, l'heureux compagnon qui recueillerait ces prés, ces bois, ces moulins, ces maisons et ces titres de rente, en même temps qu'il entrerait dans le cœur de la belle et friande maîtresse de tant de morceaux opulents. Latour alors secoua la tête.

— Ce n'est pas l'heure de la *blague*, dit-il d'un air grave qu'on ne lui connaissait pas ; madame Vaudremer s'est retirée dans un couvent de Versailles...

Tout le chœur se récria bruyamment :

— Penses-tu nous faire croire qu'elle y prononcera ses vœux ?

— Non. Elle y mourra.

Il y eut un mouvement de regret autour de la table.

— Il faut que ce soit vrai, car tu le dis d'un ton... Prophète Latour, qui sais tout, tu pourrais donc nous apprendre quel est cet inconnu qui a fait sa partie dans le drame... Un amant déjà, discret vicomte ?...

Latour plissa le front :

— Celui-là, dit-il, on ne le reverra jamais, car il est retourné au bout du monde. Celui-là, c'était ce que ni vous ni moi nous ne sommes et ne serons jamais. C'était un homme.

LE VIEIL ANTHELME

I

Dans le premier salon deux des invités seulement. Tillaudière avait été attiré là, dans l'embrasure d'une croisée, par le petit Privat, Tillaudière était richissime. Point banquier, d'ailleurs, et par conséquent point baron : Tillaudière tout court. On disait de lui : Il fait de grandes affaires !

Du petit Privat, on disait : C'est un garçon qui est à la Bourse. L'adjectif petit s'appliquait apparemment à la considération encore mince dont il jouissait, car Privat était grand, bien planté, d'allure très parisienne, portant le frac avec aisance — ce qui est une note ; — il avait presque une jolie figure. L'œil bien ouvert et luisant, la bouche fraîche sous une mous-

tache alerte, la physionomie caressante, il fallait le
voir souligner des flatteries de son sourire la leçon
qu'il avait l'art de se faire donner en ce moment par
le grand maître Tillaudière.

— Mon cher, disait le personnage, — c'en était un,
— en affaires, il n'y a que le coup d'œil et le sang-
froid. Prenez bien garde à ces deux mots-là. Je me
pique de n'employer jamais que le terme juste. Je dis
le coup d'œil, je ne dis pas l'audace, qualité vulgaire
qui fait l'aventurier, point le spéculateur. Je ne suis
pas du clan des casse-cou, moi ! ces gens-là sont trop
nombreux dans la spéculation à cette heure... Quelquefois ils réussissent, mais pour un temps. Tout à
coup, patatras, les voilà par terre ; ils sont en pièces...
Je suis bien entier, moi. Voyez plutôt !

Bien entier, en effet. Mais à l'entendre sans le voir,
on aurait cru que Tillaudière était un gros compère
fleuri de la finance. Point du tout, c'était un assez
petit compagnon, sec, jaune, bilieux, la face rasée, la
bouche large et la lèvre mince ; — et sous des sourcils
épais et grisonnants, un jeu de pruneaux noirs, inquié-
tants, agissants, qui étaient ses yeux.

Depuis vingt ans, Tillaudière s'était imposé l'attitude précisément utile à corriger le défaut de son
tempérament. Né remuant, il s'était fait immobile et
gourmé. Ces yeux-là seuls le trahissaient ; en revanche,
cette bouche fendue d'un trait avait des rigidités solennelles.

Seulement le petit Privat commençait à ne plus recueillir qu'avec peine les précieuses semences qui en
tombaient. Des éclats de voix et des rires sortaient du
deuxième salon qui communiquait avec celui-ci par
une large baie garnie de tentures ; les conversations
s'animaient.

— Le maître fait des mots, dit Privat.

— J'entends en effet la voix d'Anthelme.

— Oh ! l'amphitryon ici sait se faire écouter. Il
traite bien ; mais ce n'est pas gratuit. Les invités four-
nissent leur complaisance.

— Il a de l'esprit cet énervé-là.

— Sans doute, l'esprit des oisifs, sur des riens...
Ce n'est pas la grande verve des gens d'affaire, vivante
et pleine...

Cette fois le sourire se dessina sur la bouche aride
de Tillaudière ; le petit Privat allait à l'instant recueillir sa récompense, mais la porte s'ouvrit : le
peintre Cibelle entrait.

C'était un nouveau venu dans la maison. Aussi, tout
en saluant assez courtement Tillaudière qu'il connaissait, Cibelle examinait les êtres.

Il se trouvait en ce lieu banal qui s'appelait autrefois « un salon de réception ». M. et madame Anthelme
de Chevrolles ne s'étaient pas encore élevés aux splen-
deurs ruineuses du *hall* ; cette pièce très vaste demeurait bourgeoise avec ses tentures de soie rouge,
les sièges rouges et dorés, les grandes glaces mornes.

Cibelle arrivait au deuxième salon, le domestique qui le précédait l'annonça. Comme Wilfrid Cibelle était peintre à la mode, et que la mode est aux peintres, il y eut un petit frémissement, puis un silence. Cibelle comprit tout de suite qu'on l'avait promis aux convives, qui l'attendaient. On allait l'exhiber en hors-d'œuvre.

Le maître accourait au-devant de lui les mains ouvertes, et le présenta d'abord à la maîtresse du logis. Après quoi, il le conduisit à madame Tillaudière, puis à madame Rosine de Villars, une veuve de vingt-quatre ans ; enfin il le dirigeait vers madame Wake-field, une belle Américaine ; mais Cibelle, prestement, se dégagea en lui disant à demi-voix :

— Il suffit que j'aie fait mon tour de France, ne passons pas la mer, s'il vous plaît.

Là-dessus, il se déroba tout à fait, s'approchant de madame de Guisserac qu'il connaissait aussi, qui se tenait assise, un peu à l'écart, sur un divan au fond de la pièce, en compagnie de l'Américain Wakefield. C'était, comme Cibelle, une invitée de l'*extraordinaire*, c'est-à-dire ne faisant point partie du cercle accoutumé des Chevrolles.

Quarante ans, et même davantage, très répandue parmi des personnes sérieuses qui, pourtant, étaient des personnes mondaines, un peu femme savante, un peu muse même, amie des maîtres en tous les genres, madame de Guisserac était une puissance ; mais une

puissance discrète, dont les sentences aiguës cachaient leurs pointes sous des voiles. Sa vieille
coquetterie aussi se dissimulait sous des parures d'une
simplicité profondément étudiée. Point de bijoux,
bien qu'elle fût riche; dans les cheveux un tour de
violettes.

Elle accueillit Cibelle par un sourire des plus en-
gageants, car cet empressement de l'artiste, qu'elle
ne soupçonnait pas d'être une feinte, lui faisait quelque honneur devant les invités d'Anthelme de Chevrolles, qui, après tout, étaient à ses yeux des manières
de philistins.

— Ah! dit-elle, c'est vous le jeune et le grand
maître! On ne vous a pas vu l'autre soir, à la représentation du cercle.

— Madame, fit-il, en prenant respectueusement la
main qu'on lui tendait et qu'il porta à ses lèvres, j'étais
allé faire un petit voyage dans le Bleu. C'est un pays
tranquille. Ailleurs on ne me verra plus qu'en passant.

Et, en effet, il passa. La savante personne se mordit les lèvres. L'Américain Wakefield l'interrogea
sur ce nouveau venu qu'elle venait d'appeler un
maître.

— Oh! fit-elle rapidement tout bas, c'est un peintre.
Un certain talent, des façons libres, mais un peu
courtes. Vous en avez pu juger.

Ces façons « courtes » déconcertèrent fort la curio-

sité de tous les invités. Le peintre ne s'en souciait
point. Il avait trouvé le moyen de s'isoler, et faisait
mine de considérer quelques toiles, dont il savait que
le maître du logis était assez fier. En réalité, il examinait seulement la décoration du salon, et, furtivement, du coin de l'œil, la mise tapageuse de madame
de Villars, la petite veuve qui portait un nom si coquet : Rosette, — et à qui on l'avait présenté.

À la différence du premier salon, celui-ci était moderne et même d'une correction irréprochable de
modernité. Tentures de peluche, d'une nuance cha-
toyante de rubis; sièges vastes et carrés, tous soigneusement recouverts d'étoffes dissemblables : des
satins brodés de fleurs ou d'animaux fantastiques, car
la japonaiserie avait été surtout recherchée; des bleus,
des verts, des ors surprenants; et tout cela se fondant
en une gamme d'harmonie vraiment assez fine. Partout, des bibelots, des bronzes, des ivoires où reparaissait le Japon; et ces toiles, enfin, presque toutes
signées de noms « aimés » comme dit la langue d'à
présent, qui est une grande précieuse.

Gibelle regardait tout cela en hochant la tête :

— Trop de *japoniaiserie*, grommelait-il entre ses
dents; ce n'est pourtant pas mal.

Il n'était point mécontent de ses hôtes, son œil de
peintre ne se trouvait pas offensé. Alors il ne songea
plus qu'à « détailler » la jolie petite veuve.

Elle était assez petite vraiment, avec une taille

riche et souple, fort brune, extrêmement parée d'un corsage et d'une première jupe sans ornements, du même rouge précisément que la peluche des tentures; elle s'était mise aux couleurs de la maison, la nuance rubis. Cette première jupe s'ouvrait sur une seconde en tablier et celle-ci était faite d'un satin de couleur d'argent, brodée de grandes fleurs inconnues dans la nature, — encore des *japoniaiseries* — en perles d'or et d'acier bleu. C'était une toilette de théâtre.

Mais de ce satin brillant montaient autour de la jolie personne comme des effluves lumineux : ce rouge hardi faisait ressortir le bistre velouté de ses épaules entièrement nues sur lesquelles le corsage n'était attaché que par une chaînette formée de grains de corail, piqués d'une pointe de diamant. Un collier semblable, au cou; deux bracelets seulement à chaque bras; mais deux superbes jumeaux, deux énormes rubis entourés de brillants.

Cibelle avait fort entendu parler, sans l'avoir jamais vue, de madame Rosette Villars — ou de Villars. — Ce qu'il savait de la médiocrité de sa fortune et le feu de ces rubis et de ces diamants qui l'aveuglaient le jetèrent dans des réflexions qui le perdirent. M. de Chevrolles l'épiait et le rattrapa.

Il passa sa main sous le bras du peintre, qu'il entraîna devant celle de ses toiles qu'il préférait.

Il y avait un grand contraste entre les deux hommes : l'un, Cibelle, sec, nerveux, d'allures saccadées; l'au-

8.

tre, Anthelme de Chevrolles, fort grand, un peu lourd,
avec un beau visage déjà très empâté, une barbe blonde,
aux ondes soyeuses, déjà grisonnantes.

Le peintre n'était que soumis aux façons mondaines ; quand elles l'incommodaient, il savait encore
s'y plier, mais avec des résignations cassantes qui trahissaient la révolte intérieure. S'il n'eût suivi que ses
goûts !... Mais il faisait sa fortune.

Louis-Anthelme de Chevrolles était né dans « le
monde ». Il appartenait à cette espèce si curieuse de
gens de fin esprit qui n'ont plus aucune illusion sur
ce que le monde peut donner, mais qui n'imaginent
point qu'on puisse vivre d'autre chose. Ces gens-là
sont si naturellement de Paris, qu'ils suivent toutes
ses évolutions et tous ses caprices, aussi aisément
qu'un vêtement bien fait se prête aux mouvements du
corps. Ils ne vieillissent jamais, puisqu'ils sont toujours au niveau des sottises neuves, et toujours avec
beaucoup d'esprit. Ils ne sont jamais démodés, étant
toujours de la mode présente. L'éternelle variation
est l'élément de ces Parisiens sempiternels, car ils
durent longtemps presque sans changer. On les voit,
depuis trente ans et quelquefois davantage, partout
où l'on se montre ; personne ne sait l'âge qu'ils ont et
l'on s'amuse souvent à faire des calculs qui ne finissent point, pour déterminer l'âge qu'ils peuvent avoir.
Louis de Chevrolles n'était pas encore de ces patriar-
ches du lieu le moins patriarcal qui fut jamais ; il

n'avait guère que cinquante ans, mais il avait ses trente ans de boulevard.

Il était de deux cercles; dans l'un, celui où l'on s'amusait, on l'appelait Anthelme, et, dans l'autre, bien plus correct, de Chevrolles. Il dînait ordinairement dans le premier, rarement chez lui; dans ce dernier cas, M. et madame de Chevrolles se séparaient en quittant la table pour se retrouver quelquefois le soir dans un salon. Chacun des deux allait où il lui plaisait, et tous deux regardaient comme le premier des biens cette parfaite liberté conjugale. Il n'y avait pas eu depuis un quart de siècle une fête, une première représentation de quelque importance où l'on n'eût rencontré cet universel et aimable Anthelme. On le recherchait, on l'aimait presque. Il avait de la bonne humeur, du trait, et ce coup d'œil juste sur les petites choses qui fait le Parisien accompli. Ce vétéran avait passé partout et touché à tout, bien que n'ayant jamais fait œuvre de ses dix doigts.

Il pressa le bras de Gibelle au moment où ils arrivaient devant la dernière peinture qu'il eût achetée. La « modernité » n'avait pas pour le moment de plus fervent apôtre qu'Anthelme de Chevrolles. Cet ouvrage de choix ne mesurait pas moins de un mètre et demi carré. A l'arrière-plan une masure sous des arbres et un homme qui en sortait. Naturellement la masure, les arbres, l'homme, étaient tout petits, — sans quoi les lois de la perspective eussent été trop di-

rectement offensées. Au premier plan, parmi de hautes
herbes, une vache. Mais une grande, une immense
vache bigarrée, en travers de la toile. Le peintre,
d'ailleurs, ne l'avait pas mise là pour paître, bien que
cette herbe fut grasse, car elle tenait sa tête levée,
regardant devant elle de son œil vague.

— Hein ! dit Anthelme, est-ce simple ! est-ce vrai !
Voilà ce que j'appelle un tableau !

— Ça, un tableau, fit Cibelle. Jamais de la vie !
c'est une vache.

— Comment ! reprit l'amateur déconcerté, ce n'est
pas un morceau de maître?

— Un morceau, oui. Un tableau, non.

— Hé ! mon Dieu, je vous comprends bien. Là, je
ne vous croyais pas l'homme de ces vieilleries. Vous
tenez donc à la composition, vous?

— Oh ! j'y tiens !...

— Au fond, vous êtes de l'ancienne école ?

— Vous savez, je suis de tout, moi, et je ne suis de
rien.

— Enfin vous ne nierez pas que ce ne soit là une
vache superbe ?

— Superbe vache !

— Vous vous moquez !...

— Tenez ! dit brusquement Cibelle, présentez-moi à
votre Américaine.

Il se soumettait encore une fois, et, plutôt que de
s'expliquer nettement sur « l'École », il aimait mieux

être « exhibé » tout vif, tout cru aux curieuses, même
d'Amérique. Mais il ne se rendait point sans des résistances mentales; et, ramené en triomphe vers le
groupe que formaient à l'autre extrémité du salon la
maîtresse du logis, madame Tillaudière, la jeune
veuve et mistress Wakefield, auxquelles venaient de se
joindre madame de Guisserac et l'Américain, il gardait ses pensées. Si on avait pu les saisir au bord de
ses lèvres, on aurait entendu :

— Ici, ce n'est pas différent de tant d'autres maisons où l'on dîne. Encore une jolie Babel !

Dans le premier salon, l'entretien confidentiel se
poursuivait entre Tillaudière et le petit Privat. Le
domestique reparut précédant une toute blanche personne. Le maître fit quelques pas au-devant d'elle et
la nomma. C'était madame de Roseraie.

A leur poste, dans l'embrasure de la croisée, les
deux augures se regardèrent.

La nouvelle venue n'était pas seulement vêtue tout
de blanc; son teint avait les pâleurs mates de l'étoffe
qui la couvrait, avec une extraordinaire recherche de
décence : un corsage montant, aux manches demi-
longues, le reste du bras disparaissant sous les gants.

— Peste ! dit Privat à Tillaudière, s'imagine-t-elle
qu'on va la faire dîner avec un évêque?

Tout en cette madame de Roseraie était vaporeux et
comme à demi effacé. Elle avait des cheveux d'un
blond enfantin avec de vagues reflets argentés, des

yeux d'un bleu tendre de fleurettes des bois. Malheureusement quelques rides impertinentes s'arrangeaient
mal avec ces tons délicats; il semblait que le fond du
pastel eût craqué : deux plis révélateurs se creusaient
aux coins des lèvres.

— On dit, murmura Tillaudière à l'oreille de Privat,
que ce sera notre première divorcée.

— Ce n'est pas sûr, fit le boursier sur le même ton.
Certes elle n'a plus de temps à perdre... Mais la première ! D'autres la gagneront de vitesse. Vous verrez !

— Le divorce ne la changera guère; depuis plus de
six ans, c'est une séparée.

— Et l'on sait pourquoi. On a lu le procès. Il vient
ici du drôle de monde.

— C'est comme partout à présent, dit le financier.

La porte s'ouvrait encore une fois. Un homme entrait, un pétulant, un bruyant, endimanché dans son
frac, secouant une grosse chevelure noire, crépue.
D'un geste il écarta le domestique qui voulait l'introduire et déclara qu'il s'annoncerait bien lui-même. Il
s'annonçait même de loin. M. de Chevrolles ne vint
au-devant de lui que jusque sur le seuil du premier
salon; c'était une nuance. Il cria: Bonjour Cazaubon.

— Eh! lui-même, ce brave Cazaubon, répéta le
personnage avec son accent de castagnettes. Cazaubon
de la Durance!

— Cazaubon le député? fit Tillaudière. Drôle de
monde! Vous aviez raison, Privat.

— Eh bien! disait Chevrolles au député, vous voilà donc, citoyen ogre! Avez-vous un peu dévoré le bourgeois aujourd'hui, dans votre tanière là-bas, au bord de la Seine? Il semble pourtant que vous n'êtes pas tant ennemi de la société...

— Pas de celle où l'on dine! interrompit Cibelle.

— L'artiste y voit clair. Pas de celle où l'on dine! répéta le personnage avec son grand rire de la Durance, impudent et bon enfant. Même, pour venir dans la vôtre, Cazaubon a mis ses dents de loup.

Madame de Guisserac laissa échapper une petite exclamation. Jamais elle n'avait entendu pareille chose, la muse égarée hors de sa sphère discrète et diserte.

Cependant madame de Chevrolles retenait près d'elle avec quelque affectation le député qui s'était avancé pour la saluer. Cazaubon ne saluait pas en seigneur, il faisait ce qu'il savait. La maîtresse du logis l'encouragea de ses bonnes grâces. On lui reprochait d'être un peu banale. Aux yeux de madame de Guisserac qui suivaient ce manège, ce n'était pas une excuse.

D'ailleurs, elle connaissait à peine madame de Chevrolles, mais ne l'aimait point du tout. Cette jolie figure immobile que les années ne changeaient pas, ces yeux brillants, des yeux de velours sous des paupières de marbre que les rides ne pouvaient mordre, cette bouche toujours fraîche, toujours épanouie dans le même sourire, cette immobile sérénité, et tout ce

tranquille appareil de la mondaine qui trouve tout
bien dans le plus agréable des mondes, — ce qu'il y
a de mieux étant elle-même, — irritaient la muse au
point qu'elle ne pouvait se résoudre à plus de deux
visites par an chez les Chevrolles. Depuis longtemps
elle refusait à Anthelme de venir dîner dans ce qu'elle
appelait « sa maison de plaisir ». Elle avait cédé pour
une fois ; il pensait bien qu'elle ne le lui pardonnait
pas, car il l'évitait obstinément depuis une demi-heure.
Il fallut que d'un signe elle l'appelât.

Elle savait qu'elle allait l'affliger, mais c'était pour
son bien. Elle disait volontiers de lui : « J'aime beaucoup ce fou de Louis-Anthelme, qui sera bientôt un
vieux fou. » Cette amitié était ancienne, ils avaient été
élevés ensemble ; leurs parents étaient voisins de campagne à Ville-d'Avray. Jamais ils n'avaient cessé de
se voir. Anthelme s'en allait le matin, flânant à travers le jardin des Tuileries, puis au bord de la Seine,
jusqu'au quai Voltaire. On l'introduisait dans le cabinet de travail de madame de Guisserac ; les autres
femmes ont de « petits salons » ou des boudoirs, la
muse avait un « cabinet ». C'était même une chambre
sévère. Ils causaient longuement. Quelquefois, par les
grands soleils de printemps, Anthelme se levait, s'approchait de la croisée, regardait le superbe dôme
d'arbres qui va bordant la rivière, faisant suite aux
parterres et à l'emplacement où fut un glorieux palais
et il disait en riant :

— Élise, souvenez-vous du bon temps! Pourquoi n'irions-nous pas comme autrefois chasser les papillons?

Si madame de Guisserac se souvenait! Ce fut au nom du « bon temps » qu'ayant attiré Chevrolles au fond du salon, elle posa la main sur son bras :

— Mon cher camarade, dit-elle, il faut que je vous gronde. Savez-vous, mon pauvre Louis, que vous êtes un père bien imprévoyant?

Il tressaillit; elle avait frappé au défaut de la cuirasse du Parisien, en plein cœur... Elle le savait bien.

— Vous recevez un monde fort brillant, reprit-elle...

— Là! c'est à Cazaubon que vous en voulez. Est-ce qu'il n'est pas drôle?

— Drôle, pour cela oui! Et qu'est-ce que cette petite veuve qu'on voit partout, à ce qu'il paraît, mais que personne ne connaît bien? Quant à cette madame de Roseraie, c'est différent, on la connaît.

— Je vous assure qu'elle est infiniment aimable avec ses airs de candeur.

— De candeur passée. Et ces deux hommes là-bas, dans l'autre salon, qui causent en confidence? Allez, ils vous traitent comme vous le méritez, j'en suis bien sûre. L'un est un manieur d'argent, n'est-ce pas? l'autre seulement un chasseur d'affaires, un commençant!

— C'est bien cela. Tillaudière est riche, Privat a juré de le devenir.

9

— Privat? c'est son nom? Merci, je m'en souviendrai. Il fera parler de lui. Un joli garçon avec toutes vos corruptions sur le visage.

— Mes corruptions? Elles ne sont point qu'à moi, ma chère, dit Anthelme en riant. Vous me chargez trop.

— Comment ne songez-vous pas à écarter de pareils compagnons du chemin de votre fils?

— Mon fils est loin, dit-il. Son front se plissa. — De grâce, ma chère, ne parlons point de lui... Croyez-vous donc qu'il n'y ait pas ici d'oreilles ouvertes? Jacques est en Angleterre... On ne sait que cela... j'ai pu étouffer cette abominable affaire.

— Soit, n'en parlons pas, je vous plains de tout mon cœur. Ce qui est arrivé n'est pas entièrement de votre faute.

— Pas entièrement? Que voulez-vous dire?

— Si votre femme avait été moins faible ou plutôt moins indifférente... Allez! je ne l'accuse pas... mais vous... mon pauvre Louis! vous recevez des femmes compromises, vous fêtez des hommes qui ne sont que suspects aujourd'hui, qui, demain, seront tarés. Vous allez me dire que c'est l'imprudence de tout le monde... la vie parisienne enfin! Mais votre fille...

— Ingrate! fit Anthelme, essayant encore de sourire, je vous fête de mon mieux... J'ai travaillé à vous présenter toute une galerie amusante, et vous me réprouvez!

— Mais votre fille, Louis? votre fille?

— Eh! dit-il avec une impatience soudaine, ma fille est au couvent.

— Elle en sortira dans trois mois.

— Au diable! fit-il. Vous vous jouez à me tourmenter, ma chère... Vous allez me rendre nerveux pendant le dîner que je donne pour vous.

En ce moment, le maître d'hôtel se présentait à la porte du salon. Le dîner était prêt « Madame était servie. »

II

On va de bonne heure au Bois pendant le mois de mai. C'est même une assez vieille mode; Anthelme sorti de chez lui vers neuf heures, à pied, ne s'étonna point des rumeurs de fête qui s'échappaient des grandes cours des maisons cossues de la rue d'Aumale.

On attelait les chevaux aux voitures de promenade. Le phaéton du petit Privat déboucha bruyamment d'une porte cochère.

A l'angle de la rue Taitbout, M. de Chevrolles eut à saluer madame de Roseraie, qui conduisait deux poneys noirs; un groom escortait la blanche personne; elle s'en allait ainsi toujours seule et faisait bien; ce n'est que décent pour une « séparée ».

Anthelme eut un sourire assez pâle; il se demanda s'il allait ainsi rencontrer successivement tous ses convives de la veille. C'est que presque tous habitaient cet îlot luxueux et si parisien, formé par trois ou quatre voies élégantes au milieu de ce dédale de rues populeuses où tant de gens luttent pour la vie, indifférents au spectacle qui les entourent; si bien que le vice est là chez lui et que la bohème roule. Ces relations de voisinage en avaient créé et resserré d'autres pour les Chevrolles. C'était peut-être une excuse.

Au tournant de la rue de la Rochefoucauld, Anthelme vit marcher devant lui le peintre Cibelle. Celui-là, soit! Brave garçon, assez rude, toujours frémissant un peu sous le joug mondain qu'il s'était imposé, afin de se mieux pousser dans le monde. Le peintre avait du sang; c'était un esprit libre et un cœur vraiment net. Le désir de faire fortune n'est point défendu.

Cibelle sentit une main amie qui s'appuyait à son épaule. Il se retourna et sa physionomie exprima un plaisir très franc. M. de Chevrolles lui plaisait. Le matin, étant allé embrasser sa vieille mère, avant de prendre le chemin de l'atelier, il lui avait raconté l'étrange dîner de la veille. La bonne femme, — car ce n'était pas une *vieille dame*, mais une *bonne femme* tout simplement, — joignait les mains et disait :

— C'est du vilain monde, tout ça. Il n'y a donc plus d'honnêtes gens dans ton grand Paris, mon pauvre Joseph?

Cibelle s'appelait Joseph, il avait pris le nom de Wilfrid, toujours pour sacrifier au monde. Wilfrid, la belle signature au bas d'une toile ! et cela faisait si bien sur le livret du Salon ! Le peintre alors avait défendu l'amphitryon du dîner de Babel.

— C'est un indifférent, voyez-vous, la mère. Ces gens-là ne se soucient pas de grand'chose, pourvu qu'il s'amusent. Mais il y en a qui ont quelquefois un gros dégoût tout de même au fond du cœur. Celui-là, je vous assure, vaut mieux que ses habitudes et que ses invités.

Les deux hommes se regardèrent donc avec une cordialité sincère, et, dans le regard de chacun d'eux, il y avait ceci :

— J'ai beaucoup d'estime pour vous, et vous le savez. Ces choses-là se sentent. On aurait un air de province si on les disait.

Cibelle, arrivé devant la porte de son atelier, demanda :

— Entrez-vous?

Anthelme le suivit. La haute et large pièce recevait les derniers rayons du soleil matinal, et Cibelle se mit à grommeler parce qu'en cette saison il ne trouvait pas de lumière posée avant dix heures.

— Allez vous loger au nord, fit Anthelme.

Cibelle continua ses plaintes.

— Au nord ! Certainement, il l'aurait dû. Mais quoi ! la bonne femme avait visité ce coin-là avec lui; elle avait dit qu'elle y viendrait le matin avec ses tricots, parce qu'à cette heure-là il était seul et que c'était bien gai. La gaieté, parbleu, ce diable de soleil levant se chargeait d'en donner beaucoup plus qu'on n'en aurait voulu. Il avait écouté la bonne femme. Lui aussi avait sa faiblesse.

M. de Chevrolles ne se demanda point à qui ce « lui aussi » pouvait bien s'appliquer et dit :

— Ah ! vous avez encore votre mère !

Il y avait dans sa voix une légère altération dont Cibelle ne pouvait point deviner la cause. Anthelme se disait : « Moi, j'ai une fille... Et l'on a pu me dire que je l'oubliais ! »

Il s'étendit sur un divan, tandis que le peintre quittait son habit et passait un élégant veston de laine blanche. Cibelle ne cessait point de tempêter contre ce poudroiement lumineux qui filtrait encore à travers le large store baissé soigneusement devant la haute baie vitrée. Anthelme lui, n'en voulait point à ces brisures de rayons qui se jouaient sur des lambeaux de riches étoffes, accrochés un peu partout, sur les terres cuites, les marbres, les faïences peintes, sur l'or des cadres et qui aiguisaient le jeu des couleurs et allumaient la vie. Il se ranimait à ces chauds effluves et à tout cet éclat harmonieux qui allait s'éteindre. L'om-

bre déjà glissait à l'angle formé devant le vitrage par
le mur en saillie de la maison voisine. Le peintre s'a-
paisait et s'en alla prendre ses pinceaux.

— C'est une chose étrange combien vos modes sont
changeantes, à vous autres artistes, fit Anthelme
d'une voix paresseuse.

— Nos modes ! interrompit Cibelle avec un reste
d'humeur bourrue ; vous plairait-il de dire plutôt les
modes qu'on nous impose ?

— C'est une question. Le public a des exigences.
Mais ne croyez-vous pas que l'idée lui en est venue
par quelques habiles, de ces gens qui ont moins de
confiance en leur talent qu'en leur savoir faire ? Ceux-
là ont imaginé de convertir vos ateliers en des lieux
de curiosité pour les faux amateurs et pour les oisifs.
Le pli une fois pris, vous avez dû, tous, vous y rompre,
sous peine de n'être pas visités, point cotés, point
vendus. Ah ! je me souviens du temps de ma jeunesse.
Vos ateliers étaient modestes, et même un peu plus
que cela. Quatre murs nus, sauf quelques esquisses
données par les camarades, quelques morceaux copiés
des maîtres, vos propres études et pas mal de toiles
d'araignées. Un poêle au milieu qui, l'hiver, ronflait
quelquefois. Alors vous ne jetiez pas de draperies
dans tous les coins ; pas de vieux satins, pas d'e-
toffes orientales, pas d'oripeaux, et, pour travailler,
vous ne mettiez pas de ces belles souquenilles
blanches ; un vieil habit réformé, une blouse qui

défiait les éclaboussures de la palette, rien de plus.
Vous aviez aussi des barbes passablement hérissées
et des cheveux en broussailles. Quels cheveux !...

— Et c'était le bon temps ! s'écria Cibelle. Au lieu
de faire des manières on faisait des *charges*. C'était
plus gai, ordinairement plus spirituel. Nous étions
des artistes, de braves gens d'artistes. Nous n'étions
pas au dehors des « gentlemen » pour rire, et au dedans, quand nous nous regardions dans nos miroirs
cassés, nous ne voyions pas des têtes de bourgeois... Tenez, hier, quand je suis allé embrasser la
bonne femme, avant de me rendre chez vous, elle m'a
dit : « Comme te voilà beau, mon garçon. Bien sûr, tu
n'as pas l'air d'un peintre. On dirait un monsieur. »
Eh bien, je ne pouvais pas lui manquer de respect, je
ne pouvais pas la battre ; c'est ma mère. Mais si c'eût
été seulement...

— Votre tante, fit Anthelme en riant de bon cœur.
Parbleu ! vous faisiez des façons hier, avec moi ; vous
ne vouliez pas avouer de peur de vous faire des ennemis. Mais vous êtes de la vieille école, mon cher,
vous en êtes jusqu'aux ongles !... Quel âge avez-vous ?

— Trente ans juste !

— Fort bien. A quoi travaillez-vous là ? C'est enlevé,
ce panneau ! Une décoration qui coûtera cher à l'amateur. Et ce morceau-là aura des frères ? Combien vous
les payera-t-on ?

— Quatre panneaux, 10 000 francs pièce pour le

9.

marchand qui m'a procuré l'affaire et qui m'en lais-
sera moitié. Ce sera bien un travail de six mois.

— Peste ! vous gagnez 40 000 francs par an sans
vous surmener à trente ans? L'école nouvelle a du
bon. On comprend sa puissance.

— On ne connaît pas sa misère, dit gravement Cibelle. Est-ce que je ne viens pas de vous parler du
marchand? Voilà le seigneur. Nous lui devons tout, il
nous le fait bien sentir. Qu'avons-nous à lui répondre?
Nous sommes à ses gages. Moi, par exemple, où aurais-je pris l'argent qu'il fallait pour entasser tous ces bibelots et ces belles guenilles? Je n'avais pas d'oncle d'A-
mérique. Rien que la bonne femme que je devais faire
vivre; et je n'arrivais à nourrir ni la mère ni son fils,
là-bas dans une manière de grenier, tout près d'une
grande bâtisse où l'on observe les astres; du moins on en
fait mine. Au diable! Qui m'aurait dit que je serais bientôt un soleil levant? J'avais la mort dans le cœur. Au
Salon, j'expose ma Judith; vous la connaissez. Quelle
idée le bon Dieu m'a envoyée de peindre cette mauricaude, moi qui n'aime que les femmes blondes ! Me
voilà médaillé. Un monsieur vient, me propose l'affaire, nous traitons. Il arrange tout ici, comme vous
le voyez, me fait des avances. J'entre dans ce nid
tout capitonné et il me dit : « A présent, marchez ! »
Voilà le secret de tant d'ateliers cossus que vous êtes
allés visiter comme tout le monde ; nous n'en sommes,
bien souvent, que les locataires, M. Vautour est là qui

veille. Ah ! je n'ai plus qu'à marcher ! Eh bien ! je
marche, mais j'ai un maître : c'est le marchand de tableaux. A gages, mon pauvre Cibelle, tu es à gages !
Tenez, je ne suis guère plus libre que vous.

Anthelme dont la tête s'était enfoncée peu à peu
dans les coussins du divan, se redressa, et, le visage
appuyé sur sa main, le regarda.

— Qui vous a dit que, moi, je n'étais pas libre ? demanda-t-il.

— J'ai trop parlé, répondit le peintre en riant à
son tour; mais aussi vous m'échauffez ! Eh bien, non,
vous n'êtes pas libre. Parbleu ! vous n'avez pas comme
moi un gardien, un maître, un cornac... Vous n'êtes le
prisonnier que de vous-même, de vos habitudes, qui,
pourtant, commencent à vous lasser, de vos relations,
qui vous deviennent incommodes...

— Ah ! ah ! fit Anthelme, vous savez cela ; vous ob-
servez de près et vite.

— Je vous ai vu hier pendant le dîner. Vos convives
vous inquiétaient, quand ils ne vous assommaient
pas...

— J'avoue, dit Anthelme, que j'étais légèrement
énervé, et cela pour une raison toute fraîche.

— Terriblement énervé.

— Nous sommes tous ainsi... Oh ! ne vous défendez
pas !... Vous êtes exceptés de l'arrêt, vous, les jeunes...
Vous n'avez pas encore ébréché votre volonté à la bataille... Nous autres, les vieux Parisiens, nous ne de-

vrions plus même nous mettre en peine de la chercher dans l'arsenal des vieilles lames. Nous n'y trouverons qu'un tronçon rongé. Ça ne coupe plus, mon
cher... Eh bien, oui, j'avais mal appareillé mes convives hier soir, et, dans l'humeur que j'en concevais
malgré moi, l'envie d'une résolution me poursuivait...
Mais il y a loin de la coupe aux lèvres !

— Pas trop malaisée à deviner votre envie, fit Cibelle... Je vous ferais bien mon compliment de l'a-
voir eue... mais j'ai peur... Vous êtes plus âgé que
moi et vous pourriez me remettre à ma place si je me
donnais des airs de conseilleur...

— Eh non ! Vous ne me blessez pas... au contraire...
Mais, d'abord, dites-moi la résolution que j'essayais
de former hier à table, puisque vous la connaissez
si bien.

— Celle de déplacer l'intérêt de votre vie tout
simplement.

Anthelme se leva et vint droit au peintre le bras
étendu. Cibelle recula :

— Prenez donc garde. Si vous êtes content de moi,
ce n'est pas une raison pour embrasser mes pinceaux.

— Déplacer l'intérêt de ma vie, dit Anthelme. C'est
à cela vraiment que j'ai songé toute la nuit. Vous êtes
devin, mon cher. Et, si je le faisais, vous m'approu-
veriez ?

— Parbleu !

— Mais le nouvel intérêt, où le prendrais-je? Cela aussi le savez-vous?

— Ma foi, non. Écrivez un livre... Cultivez vos terres, si vous en avez... Sapristi! vous m'en demandez trop!...

— J'ai une fille, dit Anthelme en lui serrant la main. Je m'occuperai de la former. Il n'est que temps. Et d'abord je vais la voir. Merci. Je suis votre obligé, Cibelle.

Il serra la main du peintre et sortit. Cibelle, stupéfait, le suivait des yeux. Il ignorait absolument qu'Anthelme de Chevrolles eût une fille. Après tout, ce singulier homme-là lui était vraiment sympathique, mais il le connaissait si peu! Et madame de Chevrolles, bien moins encore! Cette association dissipée avait tout l'air d'un ménage sans enfants.

Le peintre eut un grand éclat de rire. Est-ce qu'il ne serait pas tout à fait curieux que, lui, Cibelle, un sauvage et d'ailleurs un célibataire, eût refait, sans le savoir, la destinée d'une innocente et remis un père dans le droit chemin?

Après quoi, il secoua encore les épaules en retournant à son panneau qui devait représenter des Amours voletants. C'était du commerce cela, point de la morale. Chaque chose a son moment.

Anthelme s'en allait tout droit vers la gare de l'ouest; il prit au guichet un billet pour Saint-Germain, et comme ce n'était pas encore la vraie saison de la villégiature parisienne, il se trouva seul dans une voiture.

Le train s'ébranla, le grand galop de fer traversait la plaine morne, poussiéreuse, coupée de routes nues, parfois de champs maigres, çà et là semée de chantiers de décombres, hérissée des cheminées d'une usine. De loin en loin, des pâtés de masures sordides, menaçantes, de ces mauvais coins du vice et de la marande, près desquels on ne passe pas impunément dans les nuits noires.

Le ruban de la Seine se déroule, berçant ses îlots verdoyants; la voie, bientôt, court entre deux rangées de maisonnettes, de jardinets larges comme des mouchoirs ou de chalets et de vrais jardins mornes, étriqués; tout cela se croisant, se heurtant, la presse du pauvre employé et du bourgeois un peu plus cossu, — l'un et l'autre affamés de verdure, de feuillage, d'air libre.

A Nanterre, la plaine se rouvre, aussi laide, aussi chétivement triste; pourtant le cadre des hauts coteaux se dessine. A gauche, une couronne de bois, des parcs, des villas sur des pentes. Le fleuve reparaît enserrant encore une île, couverte, celle-ci, d'une végétation riche et vivante; au bord du deuxième bras, des habitations somptueuses.

Puis la verte guirlande de la villégiature élégante ne cesse plus jusqu'à un troisième et dernier repli de la Seine. Au-dessus de l'eau se dresse la butte royale qui porte Saint-Germain. Anthelme arrivait. Durant le trajet, il n'avait rien vu. Il songeait; plutôt, il se souvenait.

Il se revoyait à Dieppe l'autre été, et près de lui, le matin, quelquefois, cette gentille Rainette allant sur les galets de la plage mondaine, de ce petit pas encore sautillant qu'à seize ans on n'a pas perdu tout à fait. On oublie que la robe s'est allongée; pour quelques centimètres d'étoffe et une année de plus, se sent-on moins légère?

Dieppe! madame de Chevrolles avait choisi cette station courue. La mer y mène ordinairement grand tumulte. Et, comme cette houle bruyante, l'an passé, les souvenirs en ce moment montaient autour d'Anthelme.

Il entendait la voix claire de Renée :

— Père, encore un dîner ce soir chez nous... Si vous saviez comme c'est ennuyeux pour moi tout ce monde!... Oh! ces dîners surtout qui ne finissent point! ..

La chère petite, comme elle disait bien cela!... Elle n'osait le dire qu'à lui. Oh! la bonne confidence! Comme elle renfermait justement le meilleur espoir qu'il gardât en ce désarroi et en cette alarme soudaine qui l'obsédait depuis la veille! Ainsi tout ce monde élégant, choisi à la diable, dont la villa des Anthelme ne désemplissait pas, à Dieppe, l'assommait, la jolie mignonne!

Ces dîners de gala champêtre, qui auraient pu lui

laisser de dangereuses impressions, ne lui avaient causé que de l'ennui ; à la bonne heure !

Le train entrait en gare. Le voyageur se leva et se secoua. Il se faisait l'effet d'un drôle d'homme. L'an passé, quand sa fille se plaignait des dîneurs, il la grondait :

— Taisez-vous, Rainette. Comment ! tu es une grande mademoiselle, ma chérie, et tu parles comme un enfant !

Voilà comme il la reprenait l'autre saison... Il ne pensait pas même alors que cette jeune âme pût être surprise de ce que voyaient ces yeux clairs et de ce qu'entendaient ces oreilles alertes.

Et, après un an, tout à coup, la veille, sur un mot que venait de lui dire une femme qu'il aimait assez, mais à la sincérité de laquelle il ne croyait guère, il avait été saisi d'une peur insupportable, d'une peur sacrée. Ne lui avait-on point gâté sans qu'il s'en doutât, aveugle qu'il était, cette mignonne Rainette ? Ne lui avait-on pas défloré cette âme de seize ans ?

Il s'en alla d'abord rapidement à travers la ville, puis tout à coup, à l'intersection de deux rues, s'arrêta. Quoi ! que lui arrivait-il ? Une distraction. Les meilleures mémoires ont de ces caprices... Il ne voulait pas s'avouer qu'il avait oublié le chemin du couvent.

C'est qu'en vérité, il n'y était venu qu'une fois depuis la rentrée, aux dernières vacances. Il jeta des

yeux un peu troublés autour de lui. Les marchands,
sur le seuil des boutiques, lui faisaient bonne mine.
Ce grand homme blond, à peine grisonnant, aux traits
fatigués, à la mise élégante leur avait tout l'air d'un
précurseur de la colonie. Ils chuchotaient : « Enfin,
voici le monde qui arrive ! » — Anthelme aurait pu
les consulter sur la direction qu'il devait suivre...
Non !

Puisque, depuis le matin, il suivait en tout la droite
voie, il se jura de la retrouver tout seul, et, s'étant
recueilli, il y réussit à la fin.

Le couvent était une de ces anciennes demeures
seigneuriales, édifiées longtemps après l'abandon du
château par la cour, mais sur la route qui reliait les
deux nouvelles résidences royales, entre Versailles et
Marly. Étroitement logés chez le roi, les courtisans se
mettaient, pour un moment, au large chez eux en passant.

Anthelme, qui venait de peiner un peu, s'essuyait le
front devant la grande porte surmontée d'une croix.
Il sonna. Peste ! on n'entrait pas ici en tapinois. La
sonnette était une cloche qui jeta ses gros drelins
d'un bout à l'autre de la sainte maison. La tourière
ouvrit. M. de Chevrolles se nomma, la sœur eut un
mouvement de surprise.

Puis elle inclina la tête, traversa devant lui une
vaste cour bordée des bâtiments de services et l'introduisit dans le parloir qui donnait sur le jardin.

Il était midi, l'*Angelus* sonna, la chapelle ne devait
pas être loin, cachée sans doute dans les feuillages.
On entendait des voix fraîches qui s'élevaient en
chœur. Anthelme prêta l'oreille. S'il descendait dans
le jardin, il saisirait de plus près l'écho de ce cantique
et distinguerait peut-être une voix entre toutes les
autres ; mais la tourière était encore là.

Anthelme crut même s'apercevoir qu'elle l'examinait avec une attention tout à fait singulière. Il eut
envie de sourire, car il ne se faisait pas illusion sur la
nature des réflexions qu'il pouvait suggérer à une fille
de Dieu. Évidemment, celle-ci lui trouvait bonne
mine, mais pas la mine édifiante. Si l'impression
d'une simple religieuse était à ce point sévère, quelle
serait donc celle de la supérieure de la maison ! Aussi
se garda-t-il bien de demander madame la supérieure.

La sœur enfin cédait la place. Auparavant, elle lui
donna la permission qu'il n'avait osé solliciter de
peur de se heurter aux interdictions de la règle ; elle
l'avertit qu'il pouvait attendre sous la charmille.

Devant la porte du parloir commençait, en effet, une
allée couverte, qui se prolongeait jusqu'au grand mur
noir et moussu fermant le jardin. On avait laissé
pousser les hautes branches aux deux rangées d'arbres
qui la bordaient ; ils formaient maintenant un dôme
épais que le soleil attaquait de ses flèches verticales.
Anthelme pensait qu'il allait voir sa mignonne s'avan-

cer sous ces jets de lumière dorée qui traversaient les branchages.

Une mignonne un peu négligée. Ces grands arbres portaient un manteau de neige la dernière fois qu'il les avait vus. C'était vers le milieu de décembre, il allait partir pour Nice ; la saison le commandait. Il se rappela que, lui parlant plus librement à lui qu'elle ne l'eût fait à sa mère, Renée lui avait vivement reproché de quitter Paris justement à l'instant où elle allait prendre ses vacances de Noël. Ces plaintes avaient un accent de regret naïf et tendre qui lui avaient mis des larmes dans les yeux.

Il baisait ses cheveux blonds, — car elle lui ressemblait, elle était blonde comme lui, — et il disait : « Cela est très bien d'aimer le vieux père. Tu seras toujours une bonne petite. » Il aurait cédé, il ne serait point parti sans la pensée des railleries qui lui auraient gâté son sacrifice dans la maison de la rue d'Aumale. Madame de Chevrolles se fût armée plus que jamais de ce froid sourire où se lisait un si parfait contentement de soi-même et une si maigre estime des autres :

— Oh ! le singulier homme ! Un caprice d'enfant devient son maître ! Allez ! Renée sait bien que pour vous mener où elle veut, il ne s'agit que de déchirer un peu vos nerfs. Vous n'aurez donc jamais de volonté ?

Madame de Chevrolles connaissait encore bien mieux que la pensionnaire le cœur fatigué et l'humeur

inquiète et molle d'Anthelme. Avant tout, il craignait
l'ennui. Pour s'épargner ces petites querelles faites
en riant et ces grosses vérités que l'on se dit quelquefois en ménage, pour ne pas s'entendre répéter une
fois de plus qu'il était faible et énervé, il serait allé au
bout du monde. Madame de Chevrolles ne voulait pas
le conduire si loin; elle n'avait aucun intérêt à se
débarrasser d'un mari : c'était une femme régulière.

Seulement, quand elle trouvait une occasion de le
piquer un peu, elle ne la laissait point passer; elle
aimait cela. D'ailleurs, il avait l'habitude de se rendre
à Nice chaque année; en disant qu'elle ne comprenait point du tout qu'il se privât de l'un des plaisirs de
sa vie pour les reproches et les petites larmes d'une
enfant, elle aurait été sincère.

Anthelme s'était mis en route, il avait passé tout
un mois loin de Paris, et, quand il avait songé à y revenir, les vacances de Noël étaient depuis longtemps
terminées et sa fille rentrée au pensionnat.

Maintenant, après cinq mois d'une négligence qui
avait un vilain air d'oubli, il s'attendait bien à quelques nouveaux reproches de Renée. Elle osait le gronder, *lui*; il en était fier! Mentalement, il arrangeait
la réponse et l'excuse, et il allait sous la charmille.
A chaque instant il s'attendait à voir s'ouvrir, au fond
de l'allée, dans le grand mur, une petite porte qu'il
connaissait bien. La fillette allait venir sous ces feuillages, et ces jeux brillants du soleil changeraient en

or vif le blond cendré de ses cheveux. Il la verrait approcher et il était bien sûr qu'il lui trouverait de la grâce, même sous la robe écourtée et toute ronde en bas, qui était l'uniforme de la maison.... Elle tardait bien... Peut-être y avait-il un office à la chapelle. Cependant les chants avaient cessé.

Tout à coup il dut se retourner non sans un soubresaut nerveux. Madame de Chevrolles avait raison de dire qu'il fallait un rien pour déchirer ses nerfs toujours tendus. La tourière était derrière lui et lui parlait d'une voix basse et composée; — si bien qu'il l'invita fort brusquement à répéter ce qu'elle venait de dire. Il croyait vraiment n'avoir pas bien entendu.

La sœur répéta; cela tenait en deux mots : Madame la supérieure ayant appris la visite de M. Anthelme de Chevrolles au pensionnat, le priait, avant de voir sa fille, de vouloir bien passer au salon où elle l'attendait.

Cette prière était sûrement incommode; mais le moyen de s'y dérober? Anthelme retourna sur lui-même d'un mouvement automatique, et, les dents un peu serrées, se remit à suivre la tourière, qui, cette fois, le fit entrer dans une pièce très vaste, d'une simplicité presque rustique, mais d'une propreté merveilleuse. La muraille blanchie à la chaux, des rideaux de lainage rouge aux quatre croisées, des sièges de paille, le parquet luisant comme un miroir. A ce

grand mur nu, quelques images de piété ; sur la cheminée une vierge de plâtre.

La supérieure se tenait debout dans l'embrasure
d'une des quatre croisées et vint au devant du visiteur.
C'était une personne de quarante-cinq ans environ, de
très haute taille, mais aisée, presque élégante ; fort
maigre, avec des traits fatigués, des yeux brillant
d'un éclat très doux que faisait ressortir encore la
blancheur crue du bandeau qui lui couvrait le front.
D'un geste, elle indiqua un des fauteuils de paille au
visiteur, prit place dans un autre, devant lui, et s'excusa pour le court moment qu'elle allait lui prendre,
car il devait être impatient d'embrasser sa fille.

Anthelme eut un deuxième soubresaut, — encore
un déchirement des nerfs, — et la regarda.

A l'instant, il demeura persuadé qu'elle n'avait pas
eu la moindre intention ironique. Le plus naturellement du monde elle insista sur le regret d'avoir dé-
rangé cette hâte si légitime qui conduisait M. de Chevrolles dans l'allée par où devait arriver la pensionnaire. Cette enfant avait été si intéressante !... Elle
l'était encore... Pourtant... Il y a des devoirs pénibles... Ceux qui incombent à la directrice d'une
grande maison d'éducation religieuse sont particulièrement étroits.

Anthelme la regardait toujours et commençait
à se sentir oppressé. La *Mère* voyait bien son émotion
et, comprenant qu'elle avait affaire à un excessif, qui

se déguisait ordinairement sous des formes indifférentes et légères, elle hésitait, elle enveloppait le
cruel avertissement. Sa voix était un peu basse, comme
celle de la tourière, mais autrement harmonieuse et
pleine; elle y mettait, comme elle pouvait, la caresse
de la charité et s'appliquait à fixer un sourire sur sa
bouche.

Non! Renée de Chevrolles n'était pas une fillette
ordinaire. Longtemps, elle avait été le modèle de ses
compagnes de la grande classe par sa gaieté, sa sou-
mission facile, son zèle même à l'étude... Puis un
jour... Comment ce changement était-il arrivé?...
C'était à la rentrée des vacances de Noël... La maîtresse de la classe était venue trouver la Mère : « On
nous a rendu une autre pensionnaire, ce n'est plus notre
Renée! » L'enfant avait d'abord montré un grand dégoût du travail, surtout de la règle... Puis, des aigreurs,
des impertinences, des révoltes à tout propos... On l'a-
vait crue malade... Mais non!... C'était l'esprit qui se
gâtait... C'était aussi le cœur... Où donc avait-elle pris
tout à coup ces manières nouvelles? Et ce langage!..
Des expressions!... des pensées!... Une visiteuse, au
parloir, l'avait entendue, comme elle passait dans le
jardin, causant au milieu d'un groupe d'élèves... Le
mot de brebis galeuse avait été prononcé...

La supérieure s'arrêta...

Aussi bien un geste de M. de Chevrolles l'avertis-
sait qu'il n'y avait plus rien à dire... Anthelme avait

écouté, passant ses mains sur son front qui le brûlait. Il se leva; à tout ce réquisitoire il n'avait pas répliqué un mot. Il salua la supérieure et sortit.

Étonnée, elle le vit reprendre par la cour le chemin qui menait hors de la maison, au lieu de suivre celui du jardin. Dans la cour, la tourière se mit à le suivre, hésitant d'abord, puis se risquant à lui demander s'il ne voulait plus voir Renée de Chevrolles. D'un signe il répondit que non.

Alors la pieuse fille lui ouvrit la porte extérieure, et, comme il la franchissait, — de cette même voix basse, à peine intelligible, qu'il avait entendue une demi-heure auparavant sous la charmille, elle lui dit :

— On vous a fait tomber du paradis, mon pauvre Monsieur.

III

Madame de Chevrolles avait achevé de s'habiller et se préparait à sortir. Sa femme de chambre était agenouillée devant elle, sur le tapis, rajustant un nœud de rubans qui s'était détaché de la jupe de sa maîtresse.

Anthelme entra violemment. Cette chambre muette n'avait jamais entendu tant de bruit. Tout y était discret jusqu'aux couleurs : des tentures de satin marron, de doubles portières. Tout y avait été arrangé pour la liberté infinie du repos.

Anthelme dit à la servante :

— Laissez-nous !

Madame de Chevrolles le regardait avec une sur

prise qui n'était point jouée, elle ne le reconnaissait plus.

Enfin elle eut un de ses sourires ordinaires qui jetaient un peu de clarté sur le bistre velouté de ce froid et joli visage, qui allumaient vaguement ces yeux brillants et immobiles et qui ne dérangeaient aucun des traits :

— Eh bien, dit-elle, qu'avez-vous ?

Elle demeurait debout devant un grand miroir qui réfléchissait sa toilette savante, d'une simplicité redoutable ; les maris connaissent le prix du *simple*. Sa taille riche et souple, pas plus que sa figure, n'avait été atteinte par les années. Cette espèce de femmes, — heureusement rare, — est indestructible.

Pourtant Anthelme dit un mot qui causa un léger tressaillement dans tout ce marbre vivant :

— Votre fils !...

— Quoi ! dit-elle. Qu'est-il arrivé à Jacques ?

— Rien de plus que d'avoir été perdu par votre faute.

— Peste ! fit-elle, se redressant légèrement, mais sans colère, vous ne ménagez plus les mots. Jacques perdu ! Et par ma faute !

— Si vous n'aviez pas attisé en lui certains goûts auxquels je ne pouvais suffire, aurait-il commis cette action indigne ?...

— Écoutez, reprit-elle, — les mots sifflaient un peu sur ses lèvres impassibles, — ce n'est pas la pre-

mière fois que vous me faites ce reproche odieux et
ridicule. Je vous ai signifié que je ne voulais plus
l'entendre. Vous étiez devenu plus raisonnable. Qui
vous rend vos nerfs aujourd'hui?

— Je maintiens que vous avez perdu Jacques.

— Encore!... Et toujours vos façons excessives de
voir comme de dire!... Jacques est loin. Vous l'avez
exilé... Ce n'était peut-être pas nécessaire. A Londres
il se conduit bien... Cherchez dans le monde, vous y
trouverez à chaque pas un jeune garçon qui a pu se
laisser entraîner à une grosse sottise... les années le
corrigent, il devient exemplaire, et plus tard même,
un modèle de mari... comme vous.

— Oui, dit-il... On fait remise aux hommes des
péchés de jeunesse... mais aux hommes seulement...

Et tout à coup lui saisissant le bras :

— Vous m'avez aussi gâté votre fille !

— Allons! fit-elle, en cherchant à se dégager, vous
êtes fou, décidément, bon à lier.

Mais il la tenait fortement, penché sur elle les yeux
dans les yeux. Elle n'essayait plus de lui échapper et
ne faisait pas un mouvement. Seulement, un peu de
rougeur courait sous la peau de son visage et, de temps
en temps, elle jetait une exclamation, — indignée
qu'elle était de se voir prisonnière.

Lui, brutalement, d'un trait, haletant, criant, racontait ce qu'il venait d'apprendre au pensionnat de

Saint-Germain... Enfin, il desserra l'étreinte, il avait tout dit.

Libre, elle recula lentement. Elle rajustait la manche de sa robe qu'il avait cruellement frippée ; puis, relevant la tête :

— Je pense que vous avez un peu de honte de ce que vous venez de faire, dit-elle. Votre fille a l'humeur capricieuse. Voilà qui ne saurait vous étonner, puisqu'elle vous ressemble. Vous en êtes fâché, soit ! Ce n'était pas une raison pour être brutal.

Il n'attendait pas une réponse qui vînt du cœur, mais il ne releva pas la sécheresse de celle-ci. Sa colère était épuisée, il se laissa tomber dans un fauteuil. Madame de Chevrolles l'imita. Ils étaient assis l'un en face de l'autre, elle battant le tapis du bout de son pied, lui le coude au bras du fauteuil, le front dans sa main.

— Je dois croire, dit-il, que, durant mon séjour à Nice, votre salon et votre table n'ont point chômé.

— Certes, non. Pourquoi me serais-je privée de recevoir ?... Vous vous amusiez là-bas. Il fallait peut-être qu'on se morfondît ici à vous attendre !... Mais j'oublie que Renée était à la maison... Elle était aussi à Dieppe, l'été passé, et elle avait déjà seize ans.

— Je ne m'en souviens que trop bien, murmura-t-il... Mais enfin mon imprudence n'a pas produit alors les effets que j'aurais dû craindre.

— Vous l'auriez dû ! Vous l'avouez.

— Ce ne sont pas les grandes vacances qui ont changé
cette enfant.

— Ce sont les vacances de Noël! Pourquoi?...
Parce que vous n'étiez pas là, vous, le gardien vigilant.
Et si vous y aviez été, on vous aurait vu vous con-
traindre et tenir nos amis en garde... comme à Dieppe...
J'étais seule avec Renée... C'est moi qui ai fait le mal!
C'est moi qui ai perdu votre fille... comme mon fils...
Perdu!... Ah! pour le moins! N'y aurait-il pas quelque
chose de plus fort? Cherchez donc un plus gros mot...
Tenez! vous me faites pitié!... En vérité, vous êtes
un homme sans reproche, vous! On va connaître M. de
Chevrolles, le père farouche, l'austère, le puritain
Chevrolles! Pour tout le monde, c'est une connaissance
à faire... On n'est encore familier qu'avec le Chevrolles
d'hier, le Chevrolles mondain. Un sceptique dont on
citait les mots dans les cercles, parce qu'en effet c'é-
taient des sentences... J'en ai la mémoire tout ornée,
moi qui n'aurais peut-être pas dû toujours les entendre!
Faut-il vous les répéter ces traits plaisants que vous
débitiez... jadis... sur l'honnêteté des hommes... sur
la vertu des femmes?... Et si la vôtre avait été disposée
à s'oublier, comme d'autres!...

— Que vous connaissez! qui sont vos amies.

— Que vous fêtez! qui vous ont toujours trouvé
prêt à les excuser et même à les défendre!

— Eh! dit-il en levant les épaules, cela était sans
danger pour vous...

10.

— Encore une chose que vous êtes forcé de reconnaître... Vos critiques ont mordu plus d'une honnête
femme, parce que vous n'étiez pas exactement informé
de sa vraie manière de vivre... et que vous ne croyez
à l'honnêteté que... depuis vingt-quatre heures. Mais
moi!... Qu'avez-vous à me reprocher à moi?

Anthelme frappa de sa main fermée le bras du fauteuil. Il était affreusement pâle, la colère le secouait.
Une colère vraiment brutale, comme on venait de le
lui dire. Il sentait bien qu'il avait fait une fausse démarche et que sa femme, attaquée avec cet excès d'injustice, allait garder l'avantage. Et il en avait été ainsi,
toujours, depuis vingt ans. Aussi se redressa-t-il tout
à coup.

— Qu'est-ce donc que vous me demandez? dit-il.
Ce que je vous reproche?... Rien... d'être vous!

— Ah! cela, dit-elle tranquillement, c'est le mot
du cœur, c'est le bouquet... Je pensais bien que vous
finiriez par me l'offrir, ce compliment à la rose... Vous
voyez que je le respire sans en être incommodée. Je
suis une personne calme, d'humeur égale, moi; c'est
ce qui vous fâche. Ce regard tranquille que je porte
sur les choses vous servira pourtant en une occasion
qui vous paraît si effrayante...

— Changerez-vous votre genre de vie? s'écria-t-il.
Ferez-vous ici une maison neuve pour recevoir cette
enfant qui demeurera près de vous dans trois mois?

— Pour cela non, dit-elle nettement... Renée est

destinée à vivre dans le monde comme sa mère y a toujours vécu, et son père aussi, avec des nuances...

— Je crois que c'est vous à présent qui m'accusez!

— De certaines nuances, reprit-elle en insistant, qu'il ne serait peut-être pas bon de lui laisser connaître.

— Et qu'elle ne connaîtra pas, je vous jure!

— Je n'en sais rien. Je vois que vous avez formé de bonnes résolutions... Elles ont été trop subites... L'austérité vous a saisi en un moment comme la fièvre...

Il avait eu bien raison de craindre qu'elle ne reprît l'avantage, elle le retrouvait même cruellement.

— Mais, continua-t-elle, ne nous égarons pas, s'il vous plaît! Il s'agit de Renée, et rien que d'elle... Repassons un peu toutes les énormités que vous venez de me dire... Ainsi vous êtes allé ce matin au pensionnat de Saint-Germain. On vous y a présenté un rapport foudroyant contre la pensionnaire... Et vous, qu'avez-vous fait? Vous auriez pu voir Renée, et tout fraîchement informé du détail de ses fautes, les lui reprocher et agir fortement sur cette petite fantaisie qui se cabre... C'eût été le plus simple. Voilà pourquoi vous n'y avez pas pensé! Atteint dans un rêve que je ne connais pas, blessé dans je ne sais quelle imagination soudaine, vous n'avez su que vous dérober. C'est vous qui avez pris la fuite, comme si c'était vous le coupable.

Anthelme ne répondit pas. Il sentait trop bien que c'était lui le premier coupable. Elle avait encore touché juste.

— Je ne me dérobe pas, moi, reprit-elle. J'irai dans deux ou trois jours à Saint-Germain.

— Ce sera du nouveau, fit-il sourdement. Votre dernière visite au pensionnat date de loin.

— Deux mois. Votre dernière visite à vous, de cinq. Qu'avez-vous à dire ?

— Rien.

Aussi continua-t-il de se taire.

— On me les a fait connaître ces fameux reproches que l'on adresse à Renée, dit-elle ; j'en ai tenu peu de compte. Je n'ai pas l'esprit excessif en tout, moi...

Ce *moi* revenant sans cesse, ce *moi* triomphant, achevait Anthelme accablé. Madame de Chevrolles avait entièrement retrouvé son froid et hautain sourire :

— Qu'est-il arrivé au pensionnat pour mécontenter si fort les maîtresses ?... Que cette enfant a dix-sept ans, l'âge précisément où l'on change. Rien de plus. Vous ne pensiez pas que votre fille demeurerait une pensionnaire jusqu'à vingt ans. Elle a passé l'heure des soumissions ingénues : ce n'est pas plus grave que ça. Ces fillettes sentent le moment où elles deviennent de grandes personnes. Raisonnez donc un peu, mon cher...

— Non, dit Anthelme en se levant avec effort... Ce serait vraiment inutile.

— Vous vous connaissez bien !

— Si vous le voulez, la discussion sera close...

— C'est-à-dire que vous battez en retraite, fit-elle; comme il vous plaira. Vous me quittez, je n'en suis pas fâchée. Vous alliez déranger mon après-midi. J'ai pourtant encore à vous dire une chose toute simple, toute de raison.

— Vous avez trop de raison.

— Et pas assez de cœur, dit-elle, j'achève votre pensée. Elle est toujours obligeante pour votre femme... qui ne s'en soucie guère... Mais écoutez donc... Deux mots... Renée est une élève dissipée maintenant, au pensionnat. On voit ce qui vous tient... Vous avez peur que, dans trois mois, lorsqu'elle sera rentrée tout à fait à la maison, elle ne soit difficile à maintenir. Il y a un remède.

Anthelme qui se dirigeait lentement vers la porte, s'arrêta :

— Mettons que je craigne ce que vous venez de dire, fit-il. Voyons le remède.

— Je vous ai dit qu'il était simple... Il l'est même au point que vous le devineriez sans peine, si votre esprit n'était pas obscur aujourd'hui. Renée alors touchera presque à ses dix-huit ans.

— Je devine, dit-il. On la mariera.

— Voilà tout.

— Voilà tout. On mettra à la marier la même clair-voyance, la même chaleur de tendresse qu'on aura mise à l'élever. En effet, c'est très simple. L'enfant nous aurait incommodés... Au couvent! La jeune fille nous embarrasserait... Au mari! De cette façon, ni son âme naissante ni son cœur mûr et formé n'auront été notre ouvrage. Et si le mariage tourne bien, nous nous trouverons avoir été les modèles accomplis du père précautionneux et de la mère banale.

Madame de Chevrolles se leva, les dents serrées, atteinte enfin à son tour :

— Allons, dit-elle, encore les mots de théâtre!

— Oui, reprit-il, vous avez été une mère banale, comme j'ai été moi, un père inattentif, léger, frivole, tout ce qu'il vous plaira... Ne disputons pas sur la part qui revient à chacun de nous dans la faute... Nous l'avons commise ensemble et à l'envi. Condamnez-vous comme je me condamne moi-même... Vous serez encore, de nous deux, la moins douloureusement blessée, puisque vous ne sentez point le regret mortel qui me déchire en retrouvant ma fille si différente de ce que j'avais rêvé. J'ai bien consenti avec autant d'empressement que vous autrefois à mettre Renée aux mains des religieuses du pensionnat. La vie que vous aimez tant, que j'aimais alors, qui me plaisait encore hier, ne nous permettait pas d'élever des enfants à la maison. Nous avons de même enfermé Jacques au collège...

— Jacques! cria-t-elle. Jacques a mieux connu que vous ne le pensez les habitudes de son père. Jacques a voulu être un homme de plaisir comme vous!

— Mais elle, continua-t-il, notre petite Renée! Je
me souviens que le cœur m'a manqué lorsqu'il a fallu
me séparer d'elle... Et puis l'étourdissement de cette
sorte de vie m'a repris tout entier... Pourtant j'avais
l'esprit en repos, de ce côté du moins, et c'était encore
là qu'allait ma tendresse. Ces religieuses travaillent
de leur mieux à former d'honnêtes fillettes, sages et
vraiment pures...

— L'ouvrage des religieuses est manqué! interrompit madame de Chevrolles, toujours frémissante. Renée
est une fille gâtée, parce qu'elle a cessé de se trouver
la plus heureuse des pensionnaires; parce qu'elle est
impatiente de sortir du couvent; parce qu'elle le dit
tout haut, au grand déplaisir des maîtresses qui la
traitent de révoltée!... En vérité, vous êtes fou!

— Renée a cessé d'être le clair et doux miroir où
les pères comme moi, dont le cœur est trouble, éprou-
vent une joie profonde à revoir leur image... mais
leur image empreinte de cette chasteté divine qu'ils
n'ont jamais connue que de nom. Ce sentiment nouveau, je me promettais de le goûter pleinement; il me
semble que ce doit être à la fois un ravissement et une
honte. Cela n'est plus fait pour moi.

— Et c'est dommage, dit madame de Chevrolles,
car cette jouissance idéale et mystique aurait achevé
de vous sacrer poète. Moi, qui n'avais pas espéré
trouver dans cette petite Renée de ces ivresses sur-

humaines, je reviendrai sans doute assez contente d'elle, demain quand je l'aurai vue... Car j'irai décidément au couvent demain... Si ma fille promet d'être une bonne petite personne du monde, cela me suffira...

Anthelme tout près de sortir s'arrêta encore une fois brusquement.

— Vous disiez votre fille tout à l'heure en parlant de Renée, s'écria-t-il. Vous dite *ma* fille à présent. C'est que vous vous croyez sûr désormais qu'elle sera suivant votre désir, et c'est moi qui suis venu sottement vous donner cette bonne nouvelle. Renée sera vôtre, en effet et ne sera pas mienne ; vous avez raison de le croire, et tout est là... Je vous laisse... je ne vous reverrai pas sans doute aujourd'hui, j'ai besoin d'être seul.

— Vous ne me reverrez pas ? Mais nous avons encore quelques amis à dîner ce soir.

— Je n'y serai pas.

— Ce n'est pas possible ! s'écria-t-elle. Comment vous excuserai-je ! Voyons, mon ami... réfléchissez. Il faut bien que vous diniez quelque part.

— Je dînerai au cercle.

— On peut vous y voir et le redire. Alors que penseront vos invités ?

— Les vôtres !

— Ce sont des amis, des meilleurs de nos amis, je vous le répète, il y aura ..

— Je ne demande pas leur nom, je ne m'en soucie guère.

Et il sortit.

Madame de Chevrolles se jeta derrière lui dans le vestibule :

— Mais, disait-elle, qu'est-ce que cela veut dire ? Expliquez-vous... Est-ce un plan formé ?

Un domestique parut, venant de l'office ; elle se mordit les lèvres, rentra dans sa chambre et se remit, pensive, dans son fauteuil.

— Un plan formé certainement... Ah ! l'on ne dérangera pas ma vie, murmurait-elle.

IV

Elle avait de grandes boucles blondes, une adorable fraîcheur de teint et de ces yeux bleus d'une nuance particulière qui ont l'éclat humide des fleurs, et que les Anglais appellent, en effet, « des yeux de violettes ». Tout cela faisait qu'on ne se demandait pas si elle était jolie, on la trouvait charmante. Ce jour-là, elle portait une robe blanche rayée de rouge sombre, un corsage du même rouge que les raies de la jupe, serré à la taille par une ceinture de cuir; pour coiffure une toque sans fleurs et sans plumes qui ne donnait point de prise au vent. Ainsi vêtue lestement, elle s'en allait sur la côte sauvage, précédant M. de Chevrolles, près de qui marchait un jeune homme. Parfois elle s'arrêtait, jetant de petits cris d'admiration enfantine devant les roches de la falaise curieusement déchiquetées et devant la grande mer qui hurlait sous un ciel noir d'orage.

Les deux hommes la suivaient sans se rien dire, Anthelme, très envieilli, la barbe plus grise, le pas traînant. Tout à coup, la jeune fille, s'étant engagée sur une de ces roches qui s'avançait en promontoire au-dessus du flot, recula tout effrayée, battant l'air de ses deux bras. Une vague énorme venait de frapper le pied de la falaise ; c'était le dernier coup furieux de la mer montante, la roche tremblait. Renée, toujours reculant, cria :

— Jacques ! mon père !

Ainsi Jacques de Chevrolles était revenu d'Angleterre ; on avait pardonné à l'enfant prodigue, on avait rappelé l'exilé. Il accourut auprès de sa sœur qui tout effarée, s'accrocha d'abord à son bras, puis s'étant rassurée un peu, se mit à lui peindre vivement le danger qui l'avait menacée. Il riait de tout son cœur. C'était un grand garçon qui ressemblait en tout à sa mère, brun, élégant, correct, froid comme elle, avec les mêmes yeux brillants et presque point mobiles. Aussi Renée triomphait-elle parce qu'elle le voyait rire :

— Père, il se moque de moi ! mais il n'y a que la petite sœur pour mettre monsieur Jacques en gaieté.

Anthelme ne répondit pas ; elle, se coulant contre

lui, frôlant son épaule, avec des tendresses câlines,
ajouta :

— Père, vous aussi, je vous faisais rire autrefois !

Il la regardait, toujours sans rien dire, et, comme
il faisait souvent, avec un air inexprimable d'inquié-
tude, avec une insistance étrange, comme s'il voulait
aller bien au delà de ces yeux de violette, jusqu'au
fond de ce petit cœur de pensionnaire échappée ;
puis il prit sa petite main et mit un baiser au bout
des doigts. Jacques était près d'eux, on eût dit que le
père ne le voyait pas même. Tous deux vivaient ainsi
côte à côte, et pourtant comme étrangers l'un à
l'autre, le père renfermé dans ce silence farouche.

On continua de suivre la falaise, longeant à gauche
des petits champs de blé qui la couronnent et qu'en-
cadrent des buissons de pourpier marin au feuillage
gris. La moisson était faite ; dans les chaumes, erraient
des moutons noirs, cherchant les touffes d'herbe
entre les sillons. De l'autre côté, les yeux s'étendaient
à l'infini sur la mer déserte.

Par un chemin caillouteux qui glissait dans un
vallonnement profond, on regagna la ville du Croisic, et bientôt on remonta le quai. Les maisons, aux
faces sévères de granit, regardent le port ; au delà,
s'ouvre un grand espace morne ; des marais salants
à perte de vue, un canal qui les traverse, de loin en
loin, des flots se dressant au-dessus de la saline, enveloppés d'une chevelure maigre de tamarins ; à

l'une des extrémités du quai, le mont Saint-Esprit portant des bouquets d'arbres ; et sur tout cela une couleur grise, les teintes et comme la buée du sel répandue dans l'air.

Vers l'ouest, les reliefs s'accusent, le fond du tableau se relève vigoureux et sombre ; plus de ces blancheurs vagues, qui se bercent vers le nord ; ici c'est la couleur changeante, mais toujours âpre du flot, les ressauts brillants de l'écume. De ce côté une jetée s'avance dans la mer comme un gigantesque éperon, en vue de l'établissement des bains qui renferme une grande hôtellerie et un casino, et qui a usurpé toute une grève. Une rangée de cabines peinturlurées de bleu et de rouge, ou de rouge et de blanc, borde le lit de graviers, semé de roches. C'était l'heure du bain de l'après-midi.

Aux fenêtres de l'hôtellerie, partout du monde ; des groupes partout formés sur la grève. Les lorgnettes jouaient. Les belles nageuses, sachant bien qu'elles servaient de point de mire à tous ces regards curieux, s'enlevaient, émues et complaisantes, à la pointe du flot ; les personnes moins intrépides demeuraient au bord, s'accrochant à la corde retenue par des pieux enfoncés dans le sable et jetaient de petits cris et de grands rires. On n'est pas maîtresse de ces frayeurs nerveuses ! Cependant d'autres baigneuses arrivaient sortant des cabines. Ce n'est pas un petit problème à résoudre que celui d'accorder la bienséance et son contraire dans ces costumes de naïades. Quelques-uns de ces ajustements spéciaux soulevaient des chuchotements au passage par leur hardiesse discrète ou leur grâce savante.

Le bain terminé, d'autres baigneuses encore traversaient la grève, courant toutes ruisselantes; d'autres, lentement, drapées dans les plis du peignoir de laine moelleuse que leurs femmes de chambre venaient de jeter sur leurs épaules. Madame Rosine, ou Rosette de Villars, la plus brillante nageuse de la colonie, ayant perdu son petit bonnet de toile cirée soigneusement regarni chaque matin d'un gros bouillonné de rubans neufs, d'un rouge éclatant, s'arrêta sans fausse honte sur le chemin et se mit à tordre ses grandes tresses noires. Une fusée de perles liquides s'en échappa. Madame Rosette de Villars était une pierre vivante de scandale pour toute une catégorie de baigneurs qui n'étaient point « de son monde » à elle; et c'est pourquoi la jeune veuve ne semblait pas s'embarrasser beaucoup des propos de ces gens « de l'autre monde ».

Elle avait un costume blanc, orné de larges galons rouges comme les rubans du petit bonnet perdu. Toute cette riche toison noire dénouée, quand elle l'eut essorée de sa main alerte, retomba sur ses épaules et sur son sein, comme un manteau. Une des baigneuses de « l'autre monde », qui passait, murmura que ce n'était point dommage! En revanche, d'un

petit groupe formé de deux hommes seulement, à
l'angle de la dernière cabine, un cri d'enthousiasme
partit. L'un des deux admirateurs de la veuve téméraire
avait un accent gascon.

— Vénus brune ! dit-il.

— Ouais ! fit son compagnon qui, lui, parlait le
pur parisien, elle a donc jeté son bonnet par-dessus
les vagues, notre belle amie.

— Jamais elle n'a si superbement nagé !

Superbement est un maître adverbe, et qui prête à
la gasconnade.

— Étonnante ! dit Privat avec le même accent rail-
leur. Et justement, regardez ! aujourd'hui, l'eau est
trouble.

Ce ne fut pas l'eau que regarda Cazaubon ; ce fut
Privat. Le regard n'était point caressant, le boursier
n'en éclata pas moins de rire au nez du député ; la
finance sait bien quelles libertés elle peut se permettre envers la politique.

— Mon cher Privat, dit Cazaubon, vous savez que
je n'aime guère cet esprit de Paris.

— C'est que vous n'êtes pas du lieu où on le sème
et où la graine lève, mon cher Cazaubon.

— Je n'en suis pas ! je n'en suis pas ! répéta le député furieux.

— Parbleu ! ne vous fâchez point ! on vous exaspère
toujours en vous disant à vous autres faiseurs de lois
que vous êtes des gens de campagne !

— Il ne s'agit pas de cela ! Je vous laisse, n'est-il
pas vrai, la liberté de faire votre cour à madame de
Chevrolles...

— Parce que cette liberté-là est une de celles que
vous ne pouvez supprimer.

— Et sachant bien que cette cour assidue n'est pas
pour la mère, je suis très discret.

— Cazaubon, parlons sérieusement. Avez-vous l'intention d'épouser madame de Villars?

— Pourquoi pas ?

— C'est différent. Mais je l'ai toujours infiniment
considérée, votre... fiancée. Ce n'était que pour vous
fouetter le sang, mon cher député. Vous êtes riche,
n'est-ce pas, très riche... quoique votant sans parler...
oh ! sans jamais rien dire... tout ce qui peut inquiéter
le capital, l'infâme capital!... Cette jeune femme n'a
pas... un million comme vous... C'est très bien que
l'amour égalise les destinées... Ah! vous voulez épouser, mon cher... C'est donc pour cela que depuis votre
arrivée au Croisic, vous vous faites toujours si beau !

Il le prit par le bras, le faisant tourner d'un côté sur
l'autre et virer doucement devant lui :

— Peste! disait-il, la coupe la plus fraîche, l'étoffe
la plus nouvelle! Et je n'avais rien vu! Il faut que je
n'aie plus les yeux bien ouverts! Vous qui, l'an passé,
n'étiez jamais habillé que tout de noir, à la mode de
Vaucluse, comme si vous aviez mené toute la journée
vos grands parents en terre! Quelle métamorphose!

Ah! vous épousez, sournois! Civilement, rien que civilement, je pense!... Si, pourtant, la belle personne
exigeait le sacrement!... Alors, adieu les principes!
Dussent les voûtes de l'église crouler sur votre tête
amoureuse!...

Le boursier Privat se pâmait de rire.

— Ri-ez..., ri-ez..., disait Cazaubon, scandant les
mots, car il avait toujours au double son terrible accent dans la colère.

Et, le prenant à son tour par le bras :

— C'est bien vrai que vous n'avez plus d'yeux pour
voir! fit-il. Regardez donc là-bas!

Cazaubon avait trouvé sa revanche.

M. de Chevrolles, son fils et Renée venaient de s'engager sur la longue jetée qui va fendant la masse du
flot, justement en face de l'établissement des bains.
Mademoiselle de Chevrolles marchait la première, lut-
tant contre le vent qui s'engouffrait dans la mante dont
elle avait couvert ses épaules et qui battait ses jupes
légères. La brise soufflait rageusement, la lame était
lourde. De gros paquets de mer bondissaient jusqu'au
faîte de l'énorme maçonnerie ; l'eau ruisselait sous les
pieds de la jeune fille. Mais Renée paraissait s'amuser
beaucoup à ce jeu contre la rafale ; son père se tenait
près d'elle, car la jetée est large et solide, mais n'a
point de garde-fous. Jacques, quant à lui, demeurait
en arrière, oubliant de suivre son père et sa sœur pour
regarder le bain. Il avait tiré sa lorgnette.

11.

— Ah! dit Gazaubon, voilà le fils pardonné... Savez-vous pourquoi l'on avait envoyé ce jeune homme-là hors de France?... je le sais, moi...

Mais Privat eut une nouvelle fusée de rire. Sa gaieté seulement avait changé d'objet; il montrait du doigt deux personnages qui venaient derrière les Chevrolles, sur la jetée :

— Non, disait-il, entre deux hoquets, c'est à en mourir. Jusqu'à ces Américains, ici! Jusqu'à ces Wakefield qui nous ont suivis au Croisic. Elle avait bien dit que ce serait une gageure!... Sapristi, comme elle l'a gagnée!... C'est décidément une maîtresse femme.

— De qui parlez-vous donc? demanda Gazaubon.

— De qui? parbleu! de madame de Chevrolles. Écoutez une histoire, mon cher.

— Eh, dit Gazaubon, c'est moi qui tiens à vous en conter une, celle de ce petit Jacques. Un garçon bien empesé, comme vous les aimez à Paris, et qui a déjà fait des siennes. Puisque vous épouserez peut-être bien sa sœur, cela vous intéressera.

— Non, après! Ma petite comédie d'abord, car c'est une comédie. Vous savez que, il y a trois mois, Anthelme, ce grand viveur, ce grand sceptique d'Anthelme, s'est converti tout à coup. Ne bronchez pas, Gazaubon; il n'est pas question du bon Dieu dans cette affaire-là. Ce n'est pas une conversion religieuse.

— A la bonne heure! fit le député gravement.

— Un beau matin, donc, Anthelme est venu déclarer
tout net à sa femme, son aimable femme...

— Aimable parce qu'elle vous donnerait volontiers
sa fille.

— Il est venu lui déclarer qu'il avait assez du monde,
— ou pour parler plus exactement, — de son monde,
c'est-à-dire des gens qu'il voyait à l'ordinaire, de vous,
de moi, de madame de Roseraie, de madame de Villars...

— C'est un jésuite! grommela Cazaubon.

— Oui, oui, de votre madame; et de Tillaudière, et
de la femme de Tillaudière, et du reste! Il nous reprochait à tous... Ah! je ne sais pas ce qu'il nous reprochait! d'être frivoles, corrompus. Oui, corrompus!...
De ne pas venir d'assez bon lieu.. C'est lui, qui revenait de l'autre monde!... Enfin, un accès de moralité
délirante, une attaque foudroyante d'austérité. Tout de
suite, il a voulu appliquer ses nouveaux principes. Il
avait du monde à dîner ce jour-là; il n'a pas paru, on
s'est mis à table sans lui. Le lendemain, il a rendu un
nouvel arrêt. Sa femme et lui avaient l'habitude d'aller
à Dieppe tous les ans; le puritain a dit : Nous n'irons
pas à Dieppe.

— Et l'on n'y est pas allé, dit Cazaubon. Madame
de Chevrolles a obéi à son mari. C'est lui qui est un
maître homme.

— Oui, mais on est venu au Croisic. Madame de
Chevrolles a juré que tous les habitués de la maison

de la rue d'Aumale se retrouveraient ici ; ils y sont tous,
ou ils y seront. Me voilà, moi. Vous trouverez le peintre
Cibelle, là-bas, sur le port, à faire des croquis de bateaux. Seulement, celui-là, je le soupçonne ; ce pourrait bien être Anthelme qui l'a entraîné, il n'est pas
des nôtres. Quant à vous, c'était tout simple ; il n'y
avait pas besoin de vous mettre dans le secret : madame de Villars s'est mise en route, vous l'avez suivie.
Les Tillaudière, le couple au plumage d'or, arrivent
dans trois jours. Enfin, voici les Wakefield. J'aurais dû
m'en douter ; j'ai vu ce matin dans l'hôtel quatorze
malles américaines, quatorze arches de Noé. Est-ce
bien joué cela ? Est-ce une partie gagnée ? On ne va
pas à Dieppe, mais on amène Dieppe au Croisic. Pauvre
Anthelme ! Mon histoire est-elle assez drôle, Cazaubon ?

Mais le méridional ne désarmait point ; cette drô-
lerie ne lui faisait pas oublier ses griefs envers le
conteur.

— Mon histoire à moi, reprit-il, n'est pas si gaie.

— Cazaubon, vous me la conterez un autre jour. Il
faut que j'aille avertir madame de Chevrolles de l'arrivée de ces Américains.

— Pour cela non, fit le député en le retenant par un
bouton de son habit. Vous m'écouterez à votre tour,
ce ne sera pas long. Et d'abord, Privat, vous savez bien
que nous autres de la Chambre, dans les ministères,
nous sommes un peu chez nous.

— Tout à fait chez vous, puisque les ministres sont
vos hommes d'affaires. Ce n'est pas nouveau, cela.
Cazaubon, je vous en prie, ne perdons pas de temps.

— Eh bien, dit Cazaubon, je sais tout au ministère
de la justice. L'an passé, un jeune homme fort bien,
un fils de famille, comme vous dites, vous autres les
aristocrates, a fait une vilaine petite chose... Oh! une
peccadille!... Le garçon, ayant besoin de beaucoup d'argent pour s'amuser, avait imité la signature de son père.
Vous m'écoutez à présent.

Muet désormais, Privat était tout oreilles.

— Le père reçoit une traite, reprit le député. Il est
bien sûr de ne pas l'avoir signée et va déposer une
plainte. Il ne savait pas que le faussaire, c'était son fils.
Il l'apprend le jour même. Quand la justice a commencé
de mordre, ses dents tiennent. Vous n'imaginez pas
le mal qu'a eu le père — le pauvre homme! — à lui
faire lâcher prise. Madame de Guisserac l'a aidé. Enfin
on a sauvé le petit, on l'a envoyé en Angleterre. Le
voilà revenu... J'ai pensé que ce drame de famille pourrait vous intéresser. Vous désirez de tout votre cœur
que cet... étourdi devienne votre beau-frère. Mais Anthelme de Chevrolles ne paraît pas avoir de vocation
à vous accepter pour gendre. Savez-vous que je viens
de vous donner une belle prise sur lui. Je suis un bon
ami, Privat.

Le parisien trouvait son maître dans le méridional;
la politique terrassait la finance. Privat reçut brave-

ment cette cruelle riposte à ses propos dégagés sur madame Rosette de Villars.

— Merci, Cazaubon. Il y a de méchantes gens dans le Midi.

Et il tourna les talons.

Anthelme et sa fille avaient déjà regagné le quai; Jacques demeurait seul en arrière toujours occupé par la contemplation du bain. Le jeune homme ne se doutait guère qu'en ce moment, sur la grève, on racontait son histoire. Il s'était accoutumé à la croire ensevelie; le père se flattait de l'avoir scellée dans cette tombe; il y avait assez travaillé, de ses prières, de ses peines, de ses hontes saignantes, de son argent même! Les secrets se payent, ceux qui reçoivent le prix donnent un gage en retour : leur intérêt à ne point trahir le marché...

Anthelme venait de rentrer dans la grande cour de l'établissement; il s'assit devant le flot qui commençait à descendre. Les pêcheurs sortaient du port, la grande plaine mouvante se peuplait, les barques fuyaient devant une forte brise du nord-ouest qui les chassait en travers. Parfois elles disparaissaient dans la courbure du pli écumeux, puis se relevaient à la pointe de la lame, couchées sous leur voilure rouge.

Cazaubon envoya de loin et d'un signe de la main, un bonjour très leste à M. de Chevrolles, qui n'en demandait pas davantage. Au même instant, Anthelme reçut le salut de M. Wakefield, de Cincinnati; il sourit; c'était le second hommage, heureusement muet, que son convive de l'autre saison lui rendait depuis une heure. Il aurait bien dû s'attendre à voir arriver ces Américains : ce couple voyageur qui, jadis, faisait le complément des réceptions de la rue d'Aumale allait faire celui de la réunion du Croisic. Il faut des Américains, on en met partout.

Anthelme leva les yeux sur les croisées de son appartement dans l'hôtel; on n'avait point loué de chalet, on ne venait au Croisic que pour une quinzaine.

Renée avait rejoint sa mère; c'était elle que son père cherchait. Les croisées étaient vides; mais bientôt à celle qui s'ouvrait le plus près de la grève, il vit paraître madame de Chevrolles et la jeune fille; Privat se glissait entre elles. Anthelme, brusquement se leva, s'achemina vers ce bâtiment de l'hôtel, et tout droit monta chez lui.

L'appartement se composait d'un salon et de quatre chambres. Renée était déjà rentrée dans la sienne. Il respira. La jeune fille avait eu le temps de disposer sur une table une robe de soirée qui demandait un examen avant qu'on se risquât à la remettre; un ruban détaché suffit à gâter l'effet d'une parure. C'est ce qu'elle expliqua très gravement à son père. On dansait au Casino tous les soirs.

Comme toujours, il la regardait. Elle s'apercevait bien de cette attention opiniâtre qui la poursuivait sans cesse. Elle en éprouvait de grosses envies de

rire, et quelquefois ne les retenait pas. Alors elle
reprenait son ton de pensionnaire :

— Père, êtes-vous bien sûr que c'est moi?... Si l'on
m'avait changée! Vous avez l'air de ne pas bien savoir.
Peut-être vous demandez-vous si vous me connaissez
bien?

— Peut-être, fit-il.

Puis voulant la surprendre par une de ces questions
brusques et droites qui réussissent ordinairement sur
les jeunes esprits si mal armés à la feinte, il lui
demanda pourquoi elle avait quitté le salon et si elle
n'avait point de plaisir à causer avec ce Prival, qui
était un garçon amusant.

— Bon, dit-elle en riant, on m'a renvoyé. On avait
à causer sans moi.

Mais elle avait rougi.

— Oh! maintenant fit-elle, vous êtes avec moi. Et
tandis que je vais rafraîchir ma robe, j'espère bien
que vous allez me tenir compagnie jusqu'au dîner.

Cela avait été dit le plus naturellement. Pas une
intonation empruntée. Elle désirait qu'il restât près
d'elle!... Que croire?... Il resta; il se rassurait...
Non, madame de Chevrolles n'oserait point tenter
contre lui cette seconde partie dont sa fille serait l'en -
jeu. Elle devait trop bien savoir que celle-là, elle ne
la gagnerait pas! Renée, mariée déjà... à dix-huit
ans!... Est-ce que décidément les mères n'éprouve-
raient point les mêmes délices que trouvent les pères

à regarder longuement dans leurs filles ces chastetés
tendres qui s'ignorent? Le mariage aux yeux mater-
nels, c'est le commencement de la destinée pour ces
enfants; aux yeux d'un père, c'est la fin de cette jeunesse radieuse et pure qui le ravit.

Renée mariée! Pourquoi?... plus il l'examinait,
moins elle lui donnait d'alarmes. Rien n'était perdu
puisqu'elle avait à chaque instant des ingénuités char-
mantes où se reflétait l'état d'une âme encore presque
enfantine. Les religieuses de Saint-Germain avaient
pris pour trop tôt; leurs leçons avaient porté dans
leur pensionnaire plus de bons fruits qu'elles ne
voulaient le croire; Renée était une honnête fillette...
Mariée! et à qui? A ce Privat, la figure même de ces
corruptions légères dont Anthelme avait redouté si
subitement et si fort le contact pour sa fille, sans avoir
pu l'empêcher. A ce Privat, un *faiseur* déterminé,
une manière d'aventurier parisien, avec le vernis du
succès, — car Privat était désormais l'agent favori de
Tillandière. Il devenait riche.

Anthelme passa une fin délicieuse d'après-midi.
Renée ne lui donna pourtant pas de plaisir sans peine;
il fallait que son père l'aidât à la besogne importante
qui l'occupait. Anthelme tenait la jupe sur son genou
tandis qu'elle y refaisait un pli; la table était boiteuse
et ne pouvait servir. Assise à ses pieds, sur un tabou-
ret, la jeune fille babillait comme un oiseau. — Il était
arrivé beaucoup de monde au Croisic, depuis la veille...

Une station qui valait bien Dieppe... Moins de personnes de la grande société... mais des gens plus amusants... On disait que le soir à la sauterie du Casino, on serait bien cent... Bien entendu, elle ne parlait que des danseurs et des danseuses, les autres ne comptaient point.

— A propos, père, vous avez vu ces Wakefield?

— Je les ai vus; c'est l'à-propos que je ne vois pas bien.

Elle se fâcha. Il la reprenait ou la raillait toujours. Eh bien, oui, ces Wakefield étaient arrivés... On n'avait pas besoin d'eux!... Monsieur était raide et barbu comme à l'ordinaire... La mistress traînait sur la jetée une robe de 2000 francs. Fallait-il que ces Américains fussent riches! Et M. Cazaubon?

— Père, avez-vous admiré le veston de M. Cazaubon... couleur de café au lait?... Avec cela un pantalon bleu, des guêtres blanches et un feutre avec une aigrette en plumes de coq. Ah! si vous aviez entendu M. Privat tout à l'heure! qu'il était drôle! Il disait : « Si j'avais le temps, j'écrirais aux électeurs de Cazaubon, tous des rouges! tous des farouches! qui voudraient que les bourgeois n'eussent qu'une tête... Ils en feraient de la chair à pâté de cette tête-là... Eh bien, si j'avais le temps, je leur écrirais pour les inviter à venir voir un peu leur mandataire en veston café au lait et en chapeau à plumes... »

— S'il avait le temps? interrompit Anthelme.

M. Privat, même au Croisic, est donc un homme très
occupé ?

— Oh! oui... il paraît!... Un courrier qui n'en finit
pas... de grandes affaires... Père, voici la cloche du
dîner.

Madame de Chevrolles entra :

— Renée, dit-elle, allez m'attendre dans le salon.
Je veux causer avec votre père...

— Je vous en prie, dit Renée, ne nous faites pas
attendre trop longtemps, mère... j'ai faim... Songez
donc, nous avons fait une promenade très longue...
Là-bas, sur la côte d'abord, puis...

— Renée, dit la mère d'un ton très sec, je vous
serais obligée de vous hâter.

Tandis que la jeune fille sortait, pour cette fois un
peu piquée, Anthelme observait sa femme et n'en
croyait pas ses yeux. Il ne pensait point que le bistre
doré de ce beau visage immobile pût jamais pâlir...
Cependant une ligne blanche, presque blême, se dessi-
nait sous les yeux de madame de Chevrolles; une
autre au coin de ses lèvres qui tremblaient.

— J'ai à vous dire une chose pénible, murmura-
t-elle... Pardonnez-moi, je suis vraiment troublée.

— Je pourrais me souvenir de la méchante revanche
que vous avez prise contre moi, parce que je m'étais
mêlé de déranger un peu votre façon de vivre, dit-il.
J'ai quelque mérite à ne point vous reprocher ce qui
a été une véritable trahison. Vous avez renoncé à

retourner à Dieppe, cette année, mais de ce sacrifice vous avez fait un dangereux marché... J'ai dû consentir, moi, à rappeler votre fils, bien qu'à mon avis il fût trop tôt...

— Trop tôt! répéta-t-elle presque tout bas. Peut-être.

— Ayant obtenu ce que vous désiriez si fort, comment m'en avez-vous récompensé? En vous faisant un jeu de m'entourer ici de tout ce monde avec lequel je voulais rompre, parce que je ne le jugeais point fait pour notre fille...

— Mais ce monde, s'écria-t-elle, c'est vous autrefois qui l'avez choisi, qui l'avez formé autour de nous. Je ne peux vous céder sur ce point-là, c'est votre monde!

— Soit... c'est donc l'autre monde que je souhaite pour Renée... Que cela soit dit entre nous pour la dernière fois... Je vous avertis que je reprendrai mon ouvrage... En attendant que vos amis rient à leur aise du mari berné, je ne m'en soucie guère, et puisque enfin vous souffrez...

— Affreusement! dit-elle.

Elle alla jusqu'à la croisée et revint vers la table auprès de laquelle Anthelme était assis. Les rôles avaient changé. C'était lui qui demeurait calme. Deux fois elle eut un geste violent et ses lèvres s'ouvrirent, mais ce qu'elle avait à dire les déchirait.

— Parlez donc, fit Anthelme. Qu'y a-t-il?

— Je vous l'ai dit, une chose!.. Mais il ne peut donc y
avoir au monde rien de caché!... Il faut pourtant que
je vous rende justice... Pour étouffer cette horrible
affaire, vous avez fait l'impossible... Je vous ai vu à
l'œuvre... En cela, du moins, vous avez été un admirable père!... Et... moi... on m'aurait pris tout le sang
de mes veines, on m'aurait mise en lambeaux avant
qu'un mot sortît de cette bouche clouée... Oui, je
serais morte vingt fois... cent fois...

Anthelme s'était dressé lentement!

— On connaît l'affaire de Jacques!... s'écria-t-il.

— Oui, reprit-elle haletante, la voix brisée décidément par les sanglots qui l'étouffaient... Oui, on la
connaît... Un homme... un seul homme... Cazaubon..
Il l'a dit... à un autre homme, un seul...

— Privat! cria Anthelme.

— Privat. Il m'a avertie... tout à l'heure... Il est
indigné de cette lâcheté... Ah! oui, Cazaubon est un
misérable lâche!... Que faire à présent, mon Dieu!...
Il faudrait que ce Cazaubon rentrât sous terre!...
Privat est un brave ami, allez! Mais il ne trouve que
des choses folles... Chercher querelle à ce méchant,
à ce calomniateur, est-ce possible!... car Privat sou-
tiendrait que nous sommes calomniés... Ah! ce Cazaubon! nous le prenions pour un bouffon autrefois...
Comme si tous ces gens-là qui travaillent à mettre
partout le feu et la guerre n'étaient point des loups
enragés!... C'est nous qu'il mord à présent!... Qu'on

aurait de plaisir à lui clouer son mensonge à la gorge!
Mais est-ce permis? Et puis, comment accepter cela
de Privat? De quel droit se ferait-il notre défenseur?
En quelle qualité? il ne nous est rien...

— Attendez! interrompit Anthelme. Un moment!...
j'ai besoin de rassembler mes idées que vous déran-
gez... Parlez-vous d'un duel, vraiment? Et ce Privat
s'offre-t-il à devenir notre champion? Il croit tenir le
jugement de Dieu dans sa main?... Privat tirant l'épée
pour nous!... Je crois que je rêve... Mais c'est donc
une fine lame... Après tout, qui ne risque rien n'a
rien... Et il veut quelque chose!... Quelle récompense
honnête vous a-t-il demandée en retour d'un dévouement si extraordinaire? Tout lui était permis, dès que
vous entendiez ces propositions-là sans lui montrer la
porte. Et tenez, je gagerais bien que le généreux garçon s'est expliqué jusqu'au bout... Il serait bien plus
à l'aise pour combattre contre tout venant qui médi-
rait des Chevrolles, s'il était seulement de la famille...
M. Privat défendra le frère, mais il veut aussi qu'on
lui donne à protéger la sœur!... Ne niez pas!... Le
drôle vous a proposé le marché... Ma fille! ma fille est
donc à vendre?

La porte qui communiquait à la chambre de madame de Chevrolles s'ouvrit. Jacques et Renée, attirés
par le bruit de la querelle, entraient ensemble.

Anthelme s'était redressé de toute sa haute taille et
courait sur le jeune homme. La mère se jeta entre

eux. Lui, reculant, appela Renée et entoura la taille
de la jeune fille d'un de ses deux bras; il étendit
l'autre vers le fils et la mère :

— Allez-vous-en! criait-il, allez-vous-en!

V

Cibelle était au Croisic, mais on ne le voyait point
dans les endroits où l'on se faisait voir, il n'avait eu
garde d'aller se loger à l'hôtel du Casino. Il habitait
une étrange masure ; la façade en avait été faite d'un
morceau demeuré debout d'une ancienne porte de la
ville, qu'on avait coiffé d'un toit en poivrière, maintenant gondolé et branlant ; une rangée de mâchicoulis
écornés courait sous l'unique fenêtre, percée dans
l'épaisseur d'un mur de six pieds. Le peintre était
ravi de sa trouvaille. L'hôte qui, depuis plus de dix
ans, mettait chaque été un écriteau au-dessus de sa
porte, sans avoir pu jamais attirer un locataire, n'était
pas moins enchanté de sa bonne fortune. On en riait

dans le voisinage; on se mettait aux croisées et au seuil des boutiques pour voir passer « l'artiste » qui nichait dans le taudis du père Lenoec; mais on avait bien remarqué que le peintre était très généreux et avait toujours « l'argent à la main ». C'était le monde renversé : un « barbouilleur » riche! On n'en revenait pas.

Un homme qui n'étonnait guère moins les voisins par un air particulier de distinction, de fatigue et d'ennui, un grand personnage blond, grisonnant, qui marchait regardant les pavés du quai, comme s'il eût cherché des idées entre ces pierres pointues, rendait quelquefois, les matins, visite à l'artiste. Il vint encore ce matin-là, il entra sous les mâchicoulis, par la boutique du père Lenoec, qui vendait des filets de pêche, des mariées en coquillage, dans le costume du pays, des cordes à sauter pour les enfants, des ceintures de natation, des foulards des Indes et des confitures des Antilles. M. de Chevrolles monta le petit escalier en bois de noyer noir d'un curieux travail, mais si vermoulu, si bien rongé par les termites logés au cœur du bois, que les marches rendirent des gémissements prolongés, et que la main du visiteur, en s'appuyant à la rampe, fit jaillir un nuage de poussière et de débris. — Cibelle, qui le regardait d'en haut, lui criait :

— N'achevez pas mon escalier. Il est bien à moi. Je l'ai acheté tout à l'heure et j'ai payé.

12

Anthelme ne répondit pas et s'assit dans un fauteuil de jonc rapporté des Indes, comme les vieux foulards et les vieilles confitures de la boutique. Le père Lenoec avait navigué. L'unique fenêtre, profondément enfoncée dans cet énorme mur, regardait le nord et la saline; une lumière grise, traversée de reflets vaguement argentés, se jouait aux solives du plafond à peine équarries, et autrefois peintes en bleu; sur ce vieux fond passé Cibelle s'était amusé, à peindre des barques filant sous leur voilure. Il avait aussi couvert de crayonnages la muraille blanchie à la chaux. Ces dessins au charbon, enlevés d'une main leste, représentaient même toute une galerie d'originaux. On y voyait le député Cazaubon, en son ajustement de gentleman démocrate, abrité sous un parasol et regardant le bain; madame Rosette de Villars se jouait au sein des ondes. A l'image, la malignité de l'artiste avait joint une légende; pris d'un remords, il l'avait effacée; un bout de ligne demeurait visible : — « .... les austérités de la politique... »

Sur une autre partie du mur, le peintre avait retracé les longues promenades qu'Anthelme de Chevrolles faisait presque chaque après-midi sur les falaises, entre son fils et sa fille. L'esquisse était très fidèle, mais l'arrière-plan assez négligé. Les deux hommes marchaient côte à côte; le dessin laissait bien voir qu'ils ne se parlaient point; cette nuance était observée. Devant eux, allait mademoiselle de

Chevrolles, faisant tête au vent, qui dispersait ses boucles légères sous le petit chapeau qu'elle portait ordinairement à cette heure de la journée. La brise endiablée enlevait sa jupe dont les plis fuyaient en arrière comme l'envolée d'une grande aile. Les deux petits pieds de Renée battaient les roches. Ce morceau-là, Cibelle s'était plu singulièrement à l'achever. Au reste, il avait modelé du même trait caressant et fin les contours de la taille encore un peu grêle; quant au visage, la ressemblance en était assez frappante pour donner à penser. La jeune fille n'ayant certes point posé devant le peintre, il fallait bien que l'image fût gravée profondément dans ses yeux.

Anthelme, qui regardait le dessin depuis un moment, étendit le bras vers le mur :

— C'est vivant cela, dit-il de sa voix lasse.

— Vous trouvez? fit Cibelle. Moi aussi. Ce n'est pas étonnant, mademoiselle Renée est si intéressante.

Il parlait le langage du métier. Anthelme pourtant eut un mouvement de surprise.

— Regardez ces petits pieds-là, reprit Cibelle... Je les ai vus passer un jour, je ne les ai pas oubliés... C'est jeune et c'est planté !... Ce petit chapeau sur des cheveux à grandes ondes folles comme ceux-ci, c'est trouvé; ce n'était pas bien malaisé à reproduire... Encore faut-il voir juste et simple... C'est à quoi je m'applique toujours quand je suis libre... Eh! parbleu, je le suis ici, sur mon mur... Ah! je ferais

volontiers un portrait de votre fille, un jour qu'elle le
voudrait bien, — et vous aussi; — mais un vrai portrait... Quant à celui-ci, soyez tranquille, je l'effacerai
avant de partir... Je n'emporterai qu'un souvenir du
Croisic : mon escalier... Croyez-vous que j'amuserai
du monde, là-bas, sur le boulevard, en contant que
j'ai logé dans une porte de ville?... Quant à mon escalier... le menuisier qui l'a monté dans le temps
jadis a fait un morceau d'art sans le savoir. Ça n'arrive pas aux menuisiers d'à présent... On viendra voir
mon colimaçon de bois, mangé par les termites, quand
je l'aurai fait réparer, ce qui me coûtera cher... X...,
le marchand de tableaux, sera content, il me dira :

— Vous avez à présent des idées de réclame; à la
bonne heure! Vous vous formez, mon petit...

— Oui, fit Anthelme, qui, de tout ce grand discours
mal ordonné, n'avait pas écouté un mot. Oui, voilà
bien Renée! Voilà bien la cruelle enfant que je ne
sauverai point, qui, maintenant, se tourne contre
moi...

— Hein! fit Cibelle... Qu'est-ce que vous dites?

Anthelme se leva :

— Je n'ai rien dit!

Et il se mit à parcourir la chambre. Cibelle préparait sa boîte à couleurs et s'en alla chercher dans un
coin son chevalet d'études, puis ouvrit la porte :

— Hé! père Lenoec, me porterez-vous bien, comme
hier, mon attirail sur le port.

— Tout de même, cria le vieux matelot.

Cibelle se retourna vers M. de Chevrolles.

— Dites donc, est-ce que j'ai rêvé? Hier soir j'ai cru voir votre fils s'en aller à la gare, une valise en main.

Anthelme tressaillit :

— Vous avez bien vu, répondit-il brièvement. Mon fils sera demain à Londres, d'où je n'aurais pas dû le laisser revenir.

Cibelle eut un geste d'indifférence discrète :

— Affaires de famille, murmura-t-il.

— Et moi, reprit Anthelme, je vais partir.

— Vous? pourquoi ?... Tout seul ?... Avec madame et mademoiselle de Chevrolles ? et quand ?..

— Avec ma femme et ma fille. Demain... Aujourd'hui... Dans une heure... Je ne sais pas.

— C'est-à-dire que vous me plantez là ! riposta le peintre vivement... Je devais aller quelque part cet été... La bonne femme étant partie pour le pays, j'étais mon maître... Où irais-je? je ne m'en souciais guère. Vous m'avez enjôlé, Chevrolles. Vous m'avez dit : Venez au Croisic, j'y serai... J'y suis arrivé depuis huit jours à peine, et vous détalez.

— Je ne suis ici que pour vous faire mes excuses... dit Anthelme.

Il avait les lèvres serrées et ses mains tremblaient.

— Des circonstances imprévues et très pénibles... je suis moins heureux que vous, je ne suis pas mon maître, moi !

12.

— Des excuses ? grondait Gibelle, je n'en demande
pas... Mais ce départ change tout... Enfin !... vous
paraissez agité, souffrant... Ce n'est pas que vous soyez
ordinairement bien calme.

— Agité ! dit Anthelme, oui... C'est qu'il me reste
une chose à vous confesser, mon cher Gibelle. Je veux
loyalement vous apprendre le but que je m'étais proposé en vous attirant au Croisic, près de moi... Aussi
bien, vous vous en étiez douté peut-être, et si je ne
m'expliquais point, il en pourrait rester une ombre
entre nous. J'ai pour vous une estime infinie, et vous
en auriez la preuve en ce moment, si j'étais libre, car
je vous dirais : Mon ami, laissez passer un ou deux
ans et je vous donnerai ma fille...

— A moi ! fit Gibelle... je vous jure que je ne savais point...

— Voilà le but que je poursuivais, il m'était devenu
très cher... A présent, il est manqué... Adieu, Gibelle.

Déjà Anthelme descendait l'escalier vermoulu. Gibelle courut et, d'en haut, criait :

— Mais qu'est-ce que vous me dites ! Ce but-là vous
était cher ! Parbleu, il me l'eût été peut-être à moi !
Dites que vous l'avez rêvé ! ne dites pas que vous
l'avez poursuivi ! Vous m'avez fait voir votre fille trois
fois en tout. Sapristi, non ! je ne me doutais pas !...
Remontez donc, Anthelme... Causons un peu... Vous
m'avez ouvert le paradis... pour m'en fermer à l'instant la porte au nez... Mais venez ! revenez donc !

Anthelme continuait de descendre, les vieilles marches tremblaient sous son pas pesant, avec des bruits lamentables. Il traversa la boutique du père Lenoec; Cibelle, penché à sa croisée, le revit sur le quai.

— Par exemple, se disait-il tout haut, il y a autre chose dont je commençais à me douter : c'est qu'il devient fou. Allons, encore un qui se détraque parce qu'il n'a pas su arranger sa vie. Un de plus !

Cinq minutes après, le peintre Cibelle, le front plissé, la mine grave, remontait le quai, escorté du père Lenoec, qui portait « l'attirail ». Le vieux matelot l'observait par-dessous le bord en auvent de son chapeau goudronné. Il fit passer sa chique de droite à gauche au fond de sa large bouche, et ses grosses lèvres claquèrent :

— N'avez pas l'air content, not' mossieur, dit-il.

— Bon ! fit le peintre d'une voix sourde, vous avez vu cela, vieux marsouin ? Eh bien ! je vais travailler, ça console de tout !

Dans le port, une vingtaine d'embarcations de toute sorte, bateaux de pêche ou de cabotage, couchés sur le sable à marée basse, se relevaient lentement sur le flot qui recommençait à monter. Une goëlette de plus fort tonnage était amarrée au ras du quai; on jeta une planche sur le bordage et l'on reprit le chargement de sel interrompu par le reflux. Une grande fille, en jupon court, les pieds nus, portant sur sa tête

une hotte pleine, arriva en courant sur ce pont tremblant; une autre la suivit.

Sur la hune de misaine, un jeune matelot nouait
une bouline à la pointe de la voile; il chantait une
mélodie traînante, soudainement coupée par un refrain
joyeux. Dans le port, les barques, bientôt entièrement
redressées, se balançaient sur le flot clapotant; la
brise, qui se réveillait avec la marée, faisait claquer
les bouts de voilure et les cordages grinçaient; les ra-
fales poussaient sur le fond des terres de grosses nuées
noires, qui jetaient des ombres mouvantes sur la blancheur immobile de la saline. Ces jeux de lumière sur
ce grand espace morne, que bordaient au loin des lignes d'arbres maigres, auraient pu tenter le peintre;
mais il n'y cherchait que le fond de son tableau.

Ce qu'il voulait peindre, c'était la vie. Il la trouvait
là, sur le quai et sur la goélette en rumeur, dans le
chanteur de la hune, dans les vieux de l'équipage em-
pilant méthodiquement, lentement, les couches de sel
dans la cale, tandis que ces filles athlétiques et superbes, toutes droites sous le fardeau, bondissaient sur
le pont improvisé, comme des cavales. Gibelle avait
ébauché cette étude la veille, et se remit au travail ;
il s'y passionnait.

A peine quelques mouvements intérieurs revenaient-
ils encore l'agiter par moments. L'impression, très
amère, qu'il avait rapportée de son vieux logis, après
la folle terminaison de la visite d'Anthelme, s'atté-

nuait peu à peu. Dans le heurt de ses pensées, celles
qui dormaient, que, sûrement, il ne se connaissait
point, quand, soudainement, on était venu les éveiller
et si étrangement, sans raison aucune, les éclairer au
fond de son être, — celles-là perdaient du terrain ;
d'autres plus sensées et certainement plus philoso-
phiques reprirent le dessus dans ce cœur très viril et
dans cet esprit assez positif, bien que ce fût celui d'un
véritable artiste. Il se gourmandait et s'exhortait lui-
même, à de longs intervalles quelquefois, lorsque
l'emportement de son travail ne le remplissait plus
tout entier.

Il se disait que, tout à l'heure, après l'étrange pro-
position d'Anthelme, il aurait dû rire... Une proposi-
tion rétrospective et négative, puisque de l'aveu
même de celui qui avait eu l'étonnante fantaisie de la
faire, elle n'avait plus d'objet... Alors pourquoi la
faisait-il ?... C'est dommage que, dans certaines
occasions, — solennelles, — il ne soit point permis
d'exprimer les choses en langage courant, le bon
langage vulgaire, le meilleur, celui qui dit le mieux
ce qu'il veut dire... Cibelle aurait répondu, — en
riant, — à Anthelme : « Eh ! l'ami, pourquoi vous
amusez-vous à me mettre l'eau à la bouche ? »

C'eût été le mot.... L'eau à la bouche !... Comment ! cette mignonne Renée, cette fleur vivante
et ce fruit vert, à qui il ne pensait point, on venait,
non la lui offrir, mais lui déclarer qu'on la lui aurait

offerte, si... Parbleu, voilà un homme bien loti avec
ce futur passé !... Certes, il aurait dû rire... Le malheur, c'est que pas un moment, pas une seconde il
n'en avait eu envie.

Lorsque Chevrolles lui avait dit : « Si j'avais été
libre, je vous aurais donné ma fille », Cibelle avait
senti comme un coup violent dont on le frappait, par
surprise, à l'endroit du cœur. Que lui voulait-on?
Que venait-on lui glisser en confidence?... La brutale et la sotte confidence !... Qui donc connaissait
mieux sa pensée que lui-même? Comment savait-on
que, parfois, regardant cette petite Renée, il avait pu
se dire : « Voilà une fillette bien gentiment tournée,
qui donne beaucoup de promesses, qui les tiendrait
peut-être et dont on ferait une créature exquise!
Voilà une enfant mal gardée qui serait sans doute
bien mieux dans tes mains, Cibelle, que dans d'autres
mains peut-être moins fermes et surtout moins délicates, parce qu'enfin tu es un honnête homme, toi, et
que tu es un homme ! »

Eh bien oui, il avait pu se dire cela, il se l'était
dit. Est-ce que ces pensées-là mènent jamais à rien?
Est-ce qu'il ne savait pas bien qu'il ne serait jamais le
prétendant suivant les désirs de madame de Chevrolles, qui voudrait pour sa fille un mari plus... parisien, un monsieur qu'on voit partout, qui est de tout...
même des affaires qu'on cache, pourvu qu'il soit millionnaire ou en passe de le devenir. Quelque chose,

enfin, comme un Privat ? Lui, Cibelle, faisait sa fortune, mais elle n'était pas faite, et ce ne serait jamais
le million... Et puis, il avait trente ans, mademoiselle
de Chevrolles n'en avait que dix-huit... D'ailleurs, il
y avait la bonne femme, sa mère... Les coiffes de la
paysanne feraient un bon effet sur des personnes de
si bel air ! Enfin, la vieille aussi avait ses idées. Elle
disait toujours qu'elle voudrait une bru bien pieuse.
Peste ! il n'était point du tout certain que chez les
Chevrolles on fît ses prières soir et matin, ni même
les dimanches. Ce n'était pas le train de la maison !

Oui, il avait eu toutes ces pensées-là..., vaguement,
comme on les a, quand on sait qu'on n'aura pas à les
creuser davantage. Si elles lui étaient venues, c'est
que l'extraordinaire amitié dont Anthelme s'était pris
pour lui depuis trois mois devait les lui donner par
moments. Mais il ne s'y était pas arrêté... Non, jamais ! D'abord, mieux que personne, il savait que
M. de Chevrolles n'était pas le maître chez lui ; il avait
reçu ses plaintes et même le secret de ses angoisses
sur l'avenir de Renée placée désormais sous l'aile
d'une mère si parfaitement résolue à l'existence dissipée... Singulière femme que cette madame de Chevrolles ! Une régulière, qui n'avait pas l'ombre d'une
règle !

Quant à Anthelme, si, employant le futur au lieu
de ce mauvais plaisant de futur passé, il était venu
dire : Je vous donnerai ma fille, — il aurait signé là

un bon billet à l'ami Cibelle! Comme il devait pourtant bien savoir que ce ne serait pas lui qui donnerait sa fille!... Ce serait la mère, et malgré lui, et à sa barbe, et, encore une fois, à quelque Privat... Pourtant on est faible, on est crédule, on se laisse bercer par les chimères... quand on a le cœur flatté, les yeux remplis... Si Anthelme lui avait fait plus tôt cette surprenante ouverture, Cibelle aurait bien pu donner dans ce piège sincèrement dressé. Il aurait rendu plus fréquentes ses visites à madame de Chevrolles, il aurait paru au Casino, il aurait enfin recherché cette jeune fille...

Heureusement les choses n'avaient point pris cette dangereuse tournure-là pour se terminer aussitôt après par une courte honte, et peut-être beaucoup de longue tristesse. Il avait souvent regardé passer Renée de Chevrolles, mais, ainsi qu'il venait de le rappeler à Anthelme, il ne l'avait pas abordée trois fois.

— Et comme cela vaut mieux ! murmura-t-il.

Puis il s'interrompit brusquement au cours de ses réflexions et, les yeux tout droits plantés devant lui, se mit à grommeler :

— Qu'a-t-elle donc cette fille sauvage ?

L'une des porteuses de sel, au moment où elle mettait son robuste pied nu sur le plancher, venait de s'arrêter court. La fille, même, se retourna sous sa hotte lourdement chargée avec la même aisance que si le pont eût eu deux mètres de large ; il n'avait pas vingt-cinq centimètres. Elle regardait fixement devant elle sur le quai, par-dessus la tête de Cibelle, un objet qui lui paraissait apparemment curieux et qu'il ne pouvait voir. Le peintre, furieux de ce dérangement, fit un soubresaut sur le siège improvisé qui le portait. La culbute était aisée, il l'évita par miracle ; mais il entendit derrière lui un éclat de rire frais et perlé qu'il connaissait trop bien. Il tressaillit, et se trouva debout.

Il était bien vrai que Cibelle n'avait jamais vu de près Renée de Chevrolles que trois fois en tout, et que, par conséquent, il n'avait entendu que trois fois cette jolie fusée épanouie de vraie jeunesse. Il en demeura tout ébloui, tout assourdi, lamentablement gauche, ne trouvant rien à dire. Voilà une sottise qui ne lui serait pas arrivée sans la démarche d'Anthelme ! Madame de Chevrolles, qui naturellement accompagnait Renée, excusa sa fille pour cette gaieté un peu bien libre... Comme la mignonne avait besoin d'être excusée !

Il la dévorait des yeux ; il apprenait à mieux connaître ce charme si vif et si infiniment doux à la possession duquel jamais il n'aurait songé pour tout de bon. Pourquoi donc était-on venu lui dire maladroitement et comme par dérision qu'on aurait pu le lui offrir ? Est-ce qu'on n'avait pas, du même coup, éveillé le rêve en lui et allumé les regrets ?...

Madame de Chevrolles continuait le compliment commencé. Elle s'estimait très heureuse d'avoir eu la

13

pensée de cette promenade sur le quai, puisqu'elle
avait rencontré M. Cibelle. Renée ne s'en félicitait
pas moins. Elles allaient partir et si subitement qu'il
n'en aurait pas été averti ; avant de quitter le Croisic,
elles avaient voulu dire adieu à ce joli petit port.
C'était une bonne inspiration.

Il écoutait, s'inclinait, il vit trop bien que les deux
femmes étaient en costume de voyage. C'était même
le harnais affecté à cette cérémonie, tel que la mode
anglaise l'a imaginé, qui avait arrêté tout court, sur
sa planche, la chargeuse de sel, les yeux écarquillés
et la bouche béante. La mère et la fille portaient le
chapeau sombre, sans plumes ni fleurs, et la grande
redingote grise d'une étoffe soyeuse dont le grain
résistant ne garde pas la poussière. Elles avaient en
bandoulière, retenus par une courroie, des sacs de
cuir de Russie, rouge, enjolivés d'une garniture d'argent. Cibelle pensa que, sous cet ajustement très
simple, malgré son extrême recherche, Renée était
plus jolie que jamais. Il ne songeait guère à madame
de Chevrolles qui continuait à se dépenser pour lui en
toutes sortes de bonnes grâces, sans qu'il y trouvât
encore un mot à y répondre. Il ne cherchait même
plus, n'avait toujours d'yeux que pour la jeune fille et
très réellement il souffrait. Une contraction si visible
passa sur ce visage brun et si mâle que Renée qui,
depuis un moment l'observait, se décida brusquement.

— Monsieur Cibelle, dit-elle d'une voix très basse, et, rougissant jusqu'aux yeux, c'est moi qui vous demande pardon. Si je vous avais blessé en riant étourdiment tout à l'heure, j'en serais bien malheureuse...

— Vous me demandez pardon ! répétait Cibelle — et il la regardait.

— Vous êtes des meilleurs amis de mon père. Il m'a toujours dit qu'il fallait vous aimer.

— Oh ! fit-il, n'essayez pas de lui obéir ! Allez ! je sais bien ce que je mérite... Ce ne serait pas aisé !... Votre père, d'ailleurs, ne parlait pas sérieusement.

Renée s'était bravement tirée de sa petite amende honorable; mais le ton de la réponse l'embarrassa. Elle s'approcha du chevalet qui portait l'esquisse de Cibelle et se pencha sur la toile.

— Il y a aimer et aimer ! continua-t-il à demi-voix.

Madame de Chevrolles, d'un mot accompagné de son éternel sourire à la glace, fit rentrer en lui-même le peintre qui s'égarait.

— En vous, Monsieur, dit-elle, c'est l'artiste qu'on aime.

Et puis, tout de suite, sans prendre plus garde à un incident qui ne pouvait avoir de conséquence, elle se mit en devoir de faire connaître les causes de ce brusque départ du Croisic. Son fils avait été forcé très subitement de retourner en Angleterre. Dès lors cette plage où elle s'était flattée de le tenir près d'elle, au moins deux semaines, lui devenait insupportable.

C'était elle qui voulait changer de lieu, bien que ce ne fût pas son humeur ordinaire. Elle avait un impérieux besoin de déplacement; aussi comptait-elle bien déterminer M. de Chevrolles à un court voyage en Suisse; on touchait à la fin d'août, ainsi se terminerait la saison.

Gibelle rongeait son dépit, mais son attention s'éveillait. Il remarqua que madame de Chevrolles, tout en parlant, jetait souvent les yeux vers l'hôtel et l'établissement des bains; il suivit la direction de son regard. A l'instant, il vit ce qu'elle attendait : Privat sortait de l'hôtel.

L'élégant faiseur parisien salua de son parasol fermé. De loin, il jetait ses deux bras en l'air comme un homme bien surpris Cette surprise se manifestait par des démonstrations trop excessives; elle était sûrement jouée.

Madame de Chevrolles dit à sa fille :

— Nous avons toutes les chances, mignonne : nous pourrons aussi recevoir l'adieu de M. Privat.

Renée examina de plus près l'esquisse de Gibelle; sa rougeur reparaissait. Le peintre se mit à rire :

— Toutes les bonnes rencontres ! dit-il.

Appelant alors un des pêcheurs qui arrivaient de tous côtés pour joindre leurs barques au flot montant, il le pria de reporter ses bagages chez le père Lenoec. Quant à lui, enlevant prestement sa toile du chevalet, avec un pardonnez-moi très sec adressé à Renée, qui

se tenait toujours devant l'esquisse, il était prêt.
Présenter en deux mots à madame et mademoiselle de Chevrolles son souhait de bon voyage et
les saluer courtement, ce fut l'affaire de deux secondes.

Il s'en allait, se doutant bien que, derrière lui, la
mère ne marchandait pas la critique sévère, et que la
fille suivait, d'une fusée mal étouffée de son joli rire,
l'homme sauvage que son père lui avait si plaisam-
ment conseillé d'aimer. Il n'en était pas moins content de lui, car il se croyait sûr d'avoir déconcerté
un manège.

Tout ce qui se passait, ce brusque départ, la visite
qu'il avait reçue d'Anthelme et le désarroi du visiteur, cette promenade d'adieu au quai par les deux
femmes, l'apparition subite et visiblement concertée
de Privat sortant de l'hôtel, tout cela s'éclairait à ses
yeux. Un seul point demeurait obscur : ce renvoi également soudain du jeune de Chevrolles en Angleterre ; mais ce point-là, il s'en souciait peu. Ce qui
lui paraissait certain, c'était qu'une scène de famille
avait dû éclater la veille. Privat, sans doute, s'était
révélé. Privat avait fait connaître ses prétentions à la
main de mademoiselle de Chevrolles.

Là-dessus, colère d'Anthelme, colère bruyante,
impuissante aussi, car il serait battu comme toujours,
il le savait même bien en se fâchant... Il en était sûr,
le pauvre homme !... Battu, pour peu que Renée ne

fût point contraire à ce prétendant que la mère poussait de toute sa force... Et Renée était certainement
attentive à la recherche du boursier. Cela, Cibelle
l'avait vu de ses yeux.

En attendant, on paraissait céder à l'orage. Privat
n'avait point risqué une nouvelle visite à l'appartement de madame de Chevrolles, dans l'hôtel. On s'é-
tait revu pourtant puisqu'on s'était entendu... Au hasard, sans doute, entre deux portes... On n'avait point
voulu se séparer sans causer, ne fût-ce qu'un moment,
des espérances à garder et des arrangements à prendre.
Mais où se rencontrer sans avoir l'air de s'être
cherché ?... Eh ! là, sur le quai, n'y avait-il pas ce barbouilleur de Cibelle ?... On se retrouverait autour de
son chevalet, on affecterait d'admirer son ébauche. Il
en serait encore flatté, le brave garçon ! En le quittant,
on reviendrait ensemble à l'hôtel, et ce serait le
moment. Cibelle n'aurait rien vu... Est-ce que ce
sauvage-là avait des yeux pour voir ?

Eh bien, on devait savoir à présent qu'il en avait !
On venait d'éprouver que l'humeur du « brave garçon » n'était pas si accommodante ! Devant sa brusque
retraite, madame et mademoiselle de Chevrolles étaient
demeurées tout interdites, en voyant leur plan dé-
rangé. Mais Privat, qui ne savait point du tout d'où
venait cet accroc à un ouvrage si bien tissé, Privat,
qui était naturellement curieux de le savoir, commet-
tait une imprudence, car, prenant un léger détour qui

l'éloignait pour un moment des dames de Chevrolles,
il marcha tout droit au peintre.

— Là, dit-il en l'abordant, où courez-vous donc,
Cibelle ? Est-ce mon arrivée qui vous met en déroute ?

— En déroute, non ! répéta brutalement le peintre,
mais en humeur de ne point vous servir de paravent.

— De paravent ? répéta Privat bien surpris, que
voulez-vous dire ? Qu'est-ce que ces histoires et que
ces mots-là, mon cher ?

— Le mot est le bon. Sachez, mon cher... que je
ne connais pas... car enfin, j'ai dîné deux ou trois fois
avec vous sans l'avoir demandé, je ne vous connais
pas, moi... Sachez que je peindrais volontiers des
paravents, pourvu que l'on s'adressât pour l'obtenir
au marchand que vous savez et qu'on payât cher...
mais je n'en fais point l'office...

— Oh ! oh ! fit le boursier, si je vous comprends
bien, vous auriez eu du côté d'une charmante personne
que je vois là-bas des prétentions... Je ne sais si je
les dérange... Ce que je sais bien, c'est que vos espérances qui se cachaient modestement font tout à coup
bien du bruit quand elles se montrent.

— Je n'ai pas eu d'espérances... Mademoiselle de
Chevrolles ne sera peut-être pas votre femme... madame Privat !... mais elle ne sera sûrement pas la
mienne... C'est peut-être dommage !

— Vous êtes modeste ! Dommage pour elle, apparemment... Et pourquoi ?

— Parce qu'elle eût été mieux mariée...

— En vérité?... Comment l'entendez-vous? Que veut dire ce mieux, je vous prie?

— Il veut dire : Plus honnêtement.

Les deux hommes se regardèrent aux yeux. Privat n'était point lâche. Il avait le courage de deux Cazaubon, pour le moins. A ces joueurs effrénés, toutes les parties sont bonnes ; ils ne reculent point devant le jeu de l'épée.

Mais il était bien pris. Le tapage d'une querelle dérangerait peut-être une agréable et bonne affaire qu'il avait nouée par un moyen sans scrupule et à force d'audace... Madame et mademoiselle de Chevrolles, — sans doute pour lui donner le temps de les rejoindre, — suivaient bien lentement le chemin de l'hôtel. L'occasion n'était pas à manquer ; dans une heure elles seraient parties.

Gibelle avait jeté l'injure, il attendait la réplique. Privat tourna le dos.

VI

Il était onze heures et demie du soir. Dans le salon de la rue d'Aumale, — le salon à la mode fraîche, — sous les grandes tentures de peluche, Anthelme se promenait sans dire un mot.

Madame de Chevrolles se tenait renversée dans un fauteuil au coin du foyer, devant le premier feu de la saison.

Anthelme passait et repassait devant les bibelots, les japonaiseries, devant les toiles qu'il avait payées si cher. Dans ce *chez soi* composé avec tant d'art et tant d'âme, le maître n'était plus que l'étranger qu'on souffre avec peine, l'exilé à l'intérieur de la maison qui lit son arrêt sur les visages. Aussi faisait-

13.

il la seule chose qu'il lui restât à faire, il se taisait.
Pourtant il semblait que ce lourd silence ne se fût
établi que depuis un moment. Dans l'air, dans les
échos de cette pièce, il y avait comme des remous
d'orage.

Madame de Chevrolles se retourna lentement sur
son fauteuil, se mit son froid sourire ironique aux
lèvres et dit :

— Allons ! vous avez brûlé vos dernières cartou-
ches... Rendez-vous !

Anthelme ne répondit pas.

— Rendez-vous, reprit-elle. Ah ! finissons cette
guerre à coups d'épingles !... Eh bien, oui, je vous ai
dit ce soir une chose toute simple...

— Toute simple, répéta-t-il de sa voix sourde et
pesante. Vous m'avez dit : « Il ne vous convient pas
de marier Renée à M. Privat, qui a une belle situation,
un superbe avenir, qui est jeune et qui lui plaît. Vous
êtes bien difficile ! Après cette cruelle histoire de son
frère, si elle se répand, comme il faut le craindre, à qui
la marierez-vous donc ? » Voilà ce que vous avez dit.

— Est-ce que cela avait et pouvait avoir la portée
que vous avez imaginée ? s'écria-t-elle. Ce n'était
qu'un raisonnement pratique. Vous l'avez empoisonné.
Ah ! je vous ai fait la partie belle ! Votre réplique était
toute trouvée.

— Toute trouvée ; je vous ai répondu : « Vous sa-
crifieriez donc votre fille à votre fils ! »

— J'aurais dû ne pas même me sentir touchée...
Mais quelle femme s'entendra jamais dire sans être
indignée qu'elle est une mauvaise mère? Je sacrifie
ma fille!... Eh bien, c'est à Renée qu'il faut demander
si elle se trouverait sacrifiée... Interrogez-la... Sachez ce qu'elle pense de ce jeune homme... Mais vous
vous en garderiez bien! Vous n'oseriez pas.

— C'est vrai, dit Anthelme... Voici la seule fois que
vous ayez frappé juste. Non, je n'oserai pas!

— Pas plus que vous n'avez osé démasquer le prétendant suivant votre cœur à vous! On le connaît, ce
n'est pas votre faute... Direz-vous que la fortune de
celui-là est faite!... Qui vous donne à croire que la
mode ira longtemps à ses tableaux? Un peintre qui a
manqué sa réputation n'est plus qu'un bohème... Oh!
vous n'y regarderiez pas de si près! Vous jetteriez une
dot de 400 000 francs à votre Cibelle!... Vous nous
l'imposeriez si vous pouviez... Mais vous ne pouvez
pas!... C'est l'*autre* qui plaît!. C'est l'*autre* dont la
fortune est déjà brillante... Ah! vous voyez que je ne
le nomme point..., je dis l'*autre*..., je respecte vos
répugnances insensées envers un galant homme...
car enfin c'est un galant homme, quoi que vous sem-
bliez en dire.

— C'est un homme qui tient un secret ou qui croit
le tenir, dit Anthelme... Un homme qui vous a mis ce
secret-là comme un pistolet sur la gorge...

— Encore une invention de votre humeur noire;

s'écria madame de Chevrolles. Croyez-vous que je
me serais laissé menacer?... Vous me connaissez
bien!... Privat a cru devoir m'avertir du mauvais propos de ce Cazaubon... Généreusement, il m'a offert
son aide... Il pouvait bien me dire que, s'il était des
nôtres, il se trouverait plus fort pour nous défendre...
Moi, je savais que Renée lui tenait au cœur... Voilà
comment les choses sont venues...

— Et comment le secret sera enseveli! dit Anthelme.

Il vint poser sa main sur le dossier du fauteuil :

— Tenez! reprit-il, vous me faites pitié à votre
tour..., je pourrais vous écraser le cœur d'un mot...
A quoi bon? Allez dormir.

Il sortit. Les lumières du vestibule étaient éteintes,
il tâtonnait dans l'ombre, cherchant la porte de son
cabinet, et il répétait :

— Le secret !

La pièce où il entra était éclairée. D'abord, il s'assit devant une table et s'accouda, puis se releva et se
mit à marcher. Il y a de ces pensées qui ont deux
faces, l'une abattue et morne, l'autre grimaçante ;
tout l'être est déchiré et pourtant on a le chatouille-
ment du rire aux lèvres.

Anthelme errait dans ce cabinet comme tout à
l'heure dans le salon de peluche; plus que jamais,
depuis trois mois, il se demandait : Que faire? Il y
avait un nouveau sujet de tout craindre et de déses-

pérer de tout. Lui seul encore le connaissait. Que
faire ?

Il s'en allait au milieu de ces ténèbres intérieures,
et parfois une fusée de gaieté ironique traversait cette
nuit noire de son esprit... — Le secret ! disait-il. Beau
secret !

Il avait là, dans son portefeuille, une lettre...
Jacques, de Londres, avait écrit à son père... Il
avouait une autre faute, moins déshonorante peut-
être... Et encore !... une faute à coup sûr bien plus
irréparable. Ce n'était pas tout : cette deuxième chute
allait cruellement dénoncer la première. Elle devait
susciter au jeune homme une terrible haine, et trop
bien armée... Cette fois, il était bien perdu le « cher
garçon » ! Ainsi le nommait toujours sa mère autre-
trefois ; elle avait des façons de l'accuser, complaisantes comme des éloges : « Le cher garçon nous
désespère par ses folies, mais le cœur est excellent. »

Le rire nerveux, automatique, souleva, comme un
hoquet, la poitrine d'Anthelme. Certes, il pouvait
aller dire à sa femme : Voilà décidément votre ouvrage ! — Peut-être répondrait-elle : Le nôtre. Ah !
cela il le savait bien ! Pourtant il ne voulait point
achever le mal, lui ! Elle, au contraire, y travaillait
de toute la force aveugle, de toute la ténacité de son
esprit agissant sous ses apparences impassibles...
Elle se trouvait sans reproche et sans peur. Lui, que
n'avait-il pas souffert par elle depuis trois mois ! Il

tenait donc une belle revanche... Mais un instant
auparavant il venait de le dire : À quoi bon !

Jacques était son fils ; il l'avait aimé plus peut-être
que Renée, quand tous deux étaient enfants. C'était le
premier-né ; dès ce temps-là, il prévoyait quelquefois
le dégoût où le conduirait le train de sa vie, et il disait :

— L'avenir de ce petit homme-là m'occupera peut-
être, quand rien ne me plaira plus.

Ce souvenir se réveilla, et il eut une larme au bord
des yeux. Ce cœur si troublé et soudainement envieilli
ne reniait aucune de ses tendresses : Jacques y gardait sa place.

Un autre pli creusa sa lèvre, un nouveau sourire la
déchirait. Il en était venu à penser que le chagrin qui
lui arrivait par son fils avait un avantage : c'est que
tout le monde en serait touché ; — car c'était un
chagrin qui serait compris, qui aurait un corps, celui-là !
À la bonne heure, ce n'était pas comme l'*autre*. Peut-
être même verrait-on les anciens amis de la maison
oublier qu'ils avaient été, subitement un jour, dé-
rangés d'une bonne table par le caprice du maître et
obligés d'aller chercher du plaisir ailleurs. Personne
ne refuse sa compassion à un père lorsqu'on apprend
que son fils a fait, — sans le consulter, — à l'étranger,
devant un pasteur expéditif ou devant le forgeron de
la légende, ce qui s'appelle un sot, un abominable
mariage ; — car c'était cela que Jacques venait de
faire. De pareils écarts mettent en souci et en rumeur

tous ceux qui ont des fils... Tillaudière en avait un...
Chacun voit les filets où tombe l'innocence des amoureux... Quelle innocence !... Et chacun dit : Gardons-
nous !

C'eût été bien autre chose si Anthelme de Chevrolles avait fait lire la lettre ! Vraiment oui, Jacques
avait commis cette sottise. Il la confessait. En même
temps, il essayait d'obtenir le profit avec la sécurité
de sa faute : il exposait qu'il fallait bien vivre, il
demandait sa dot. Pour le coup, quels parents ne se
fussent pas récriés ? Quel chaud retour à ce pauvre
Chevrolles, dont tout le monde s'était bien désintéressé
depuis son changement d'humeur qui ressemblait à
un commencement de folie !

— Ne cédez point, mon cher ! Prenez ce joli couple
de là-bas par la famine. Il y a peut-être plusieurs
moyens de le séparer... Mais celui-là est le plus sûr.

Et puis la suite des bons avis, glissés tout doucement en confidence :

— Cette aventure-là fera du tort à votre fille...
Dépêchez-vous de la marier.

Seulement, l'avis donné, comme ils s'en seraient
tous allés en riant et en disant : « Reste à trouver le
mari ! L'oiseau deviendra rare. Est-ce une maison
assez bien perdue à présent que cette brillante maison des Chevrolles ! »

Et ils auraient eu raison, car des révélations qu'Anthelme aurait pu faire tout à l'heure à sa femme et

qui eussent enfin terrassé cette impassible, la plus
cruelle, la plus accablante eût été le nom de celle qui
était désormais madame Jacques de Chevrolles, sous
la garantie plus ou moins solide des lois d'un autre
pays.

Mais ces liens si hardiment noués, l'intrigante
espérait bien en faire une chaîne éternelle. Son nom
disait assez qu'elle en aurait la puissance! Ce nom
devait jeter un ridicule insupportable sur le salon
jadis si facilement hospitalier de la rue d'Aumale...
Voilà comment on leur payait leur hospitalité légère
à ces pauvres gens, le mari qui n'avait jamais été
qu'un étourdi, la femme qu'une mondaine banale...
C'est vrai qu'à Paris il n'y a que de courtes hontes...
Mais celle-ci était trop publique...

Anthelme avait bien dit à sa femme que d'un mot
il pouvait l'écraser... Et après?... L'écraser, oui;
la vaincre, non! Elle se relèverait bien vite pour
crier !

— Privat est là! donnez-lui Renée! C'est le salut:

S'il refusait, c'est à lui qu'on dirait : « Vous sacri-
fiez votre fille, car n'attendez pas qu'un autre prétendant se présente!... Renée ne se mariera point. »

Il se laissa tomber sur un divan. La lampe s'étei-
gnait fumeuse. Machinalement, il regardait ce lumi-
gnon mourant. Il n'avait point de pensées. Il lui
semblait que sa tête était vide, et il trouvait un grand
soulagement dans cet émoussement de tous les sens

et ce dépeuplement de son être. Heureux les pauvres d'esprit, ceux qui ne sentent plus!...

L'obscurité se fit entière, sauf un point rouge qui crépitait; une atmosphère âcre se répandit dans la chambre. Anthelme s'agita :

— Non! disait-il! Quoi qu'il arrive, non!

Il s'étendit sur le divan : le jour était loin, les nuits d'octobre sont longues. Bientôt la fatigue le dompta; il était assoupi et ne dormait point. Le cortége des songes entra par la vitre morne que frappaient les reflets du gaz, montant de la rue. Une figure blanche vint se jouer dans la traînée lumineuse. C'était elle, c'était Renée: il l'appela, la fit asseoir près de lui, et tenant ses mains, il lui disait :

— Est-ce que cela est vrai que tu aimes un homme?... Toi, une enfant, dont je m'étais plu à faire un ange! Est-il possible que ton cœur ne soit pas entièrement pur? Elle le dit, celle qui t'a mise au monde et qui prétend t'aimer comme moi. Ce n'est pas vrai, car elle ne t'a pas placée si haut dans ses rêves! Que ce soit à ce Privat, qui me fait horreur, que ce soit à un autre, elle voudra toujours te donner... Moi, je te garde!... Si tu n'étais plus une fillette, vois-tu, si tu étais une femme, — entends-tu bien, une femme, — tu serais déchue à mes yeux. Veux-tu cela?... J'ai dit à Cibelle... Tu connais bien Cibelle, il t'aime... Je lui ai dit : « Je vous l'aurais donnée! » Ce n'était pas sincère, ce n'était pas vrai. Si je lui ai parlé ainsi, c'est que j'étais bien sûr que tu ne songeais pas même à l'aimer... Ni lui ni personne, n'est-ce pas? Tu vois, on m'a défié de l'interroger, on m'a dit que je n'oserais pas... J'ai osé; maintenant tu connais le fond de ma pensée... Ni à Privat ni à un autre... Ma petite Renée ne veut point se marier...

Au dehors, il se fit un grand bruit... Des voitures remontaient la rue, ramenant des parties joyeuses. Ce n'est pas la saison des plaisirs mondains; mais ces gaietés extramondaines causent plus de tapage... Dans un fiacre, les convives d'un souper qui venait de finir chantaient à tue-tête. Paris a ses alouettes matinales, et les voilà. Anthelme brusquement éveillé sauta à la croisée.

Une lueur glissait du fond de la rue, et tremblait au bord des toits. Le silence déjà s'était refait, le pavé était redevenu désert. Dans cette pénombre grisonnante du matin, une seule lumière brillait. La fenêtre éclairée appartenait à un élégant rez-de-chaussée qui formait l'angle de la rue Taitbout et qu'Anthelme connaissait trop bien.

Le *voisin* venait de rentrer, il avait joué apparemment; il jouait à la Bourse, il jouait au cercle, et l'on disait : Privat est heureux, il a toutes les fortunes... Et Renée serait la femme de ce joueur!... Non!... Renée serait le bien de cet homme qu'il connaissait mieux que personne, lui! Car ils avaient été liés, car ils avaient passé face à face dans les lieux de plaisir l'heure qui suit le dîner, les coudes sur la table, enveloppés de la fumée des cigares, et Privat, souvent, avait pensé tout haut devant lui. C'est pourquoi l'audace de cet homme à demander cette fille pure lui paraissait diabolique.

Il se remit à errer dans la chambre; un nom venait sur ses lèvres parmi des mots sans suite et des cris qui s'en échappaient : « Cibelle ».

Et pourquoi appeler Cibelle, puisque Renée ne serait point mariée, de longtemps, — du moins, puisqu'elle resterait son bien à lui, puisqu'il faut croire aux rêves?

Il referma la croisée, puis tira les rideaux, et, brisé, chancelant, regagna le divan. Cette fois, il s'endormit jusqu'au grand jour.

Dix heures sonnèrent, il entr'ouvrit les yeux et s'agita. Dans la demi-obscurité, il avait cru voir une figure encore... Est-ce que le rêve recommençait? C'était elle, Renée, toujours elle, s'avançant, dans l'étroit sillon lumineux qui, partant de l'écartement des rideaux, courait dans la chambre... Elle s'approcha du divan, se penchant sur le dormeur :

— Père, est-ce bien vous? Comment! Vous ne vous êtes donc pas mis au lit?

Elle alla vivement rouvrir les rideaux, revint, s'assit au bord du divan, chercha la main d'Anthelme et la retint dans les siennes. — Cela ressemblait toujours au rêve.

— J'ai fait entrer le jour pour vous mieux voir, disait-elle, j'avais peur que vous ne fussiez malade... Là! quelle mine vous avez ce matin! Que vous est-il arrivé? Il faut que le sommeil vous ait surpris sur ce divan... Les envies de dormir subites, ah! je connais cela!... On est anéanti, et que l'on a de la peine à se déshabiller, mon Dieu!... Oh! surtout, quand on a dansé!... Tenez! au Croisic, après les bals du Casino... Mais, j'avais du courage!... Et vous, un homme, vous n'en avez point... Père, on se débat, on fait un effort!... Je vous demande si c'est raisonnable de passer une nuit sans se coucher?...

Anthelme souriait.

— Gronde-moi, dit-il... Je me suis oublié. Mais c'est un peu ta faute, mignonne. Je suis très soucieux depuis quelque temps... J'ai de gros chagrins qui m'arrivent et qui ne sont que trop réels... D'autres peut-être le sont moins...

— C'est cela! interrompit la jeune fille, des peines que vous vous forgez!...

— Ah! fit-il, tu crois que...

Elle avait détourné un peu les yeux; il sentit la petite main qui tremblait sur la sienne. Quant à lui sa voix redevint sourde :

— Tu as vu ta mère, hier soir, avant de te mettre au lit?

— Elle vient m'embrasser tous les soirs. Ne le saviez-vous pas?...

Il eut une vilaine réplique aux lèvres, il allait dire :
« Ah! Dieu! non, je ne connaissais pas ces nouvelles
tendresses!... »

Mais il ne le dit point.

— Si tu étais venu m'embrasser, moi, reprit-il,
j'aurais eu peut-être une nuit meilleure!... je n'aurais pas été réduit aux rêves...

— Je n'y suis point allée, dit-elle en hésitant, parce
que je savais que vous causiez avec ma mère dans le
salon.

— Tu le savais!...

— Mais, reprit-elle vivement en lui présentant son
front, il paraît que vous n'étiez pas trop fâché... puisque vous avez rêvé de moi... Oh! vous venez de le
dire.

— Écoute! dit-il, veux-tu que nous continuions mon
rêve?

— C'est-à-dire que je vous embrasse encore... Oh!
je le veux bien !

— Écoute!

On l'avait défié d'interroger à fond le cœur de
cette enfant. C'est qu'on lui connaissait une peur
sacrée, une peur mystique d'effleurer cette pudeur qui
lui était bien plus chère que tout au monde. Mais on
ne savait point que le hasard pouvait le servir. Il y
a des occasions toutes simples qu'on ne prévoit pas,
mais qui arrivent. Un moment vient toujours où les
hésitations s'évanouissent, où les scrupules n'ont plus

de force, un moment qu'il ne faut pas laisser fuir,
où l'on peut se parler d'âme à âme.

— Écoute! répéta-t-il.

— Vous me faites cette recommandation pour la
troisième fois, dit-elle en riant; c'est pourtant inutile,
allez!... Père, vous m'avez assez bien préparée à vous
entendre!...

— Je vais remonter bien haut, reprit-il, à six mois...
au moment où tu étais encore une petite fille... puisque
tu étais une pensionnaire...

— Ça, fit-elle en riant, c'est le déluge!...

— Un jour, je suis allé pour te voir au pensionnat
de Saint-Germain... Je ne t'ai pas vue...

— J'ai su cela. On vous avait fait de grands rapports
contre moi... Je n'étais plus du tout soumise!... J'an-
nonçais un esprit mondain...

— Nous avons assez bien tenu ce que nous promet-
tions, mignonne!... Tu as fait voir que tu aimais le
monde et le plaisir... Au Croisic d'abord, puis à
Evian, où nous avons passé le mois de septembre...
ici, enfin, depuis le retour.

— Je ne déteste pas... tout ce que vous dites... Au
pensionnat, je ne faisais pourtant que jouer une comédie...

— Une comédie?... Que veux-tu dire?...

— Eh bien, nous étions trois grandes qui avions
fait un serment... Vous ne savez pas ce que c'est à dix-
sept ans que d'être poursuivies par une peur épou-

vœutable qu'on ne vous laisse encore un an en prison !
Toutes les trois, nous avions juré de nous rendre...
impossibles...

— Qui te faisait croire qu'on te tiendrait en prison
l'année suivante ?

— Père, fit-elle d'une voix bien plus basse, je ne
vous adresse pas de reproche...

Elle le regardait ; une ombre passait sur ce joli
visage, un nuage qui venait de loin, qui avait été formé
peut-être de bien des larmes répandues au couvent,
sous la charmille, les « jours de parloir », quand on
appelait successivement les pensionnaires, et point
mademoiselle Renée de Chevrolles.

— A Saint-Germain, dit-elle, on m'oubliait quelquefois... Mère venait encore assez souvent... Mais
vous !... Par exemple, le jour où vous êtes reparti
sans vouloir m'embrasser, il y avait plusieurs mois...

— C'est vrai ! murmura-t-il, je menais alors un
genre de vie... On est emporté, dévoré... Penses-tu
que je t'aimais moins pour cela ?... Non, non. Mais
c'est ainsi... On est rassasié de ces habitudes qui sont
comme un tourbillon dans le vide, on a envie de
s'avouer qu'on les déteste, on y cède encore... Un
beau jour, enfin, on est pris de la pitié et de la peur
de soi-même. On se dit : Est-ce que je ne saurai pas
me reprendre ? Est-ce qu'il n'est pas temps de me
rendre tout entier à ce que j'ai toujours uniquement
aimé, au fond de mon cœur ?... Et puis on court à ce

cher trésor qui s'appelle... le mien s'appelait Renée...
On arrive, on apprend que cette fillette qu'on a bien
pu négliger, tout en n'adorant jamais qu'elle, et qu'on
a placée si haut dans ses pensées et dans ses espérances, on apprend enfin, ou l'on croit apprendre
qu'elle est déjà gagnée, déjà prise... On n'a pas été
prudent, on lui a fait voir de trop près, dans ses vacances, à la maison, ce faux monde que l'on voulait
quitter avec elle et pour elle... Oh! pour elle surtout!
On reçoit un coup violent sous lequel on se sent défail-
lir... Sais-tu ce que m'a dit la sœur qui ouvre la
porte du couvent, quand elle m'a vu m'en aller si tristement, abattu par la pensée que tu serais comme
tant d'autres, un petit esprit sec et frivole, un cœur indifférent et vide? La sœur m'a dit : « On vient de vous
faire tomber du paradis, mon pauvre Monsieur! »
Comme cela était vrai! J'ai beaucoup souffert, mignonne,
et mon humeur s'est gâtée... Et puis tu es revenue près
de nous... Je te regardais sans cesse au fond du
cœur... j'étudiais les moindres mouvements de ta
pensée. Eh bien, non, le mal n'était pas si grand...
Tu étais encore douce et tendre...

— Merci, père! s'écria Renée en riant... Je vous ai
écouté avec toute l'attention dont je suis capable...
C'est que j'attendais ma récompense... Enfin, vous
reconnaissez que je suis une bonne fille!...

— Mignonne, les religieuses, là-bas, avaient pris
peur un peu vite. Moi aussi.

— Vous, surtout.

— Tu aimes le plaisir...

— Père, j'aime les bals... Est-ce un gros péché ?

— Va, tu ne crois pas que j'aie jamais songé à te faire mener une vie de recluse.

— Peuh !... fit-elle en riant plus fort, je n'en suis pas si sûre !... D'abord, vous ne voulez pas que je me marie !

Brusquement, il retira la main de celle de la jeune fille, et la repoussant au bord du divan pour qu'elle lui fît place, il se leva.

— Voilà un sujet que je ne tenais point à aborder, dit-il.

— Mais j'y tenais, moi ! répliqua-t-elle en le regardant d'un petit air si résolu qu'il recula.

La colère lui montait aux tempes.

— Ah ! murmura-t-il, cette enfant aussi me brave !

Mais déjà l'expression de la physionomie de Renée n'était plus la même.

— Cher père, dit-elle, comme vous vous trompez sur votre fille !... Allez ! je sais bien des choses, j'en devine d'autres...

— Vous devinez fort mal, répondit-il ; je vous marierais volontiers à un homme qui me paraîtrait devoir assurer la paix et la bonne règle de votre vie, à un brave garçon qui aurait toute ma confiance.

— Voilà, dit-elle malicieusement, où est le malheur !

14

M. Prival ne l'a pas beaucoup cette confiance, et tout
ceci n'est pas bien flatteur pour lui.

— Renée !

— Mais si c'était un autre ?... Jurez que, si c'était un
autre, vous seriez bien plus pressé pour cela de vous
débarrasser de votre petite Renée !

Il ne répondait pas, il avait repris la main de la jeune
fille et ne respirait plus.

— Père, dit-elle, écoutez à votre tour, mais écoutez
bien, car il faut que je parle tout bas !... Père, vous
ne voulez pas me marier... Père, je suis venue tout
exprès vous trouver ce matin pour vous dire que je ne
tiens pas du tout, mais là, pas du tout à être madame...

— Tu n'aimes pas cet homme !

— Père, c'est vous que j'aime plus que tout au
monde, depuis que je suis sûr que vous m'aimez !

VII

Au cercle dont Anthelme de Chevrolles avait été le président l'an passé, et où l'on avait cessé de le voir, — celui de ses deux cercles où l'on s'amusait, — on fit ce matin-là « une entrée » au peintre Gibelle, qui arrivait du fond du Poitou. Les amis se rangèrent sur deux lignes, chacun portant ses deux mains devant sa bouche pour figurer la trompette, et l'on sonna une fanfare en l'honneur du revenant. Lui, serrait toutes les mains. Certes, il était heureux de revoir d'anciens compagnons; mais il enrageait de se retrouver dans la bagarre. Il n'y a que le fond de la campagne! Et puis la bonne femme était si bien dans la ferme de son frère Joseph. Quant à lui, il ne finirait que là. Des prés verts, des noyers bruns, des horizons gris d'argent, partout des eaux claires, c'est le paradis des peintres, ce pays-là.

On riait et l'on avouait que les pesants brouillards de Paris, en automne, ne donnent pas le sentiment du paradis. Une houle de vapeurs grises roulait au-dessus des toits; dans le salon de lecture, voisin de celui où Cibelle avait reçu ce bruyant accueil, on tenait le gaz allumé : il allait être midi.

Le déjeuner du cercle réunissait toujours beaucoup de monde. En ce moment on arrivait. A la porte du premier salon, une colère méridionale se fit entendre. Le nouveau venu tempêtait contre le maître d'hôtel et prétendait que midi avait sonné. C'était un scan-da-le mons-tru-eux, que cette inexactitude!... On n'avait pas le temps, après le repas, de fumer tranquillement un cigare avant de se rendre à la Chambre... Ce maître d'hôtel était un mauvais citoyen.

Cibelle devenait distrait, il écoutait et croyait bien reconnaître cet organe en castagnettes; d'autres aussi l'avaient reconnu :

— Tiens, dit quelqu'un, c'est le législateur Cazaubon !

Un mauvais plaisant, — il y en a toujours, — posa une question :

— Qui me dira pourquoi Cazaubon est député ?

— Je vais vous le dire. Dans sa bourgade de la Durance, il y avait deux avocats, un bon, et un mauvais.

Le bon c'était l'autre. C'est pourquoi on a élu Cazau
bon.

— Vous n'avez pas de cœur, dit un troisième mauvais plaisant; vous moquer d'un pauvre homme si
éprouvé par la perfidie des femmes, est-ce généreux?

Le député traversa le salon; il avait la mine si funèbre, que l'on retint à grand'peine les éclats de rire
autour de lui; mais on chuchotait :

— Cazaubon fait mal à voir.

— Cazaubon a perdu son âme !

Il passa dans les salons voisins, et l'on ne se con-
traignit plus :

— Cazaubon a des desseins, cela est sûr ! Ah !... s'il
tenait l'infidèle !

— Surtout son complice, ce petit écervelé de Jacques
de Chevrolles.

— Rosette ! cruelle Rosette !

Cibelle, qui écoutait sans comprendre et souriait de
confiance, intervint brusquement.

— Que dites-vous ? Qu'a donc fait Jacques de Chevrolles ?... Cette personne dont vous parlez?...

— Allons donc ! Vous ne connaissez peut-être pas
la jolie madame Villars !...

— Comment! vous ne savez rien? Vous êtes pourtant l'ami du bonhomme Anthelme... car ce n'est plus
qu'un bonhomme à présent. Oh ! vous le trouverez
changé. Sexagénaire avant cinquante ans !

— Pauvre vieux ! Tant de bon cœur et tant d'esprit

14.

si mal employés !... Son fils l'achève.

Cibelle saisit par le bras le dernier qui venait de parler et l'attira brusquement hors du groupe :

— Qu'y a-t-il ? Je vous en prie, dites-moi cela.

— Je le veux bien, fit l'autre en riant... Quand même je ne le voudrais pas, me voilà pris !

Ce compagnon obligeant était un homme jeune encore, très répandu dans le monde, un peu artiste à ses heures, riche, heureux de vivre, un sceptique bienveillant. Cibelle avait bien choisi.

L'ami commença de parler à demi-voix. Comme le peintre faisait un mouvement pour s'assurer qu'on ne cherchait pas à les rejoindre :

— N'ayez peur, dit-il, un autre personnage vient d'arriver qui va les occuper un moment. C'est au tour de celui-là de passer par les verges.

Cibelle, tournant le dos, n'avait pu voir « le personnage » qui venait si à propos de rompre les chiens ; c'était Privat.

— Encore un qui n'a pas sa mine des dimanches ! disait-on dans le groupe. On dirait qu'il nous regarde noir.

— Parbleu ! Vous l'avez habitué à un autre accueil. Dès qu'il paraissait, c'étaient des : Bonjour, Privat ! qu'avez-vous à conter d'amusant, mon cher Privat ? — Vous ne lui dites rien, à présent. Il a l'air d'un saint qu'on ne fête plus, voilà tout.

— Dame ! écoutez donc, on le dit touché.

— On lâché. C'est comme les fruits avant qu'ils ne se gâtent et qu'ils ne tombent.

— On prétend que Tillaudière, qui le soutenait, n'en veut plus entendre parler.

— C'est-à-dire que le matamore lui donne le croc-en-jambe. Ne cherchez pas pourquoi. La joie de cet homme de bien est de remettre ses créatures dans la poussière dont il les a tirées.

— Autre chose. Privat aurait décidément échoué du côté des Chevrolles.

— On lui refuserait l'honneur de devenir le beau-frère de madame Rosette?

— On lui refuse la dot, quatre cent mille francs.

— La perche. Alors c'est un noyé.

Le déjeuner était servi. Gibelle demeura seul dans le premier salon avec le sceptique obligeant qui l'instruisait.

Une histoire étonnante. Cette petite madame Rosette de Villars qui, devenue veuve, s'était adjugé la particule comme parure de deuil, avait été la femme d'un obscur employé de la ville de Paris. Le mariage n'avait duré qu'un an, le mari ayant été discret et, d'ailleurs, ayant contracté quelque part une fièvre maligne. Cazaubon seul connaissait bien ces modestes origines, car c'était à lui que l'employé avait dû sa place. Débarrassée de cet initiateur compromettant, la jeune veuve, à vingt-deux ans, avait bien su voler de ses jolies ailes. Quelques politiciennes influentes l'avaient d'abord accueillie, la croyant veuve, comme elle le disait, d'un fonctionnaire du gouvernement. Cazaubon la suivait de près, riant dans sa barbe. De salon en salon, la délicieuse intrigante s'était poussée dans un monde meilleur. La réserve de ses manières corrigeait l'audace de ses toilettes; elle étourdissait les hommes et rassurait les femmes. C'est ainsi qu'un jour, elle était arrivée dans la société joyeuse de la rue d'Aumale. Est-ce que chez ces Chevrolles, aimables et indifférents, on n'entrait pas comme dans un moulin? Cependant cette nouvelle relation avait vraiment consacré madame Rosette. C'était une intimité longuement recherchée, et, pourtant, nouée comme par hasard. Le compère Cazaubon ne s'était point montré dans l'affaire. Il connaissait la veuve, il la rencontrait là; quoi d'étonnant! Il en était épris : pourquoi pas?... Il laissa bientôt entendre qu'il l'épouserait... On n'en fut pas surpris. Voilà la première partie de l'intrigue.

— C'est la seconde partie qui doit être la plus intéressante, dit Cibelle, s'efforçant encore de sourire. Pourquoi Cazaubon n'a-t-il pas épousé tout de suite?...

— Pourquoi?... Eh! mais il y avait plusieurs versions. Il se trouve des gens pour prétendre que l'employé Villars n'est pas mort, que son ancien patron, le député de la Durance, ne l'ignorait pas et qu'il comptait sur le divorce... Sans doute de mauvais propos! D'autres insinuent que Cazaubon n'était pas moins bien connu de la veuve qu'il ne la connaissait, qu'il avait beaucoup dépensé et qu'elle le savait mieux que personne...Ce n'est pas tout : il aurait été de trop d'affaires — mauvaises naturellement — on ne le recherchait pas dans les bonnes... L'héritage reçu du notaire royaliste, son père, serait ébréché... Pourtant, au mois d'août, les noces paraissaient prochaines... Voilà qu'au Croisic, où se trouvaient les deux fiancés, madame de Villars a rencontré ce petit Jacques.

— Mais, s'écria Cibelle, c'est un enfant !

— Vingt-deux ans, elle vingt-quatre, dit l'ami. Mettons vingt-cinq. La différence ne se sentira de longtemps ; ces artificieuses-là ont l'art de durer. Quant à l'enfant, pour parler comme vous, il aura un million. Anthelme est malade d'esprit, le corps se fait vieux... Si vous le voyiez, le pauvre homme !... En attendant, le couple amoureux saura bien obtenir un avancement d'hoirie. On connaît la faiblesse du père : il maudira et il payera. Première réalité sonnante. La veuve a trouvé meilleur d'attendre le reste avec ce gentil mari, que de raccommoder les restes avec Cazaubon. Prenez-la pour ce qu'elle est et blâmez-la !

— Ainsi, dit Cibelle, ils se sont vus au Croisic ?

— Oui, puisque auparavant Jacques de Chevrolles ne vivait plus à Paris. Et, alors, ils se sont concertés, puis rejoints en Angleterre. Ce garçon s'est exilé peut-être pour toute sa vie ; mais il ne tenait pas beaucoup au pays natal... On dit qu'avant cette folie-là, il en avait commis une autre... bien pire. On l'avait tenue secrète... Tout se sait à la fin... Mon cher, il y a quatre ou cinq mois, Anthelme s'est pris d'une fantaisie d'austérité... un peu rude, il a éconduit ses convives... Maintenant tout ce monde-là se venge.

— Croyez-vous, dit brusquement Cibelle, qu'il ne lui reste plus un ami ?

— Oh que si ! il reste Privat, qui veut sa fille... et qui commence à avoir sérieusement besoin de la dot.

Cibelle ne respirait plus qu'à peine.

— Je croyais mademoiselle de Chevrolles mariée, murmura-t-il.

— Elle ne l'est pas. Je vous dis que Privat la veut. Anthelme la refuse. Vous connaissez Anthelme, Privat l'aura.

— A moins qu'un honnête homme ne vienne et ne la lui arrache ! s'écria Cibelle.

L'ami le regarda :

— Et moi qui ne me méfiais point ! dit-il en riant... Faites cela si vous êtes bien sûr d'être amoureux, reprit-il. Mais prenez garde de vous tromper... J'ai dit. Allons déjeuner, mon bon Cibelle.

Il y avait environ trente convives, et seulement, au bout de la table, du côté de la cheminée où brûlait un feu ardent, quelques places vacantes. Cibelle et son compagnon furent bien obligés de se contenter de celles-là ; un peu plus loin, à gauche et à droite, étaient assis Privat et Cazaubon. Privat, qui discourait en ce moment avec beaucoup d'action, ne put retenir un mouvement d'humeur en reconnaissant le peintre. Ils ne se saluèrent point.

Cazaubon, au contraire, envoyait à Cibelle un geste amical et de beaux sourires. La physionomie du Méridional s'était fort déridée. Cazaubon avait même pour l'instant des airs de joyeux provocateur.

— Eh là ! dit-il, s'adressant à Privat, pourquoi vous interrompez-vous, mon cher? Ce que vous nous disiez était intéressant. Je crois que vous nous chantiez le grand air de la calomnie comme dans l'opéra. Avez-vous peur que M. Cibelle ne vous trouve la voix fausse?

Le boursier le toisa : le député ricanait toujours. Leurs deux regards se croisèrent comme des lames; les convives devinrent attentifs.

— Il y a quelque chose entre ces deux pêcheurs en eau trouble, dit le voisin de Cibelle, parlant à l'oreille du peintre.

— Je disais, reprit brusquement Privat, sans répondre directement à Cazaubon, que la calomnie a été de tous les temps, mais qu'elle n'a jamais si sûrement établi son règne que dans celui où nous sommes. Ce n'est plus l'instrument caché qui servait à la méchanceté ou à l'envie; c'est un système avoué qui s'emploie au grand jour. Quiconque s'élève par l'argent, par le mérite, par le courage, doit se tenir prêt à d'ignobles et sourdes batailles. Le venin sait bien même atteindre ceux qui modestement sont restés dans le

rang. Qui de nous n'a connu de parfaites honnêtes
gens, subitement mordus par la vipère? Ils ont vécu
insoucieusement, ne pensant pas même qu'ils pussent
jamais servir de proie; ils n'ont répandu que les
bonnes grâces autour d'eux. Un jour, un abominable
propos circule. D'où vient-il? Parbleu, ils n'ont pas à
chercher bien loin. C'est d'un de leurs commensaux
qui poursuit on ne sait quelle vengeance inique. Ces
braves gens ont récemment subi un cruel chagrin.
Mais, cela, c'est la plaie ouverte. Leur ennemi, —
ami d'hier, se vante d'avoir découvert une autre plaie
cachée. Il va par le monde, mettant le secret dans
toutes les oreilles. La nouvelle court d'abord « rasant
la terre ».

— Toujours, comme dans le *Barbier de Séville*,
interrompit Cazaubon. Vous n'êtes pas neuf, mon
cher.

— Comme dans l'opéra — ou la comédie. J'ai cité
à dessein pour vous rappeler que, dans l'opéra, Basile
est confondu.

Cazaubon se mit à rire :

— Si vous aviez besoin d'un aide pour confondre
Basile, je suis là, Privat... Seulement, il faudra que
vous vous expliquiez plus clairement.

Privat se leva et jeta sa serviette sur la table. S'il
s'expliquait plus clairement en présence de ces vingt-
huit convives qui, tous, et Cibelle lui-même, ne com-
prenaient point, c'était lui qui révélait « la première

histoire » de Jacques de Chevrolles. Il avait mal dirigé l'attaque, et Cazaubon avait joué serré.

Des cris s'élevèrent de tous côtés quand on vit le boursier se préparer à sortir :

— Mais, Privat, vous n'avez pas achevé de déjeuner !

Personne ne voyait avec plaisir cette brusque terminaison d'une si curieuse affaire.

Boursier revint sur ses pas, appuya sa main au dossier de la chaise qu'il avait quittée un moment auparavant et, regardant Cazaubon en face :

— On a des heures nerveuses, dit-il... Que voulez-vous ! il y a des figures devant lesquelles on ne reste pas assis volontiers.

Il se fit un grand silence que rompit seulement le rire de Cazaubon, le rire en castagnettes. Privat leva les épaules, et sortit.

Autour de la table, les mines étaient grises... Tout bas, quelques-uns des convives s'interrogeaient : Qu'est-ce que cela veut dire ? — Cazaubon ricanait toujours :

— Je conviens, dit-il, que la provocation a été fort claire. Il ne m'a pas plu de la relever. Tout le monde ici m'approuverait, si l'on savait le fond des choses.

Personne ne répondit. Vingt-huit bouches muettes dessinaient des moues parlantes... La condamnation n'était pas moins claire que n'avait été la provocation... Le Méridional s'agita :

15

— Le fond des choses ! s'écria-t-il. Je m'étonne qu'on ne le devine point ! faut-il faire le jeu de M. Prival ? Que veut-il le beau fils ? Une dot. Pour cela il a besoin de faire croire en un certain logis de la rue d'Aumale, connu de bien des gens ici, qu'il a défendu l'honneur de la famille... Je ne me prête pas au manège, ce n'est pas mon goût... Par exemple, je conviens que c'est dommage, car il est bien malade cet honneur-là.

Cette fois des protestations s'élevèrent :

— Anthelme de Chevrolles a été président du cercle !

— Nous ne devons point souffrir qu'on parle de lui ou des siens sur ce ton-là !

— Le cercle ! On y admet trop légèrement certaines gens, en voilà la preuve !

— Pas de place pour les diffamateurs !

— Ces Chevrolles sont assez affligés. Faut-il qu'on les écrase ?

— Si M. Cazaubon a des chagrins d'amour, ce n'est pas une raison pour salir ceux qui en sont innocents !

— C'est une mauvaise action !

— C'est une infamie !

Toutes ces interpellations se croisaient, tout le monde était debout, Cazaubon seul demeurait assis et, bien que devenu blême, affectait encore un grand calme. Il n'avait point compté sur ce soulèvement des consciences en un lieu où l'on parlait toujours si légèrement des choses les plus graves ; mais il croyait encore en triompher sans peine, en le prenant de haut,

comme il le devait, lui une cinq centième partie du
souverain, avec une fraction en moins, ce qui est une
misère, — comme le total. Aussi eut-il une mauvaise
inspiration : il se mit à frapper de son couteau le bord
de son assiette pour obtenir le silence. Des cris de
colère lui répondirent :

— Si on l'excluait à l'instant ! Si on le jetait à la
porte !

Alors il se dressa furieux à son tour; mais une
main s'abattit sur son épaule. Cibelle avait quitté sa
place et s'était approché lentement. La physionomie
du peintre disait assez clairement qu'il était résolu
à tout. Aussitôt le silence se refit.

— Ah ! s'écria le Méridional, c'est vous le champion !

— C'est moi, dit Cibelle, moi le meilleur ami d'Anthelme de Chevrolles à cette heure. Moi qui, si vous ré-
pétiez certaines paroles malsonnantes que nous regret-
tons tous d'avoir entendues, serais forcé de vous les
clouer à la gorge.

— On de l'essayer...

— J'y ferais de mon mieux.

— C'est une affaire à régler, dit Cazaubon, j'y con-
sens.

Puis il sortit. Une grande agitation régnait dans le
cercle; on entoura Cibelle, on le félicitait.

Le sceptique bienveillant qui avait appris au peintre le mariage de Jacques de Chevrolles et de madame

Rosette Villars s'en allait pensif dans un des salons, disant à demi-voix :

— Ce Cazaubon est un grand sot. Il n'a pas voulu faire le jeu de Cibelle, mais il l'a fait. Le plus amusant, c'est que Privat ne s'en doute point!

VIII

Privat, sortant du cercle, s'était acheminé comme s'il voulait rentrer chez lui; un moment après, il remontait la rue Taitbout. Le boursier avait bien perdu le sang-froid, qui est l'une des qualités nécessaires dans la bagarre parisienne. Il allait, se parlant à lui-même, gesticulant comme eût fait un petit boutiquier en peine d'une échéance. C'est un spectacle fréquent dans ce grand Paris, les désargentés étant innombrables; les passants s'en amusent toujours. S'il ne connaissent point le désespéré qui les coudoie, ils lèvent les épaules en se disant :

— Qu'à donc ce monsieur à me montrer le poing?

Privat s'oubliait tout à fait. Il suivait un chemin

que les matamores de la finance descendent après
leur déjeuner quelquefois. Si l'un de ceux-ci eût rencontré le brillant favori de Tillaudière, il n'aurait
point manqué de penser que ce hardi compagnon-là
avait tout l'air d'un embourbé.

Tout à coup, un landau déboucha de la rue d'Aumale. La lourde et somptueuse machine venait grand
train sur la pente qui est raide ; dans la brume qui,
ce jour-là, descendait sur Paris comme un linceul, les
lanternes d'argent brillaient. L'attelage était de prix :
deux chevaux, bien appareillés, de même taille, mais
de robes différentes, un bai brun, un gris pommelé.
Privat reconnu vaguement, d'abord, les deux nobles
bêtes qui n'avaient pas toujours conduit de nobles
gens, puis, subitement rappelé à lui-même, il se redressa et mit la main à son chapeau.

Dans la voiture, il y avait une grosse dame, enveloppée dans de superbes fourrures qu'elle portait
pour la première fois de l'an ; elle feignit de ne
point voir le salut du boursier, et, subitement, se
mit à regarder par l'autre portière, le côté opposé
de la rue. Privat frappa du pied la dalle du trottoir,
il s'oubliait encore. Ce n'était plus seulement par
figure qu'on pouvait dire que les Tillaudière lui tour-
naient le dos. — Le landau menait en visites la femme
du gros financier.

Privat, à l'instant, prit un parti. A ces extrémités-
là, on va soudainement... Un homme qui se noie et

qui voit une planche à la surface de l'eau ne délibère
pas avant de s'y accrocher, il la saisit d'un coup. Au
lieu de tourner l'angle droit de la rue Taitbout et de
la rue d'Aumale, le boursier tourna l'angle gauche;
il ne rentrait point chez lui, il allait chez les Chevrolles
sans vouloir davantage regarder en arrière dans sa
pensée. C'est qu'en effet, si on lui en eût présenté
l'image dans un miroir, il l'aurait trouvée basse et laide.

On a beau avoir ce qui s'appelle la conscience large
et se dire que les scrupules ne sont de mise que lorsque
la situation n'est pas périlleuse, et que nécessité n'a
point de loi, il y a des démarches qui font, malgré
tout, monter un peu de rouge au visage. Privat marchait
lourdement, mais résolument, avec la rigueur d'un
boulet de canon qui décrit sa courbe. Arrivé au pied
de la maison, il se consulta pourtant. Où en étaient les
choses ?

Mais, au pire, là tout simplement. Ce projet de mariage était une trame rompue; il s'agissait de la renouer par la persuasion ou par la force. Trois jours
auparavant, Anthelme de Chevrolles avait écrit à son
ancien ami Privat trois lignes très précises : « Mademoiselle de Chevrolles n'agréait pas sa recherche. »
Rien de plus, Anthelme n'ajoutait pas qu'il le regrettait, il ne s'était point donné la peine, avant de porter
ce coup droit, de dorer la pointe du fer. Ah ! ce congé
brutal, ce billet dont la brièveté malsonnante était
une avanie, un défi, on ne les connaissait point;

mais comme on les flairait ! Privat, au cercle, venait
de lire sur tous les visages ces deux mots ironiques :
Affaire manquée !

On savait seulement, au cercle, que, pour lui, cette
avarie de plus à sa barque, c'était le naufrage !... Mais
comment cela avait-il bien pu se faire ? Comment
Anthelme avait-il osé ?

Privat connaissait trop bien madame de Chevrolles
pour croire un moment que son mari eût pu la ré-
duire. Quatre jours auparavant, quand il l'avait quittée, elle était plus que jamais toute à lui. En présence
de Renée, muette, il est vrai, et certainement em-
barrassée, ce soir-là, on avait discuté sur la date du
mariage... Pourquoi cet embarras de mademoiselle
de Chevrolles ?... C'était une chose nouvelle...

Eh ! que lui importait ?... La mère demeurait toujours fidèle à la parole donnée... La mère, plus que
jamais, était son alliée quand même... On s'était
séparé en se donnant la main.., Renée avait laissé bien
familièrement presser la sienne... Un bonsoir d'après
les fiançailles, vraiment...

Et puis le lendemain ce billet d'Anthelme, le congé !...
Et d'elle, de la mère, pas un mot, pas un signe de vie...
Que s'était-il passé ? Que croire ?

Une seule chose. Il ne pouvait y en avoir une autre
Le bruit du mauvais état de ses affaires était enfin et
brusquement monté jusqu'à la maison de la rue d'Aumale, autour de laquelle il l'avait longtemps étouffé.

On y vivait très retiré désormais ; il avait surtout compté
sur l'isolement volontaire d'Anthelme, l'homme autrefois le mieux informé de Paris, et qui, maintenant,
ne savait rien. Tout s'apprend... Les Tillaudière
étaient venus, la grosse femme, peut-être... Parbleu !
la méchante parvenue était toujours prête à aider son
mari quand il y avait du mal à faire.....

Tillaudière ne voulait pas qu'il eût cette dot, car le
financier savait bien qu'une fois en possession de ces
400 000 francs, il lui rejetterait ses vilenies à la face...
Le bonhomme verrait pour la première fois un de ses
abominables manèges ne point réussir contre ceux qui
avaient cessé de lui plaire ; jusqu'alors il avait sûrement perdu tous ceux qu'il avait voulu perdre... C'est
pourquoi il avait envoyé sa femme en ambassadrice
chez les Chevrolles. Tout à l'heure quand Privat venait
de la rencontrer sous ses fourrures princières, cette
blanchisseuse, — car elle l'avait été, — tout à l'heure,
elle en sortait peut-être !

Ainsi voilà la clef du mystère. Et voilà l'indignité
des gens ! Il s'était, offert lui, Privat, généreusement,
pour relever ceux-ci... Au Croisic, quand il avait
risqué pour la première fois une demande, accueillie
chaudement par madame de Chevrolles et à laquelle
il aurait bien fallu qu'Anthelme accédât quelque jour
et au plus vite, — au Croisic, il n'avait visé qu'un
mariage à la convenance de son intérêt sans doute...
Il n'avait pas besoin de cette dot alors, sa situation

15.

était brillante et enviée, il croyait bien avoir violé la
fortune... Maintenant les revers étaient arrivés... Mais
en même temps une nouvelle brèche s'ouvrait à la
réputation de ces Chevrolles, une nouvelle blessure à
l'honneur, par le mariage de ce petit Jacques avec une
aventurière, là-bas... S'était-il retiré, lui ?

Eux, se dérobaient... Ils savaient bien que leur
fille, après cette deuxième sottise de monsieur son
frère, avait moins de chance que jamais de rencontrer
un mari... Qu'importait ?... ils préféraient la voir demeurer fille, ils aimaient mieux tout que de risquer
leur argent pour l'aider à se relever, lui, à son tour...
Sur ce terrain-là, vraiment l'accord, depuis si longtemps rompu, s'était renoué entre eux, à l'instant...
Anthelme avait tout soudainement retrouvé dans sa
femme l'alliée naturelle... C'est une belle chose que
la complicité de la prudence et des intérêts dans un
ménage qui, auparavant, ne retentissait que du bruit
des querelles. Peste ! comme elle était redevenue, du
soir au matin, une épouse soumise, cette froide et hau-
taine madame de Chevrolles, qui, la veille, entendait
n'agir en tout qu'à sa guise, avec ou sans droit, et
marier sa fille en dépit du père ! Pas plus qu'elle ne
s'était alors souciée des protestations de ce pauvre
Anthelme, l'ombre du mari, elle ne se souciait à présent des engagements pris envers un homme qui ne
comptait plus, à ses yeux, puisque la mauvaise fortune l'avait touché... Et pourtant, c'était un homme

qui ne se laissait point si légèrement traiter, elle devait bien le savoir ! Un garçon résolu, qui n'était pas une ombre lui, qui ne rendait point le bien pour le mal, qui n'était pas un sot et qui prenait ses revanches...

C'est ce que, tout à l'heure, elle allait voir. Privat monta au premier étage :

— Madame de Chevrolles est-elle chez elle ?

Sur la réponse que lui fit le valet, Privat eut un brusque haut-le-corps.

Cet homme avait dit :

— Madame est en voyage.

En voyage ! Qu'est-ce que cela encore voulait dire ?

— Seule ? demanda-t-il.

— Seule.

Le boursier sourit : on avait peur de le revoir après la lettre; plutôt que de courir le risque d'une explication malaisée, madame de Chevrolles avait tout simplement pris la clef des champs.

— Je crois, continua le valet d'un air de confidence, que madame est à l'étranger.

A l'étranger ? En Angleterre peut-être ?... Ce petit Jacques avait-il imité une autre signature ? S'était-il marié une autre fois devant le forgeron ?... Privat souriait toujours; sa colère était des plus ironiques... Puis, soudain, il eut un autre mouvement violent... De nouvelles pensées lui étaient venues.

— Depuis quand ce départ, Pierre ? demanda-t-il.

— Depuis trois jours.

Trois jours !... Et, justement, il s'était écoulé le
même temps depuis la lettre.

— Mon ami, reprit-il, n'est-ce point vous qui m'avez
apporté, l'autre matin, une lettre de M. de Chevrolles?

— C'est moi.

— Madame, en ce moment, était-elle partie ?

— Depuis une heure.

Privat, cette fois, eut un rire très franc; en même
temps, il levait les épaules :

— A peine le maître a-t-il tourné le dos que l'éco-
lier danse, murmura-t-il.

Si Anthelme avait fait cela, s'il avait profité de
l'absence de sa femme pour la dégager, sans prendre
son avis, d'une parole donnée, il le payerait cher, le
pauvre homme !

— Pierre, dit-il, M. de Chevrolles est-il à la maison ?

— Monsieur est sorti.

Alors Privat se sentit la gorge un peu serrée, comme
un joueur qui se détermine à risquer toutes ses
chances sur une carte; puis il se gourmanda pour
cette émotion sans raison. Qu'y avait-il de changé? Il
était venu pour arracher une explication suprême à
madame de Chevrolles ; des éclaircissements, il aurait
passé aux menaces sans doute; il aurait joué son va-
tout contre la mère. Il allait le jouer avec Renée, mais
différemment.

— Mon ami, dit-il, allez, je vous prie, demander à

mademoiselle de Chevrolles si elle veut me recevoir
un moment.

Le valet effaré le regarda :

— Mais mademoiselle ne reçoit personne quand
elle est seule...

— En l'absence de ses parents, j'en suis persuadé.
Pourtant elle fera peut-être une exception en ma faveur quand vous lui aurez dit que j'ai des choses
graves et pressantes à lui dire... Vous savez que je
suis un grand ami de la maison...

— C'est vrai qu'ici monsieur n'est pas tout le
monde...

Privat lui mettait un louis dans la main. Le domestique secoua les épaules; il n'avait rien à objecter à
cette pièce d'or... Ce qu'on lui demandait n'était pas
régulier; mais, pour que cela le devînt, que fallait-il ?
Que mademoiselle le trouvât bon. Il pria le généreux
visiteur de le suivre et l'introduisit dans une pièce
que Privat connaissait, — et même si bien que sur le
seuil il hésita. C'était le cabinet d'Anthelme.

Il entra pourtant, il était prêt à tout. Si M. de Chevrolles revenait au logis en ce moment, quelle situation ! Ce serait presque une scène de drame. Le premier regard d'Anthelme serait parlant : Que faites-
vous ici ? Ne vous a-t-on pas éconduit ? Que voulez-vous
de plus ?

Parbleu ! Anthelme agirait prudemment en ne faisant point descendre de ses yeux à sa bouche ce lan-

gage trop net qui permettrait toutes les répliques.
Privat répondrait : Éconduit, soit ! Pourquoi ? Enfin
l'occasion est venue de nous expliquer face à face !...
Oui ou non, ai-je été votre ami ? Ne deviez-vous pas
savoir que je le suis encore ? Tout à l'heure, j'ai provoqué pour vous servir, pour vous défendre, un homme
qui n'a pas jugé à propos de se trouver offensé...

Et qu'Anthelme, à son tour, ne s'avisât point de
répliquer : C'est bien ce qui vous fâche, car vous aviez
compté vous faire un titre de cette querelle pour
rentrer dans la maison. Le calcul a manqué. Vous
revenez ici en marchandeur déguisé, votre contrat à
la main : la paix ou la guerre ! Vous avez encore l'air
de prier, mais vous retenez à peine la menace... — Ah !
qu'Anthelme ne dît point cela, car ce serait mettre le
marchandeur à l'aise...

Privat n'avait plus le temps d'employer les détours;
et d'ailleurs, il en était las... Il y a des choses, après
tout, qu'il vaut mieux crier à un homme les yeux dans
les yeux que de les dire à des femmes !...

Le valet rentrait : Mademoiselle consentait à recevoir M. Privat.

Le boursier respira largement... Les choses prenaient une tournure qu'il n'avait guère prévue... Il
n'avait pas envie de s'en plaindre... Si cette fillette
l'aimait, tout irait bien.

Mademoiselle de Chevrolles était assise dans le salon de peluche, auprès d'une croisée et travaillait à un

ouvrage de tapisserie. Elle se leva, tenant à la main un grand canevas qui se déroula et d'où les laines s'échappèrent.

Il se précipita pour les ramasser; en se relevant, il en avait plein les mains, et, comme il les remettait dans celles de la jeune fille, leurs regards se rencontrèrent de fort près. Elle rougit.

— Monsieur, fit-elle d'une voix très basse, vous avez désiré de me parler. Vous ne serez pas étonnée qu'étant seule, je vous demande d'abréger votre visite...

Elle allait et venait en disant cela, s'occupant à ranger son ouvrage sur une table. Il suivait tous ses mouvements si gracieux dans leur gaucherie; l'embarras de Renée ne lui déplaisait point; il pouvait bien y voir le gage de ses vrais sentiments auxquels on avait fait une violence soudaine.

En vérité, il se trouvait toutes sortes de raisons de croire qu'il lui avait toujours été agréable. La mère le lui disait en confidence jadis; jamais un mot, jamais un faux sourire de Renée, jamais une ombre sur ce joli visage ne l'avait démentie... Parbleu, oui, il était sûr de cette âme de dix-huit ans qu'on avait malhonnêtement voulu lui reprendre.

« Allons! Privat, tu n'es point malheureux, car tu l'auras cette enfant!... Le joli instrument de fortune ! »

— Mademoiselle, dit-il, peut-être n'avez-vous qu'une

très légère connaissance d'une lettre qui m'a été adressée.

Les yeux de Renée se relevèrent sur lui... il s'attendait à les voir se détourner plutôt. Mais cette franchise d'attitude dans la jeune fille était de bon présage. A la bonne heure, la révolte intérieure ne se dissimulait point chez la délicieuse enfant. Ce regard droit montrait bien un cœur mécontent et blessé...

— Je sais, répondit-elle, que mon père vous a écrit.

— Pardonnez-moi si je vous interroge... Oh ! bien discrètement... quoique ma curiosité soit assez légitime. Madame votre mère est partie subitement ?...

— Pour l'Angleterre... Vous connaissez nos chagrins, Monsieur... Je n'ai aucune raison pour vous cacher le but de ce voyage.

— Il s'agit de ramener votre frère à la famille... Oui, ce singulier mariage à Londres est fâcheux... Vous connaissez cette triste affaire, Mademoiselle,... mais celle-là seulement.

Renée, qui demeurait debout, fit un brusque mouvement qui la rapprocha du boursier.

— Il y a donc autre chose ? s'écria-t-elle. Oh ! Jacques ! Jacques !... Parlez, Monsieur.

— Bon ! dit-il, avec un geste indifférent, d'autres péchés de jeunesse... Votre frère est un fils de famille, un de ces enfants gâtés que le travail n'a point préservés comme nous des tentations d'une certaine vie.

Privat jouait serré et se déguisait bien; mais quel éclat de rire à la Bourse si on l'eût entendu se poser en Caton! Renée baissa la tête :

— On ne veut point répondre aux filles de mon âge, murmurait-elle et l'on a peut-être raison... Mais ma mère est partie... Elle a appris la mauvaise nouvelle par madame de Roseraie, rien alors n'a pu la retenir. Mon père est cruellement abattu... Mon devoir à moi, c'est d'avoir du courage pour tout le monde et vous auriez tort de penser, Monsieur, que je ne sois pas capable de le remplir... Si vous savez quelque chose qu'ici on ne sache point encore, je vous en supplie, dites-le-moi... Il vaut mieux que mon père l'apprenne par mon entremise; du moins je le préparerai à cette nouvelle tristesse... Pauvre père il a cessé d'être heureux.

Privat avait habilement jeté l'alarme au passage dans l'esprit de la jeune fille. Pour le moment, c'était assez; il ne serait peut-être pas nécessaire d'aller plus loin.

— Mais sais-je donc quelque chose? répondit-il. Vous vous méprenez, Mademoiselle. Je vous assure que je ne suis pas venu ici en ami obligeant qui apporte les mauvais propos du dehors.

— Vous voyez bien! Il y a de mauvais propos!

— J'ai toujours défendu votre frère, comme... si j'avais été déjà de la famille...

Là-dessus il prit un temps, comme font les comé-

diens au théâtre. Mais mademoiselle de Chevrolles ne
répondit point.

— En osant demander à vous voir tout à l'heure,
reprit-il, je dois vous avouer que je n'étais pas occupé
que de lui. C'est mon propre sort à moi que j'ai voulu
connaître.

— Ah! fit-elle, c'est seulement pour cette lettre...

— Seulement! répéta Privat avec un grand rire
forcé. Ce n'est donc rien?... Un jour, un matin, —
c'était un matin, Mademoiselle, — on vient brusquement, sans raison, d'un mot très sec, reprendre à un
homme les espérances de bonheur dont on l'avait
bercé trois mois, et c'est cela qui vous paraît une
chose indifférente? C'est de cela que vous me dites :
Seulement!

— Monsieur, ma mère est absente...

— Ah! votre mère, s'écria-t-il, ne contenant plus
aisément son dépit. Vous me permettrez de vous
demander une chose encore... Seulement une...
Mademoiselle, puis-je savoir si votre mère était partie
quand M. de Chevrolles m'a fait parvenir cet avis
obligeant? Votre mère connaissait-elle ce billet?

— Oui, Monsieur, elle le connaissait, dit Renée
d'une voix bien plus ferme.

Les yeux de Renée s'étaient encore une fois atta-
chés vaillamment aux yeux de cet homme qui la me-
naçaient.

— Je vous en supplie, Monsieur, reprit-elle, si

c'est une explication que vous désirez, attendez le retour de ma mère.

— Et s'il me tarde de la recevoir cette explication ?... continua-t-il sur le même ton violent, presque brutal... Avouerez-vous, du moins, qu'elle m'est bien due ?

— Mon père aussi pourrait vous la donner, répondit-elle en inclinant légèrement la tête... Moi, vous voudrez bien me permettre de me retirer.

Il n'était que temps pour Privat de se remettre dans la bonne route. Il s'égarait. Le boursier étendit la main ; c'était un geste de prière.

— Vous me pardonnerez un emportement dont je n'ai pas été le maître, dit-il. Mademoiselle, il faut considérer qu'en vous perdant, je me vois privé d'un bien charmant dont j'avais espéré faire toute la parure de ma vie. Je peux bien me plaindre... et sachez ce qui, malgré moi, a mis de l'amertume dans mes plaintes : c'est la froideur de vos réponses. J'ai peut-être été un fat, et sûrement un pauvre garçon bien crédule, bien prompt à se fier aux apparences. On croit aisément ce qui flatte et ce qu'on désire. Eh bien, oui, Mademoiselle, j'avais pensé ne pas vous aimer en vain ; j'osais croire qu'à force de soins et d'attachement, j'avais cessé de vous être indifférent tout à fait. J'ai nourri mon illusion jusqu'à rêver que je vous trouverais secrètement blessée par l'arrêt de vos parents... Oh ! blessée comme il convient à une fille bien élevée... Je me suis mépris, cruellement mépris...

— Mon Dieu ! fit Renée qui commençait d'être au
supplice, en tout ceci, Monsieur, il n'y a rien eu qui
pût vous offenser... rien de dirigé particulièrement
contre vous... J'ai dit à ma mère que je ne voulais pas
me marier... Mon père le savait déjà.

— Et votre père vous y encourageait sans doute,
puisque la figure du mari qui se présentait, c'était la
mienne. Je ne saurais en être bien étonné. Comment
aurais-je ignoré que M. de Chevrolles ne m'agréait
point ? Mais votre mère pensait qu'il vous aimait trop
tendrement pour résister longtemps à une volonté
nettement exprimée par vous. Et cette volonté favorable, vous l'aviez... Votre mère me le disait, du
moins...

— Ma mère s'est peut-être trop avancée, murmura-
t-elle.

— Mais vous, Mademoiselle, vous, qui deviez bien
savoir qu'elle entretenait en moi ces heureuses espérances, avez-vous jamais témoigné que mes assiduités
de chaque soir pussent vous déplaire ? Vous les en-
couragiez plutôt. Quand je prenais congé, vous me
disiez : A demain !

— Ce n'était pas un encouragement.

— Je vous assure que j'ai souvent pressé dans les
miennes la jolie petite main que voilà... et que, plus
d'une fois, elle a répondu à mon étreinte.

— Soit ! fit Renée, se redressant tout à coup; j'ai

été étourdie, Monsieur... Vous pouvez me le reprocher...

— Étourdie... peut-être... coquette, sûrement, Mademoiselle.

— Assez, Monsieur, s'écria-t-elle. Ce que vous dites est une offense et je suis seule... Quand j'aurais été coupable de légèreté, comme vous le prétendez, il s'agit bien de cela ! Vous ne comprenez donc pas que le chagrin est entré ici et qu'il a rempli la maison. Dès lors, il n'y avait plus de place pour d'autres pensées. Ma mère avait formé peut-être des projets... Tout a été changé en elle à l'instant, elle n'y avait plus le cœur... Moi, je ne quitterai point mon père... Je vous l'ai dit, et cela, vraiment, aurait dû suffire... Monsieur, je ne veux pas me marier.

— Aussi, cela me suffit, Mademoiselle, dit le boursier, en saluant ironiquement. Cette fois, j'ai parfaitement compris. Il y avait deux moyens de trancher la situation où Jacques de Chevrolles a mis tous les siens : ou de marier sa sœur à Louis Privat, qui acceptait la responsabilité du dommage causé à cette jeune personne charmante et à sa famille, ou de déclarer qu'on ne voulait point la marier du tout. On n'a d'abord songé qu'au premier moyen, puis on a préféré le second, pour des raisons... positives, ce qui veut dire qu'on m'a joué... Et moi, toujours confiant et crédule, aujourd'hui même, il y a une heure, j'ai failli risquer ma vie pour défendre l'honneur des Chevrolles, qui a reçu d'autres accrocs que le mariage de Londres !... C'est le comble de la sottise, n'est-ce pas ?... Mademoiselle, vous pouvez dire à votre père que Louis Privat est homme à prendre ses revanches et il les prendra... Au reste, il le sait très bien... Il réfléchira... En ce cas, ce brave cœur qu'on a froissé si vilainement n'aura point changé... car je vous aime, Mademoiselle...

Il sortit. Renée demeurait interdite et glacée au milieu du salon :

— Si pourtant il fallait sauver Jacques et notre réputation, murmurait-elle...

IX

...Le flacre s'arrêta au milieu de l'allée principale du parc Monceau... Une jeune fille ouvrit la portière et sauta sur le sable détrempé par la pluie. Les rares promeneurs ralentirent le pas : par ces journées désertes d'hiver, ils ne rencontraient pas souvent un pareil régal des yeux.

Il ne faisait point froid ; aussi portait elle un vêtement court, garni pourtant d'une légère fourrure, sur une robe de cachemire à grands plissés. Ses cheveux s'échappaient en flocons dorés sous les bords de son chapeau de feutre noir, autour duquel s'enroulait une longue plume. Sous cet ajustement si

simple, presque sévère, elle avait la fine et vive allure
des Parisiennes de la bonne race.

Un homme descendit assez péniblement du fiacre
derrière elle. Anthelme, comme toujours, regardait
sa fille et devait être satisfait. Il la voyait telle qu'il
l'avait souhaitée ; elle n'avait fait que traverser *son
monde* à lui, qu'il s'était mis à détester à cause d'elle ;
Renée sûrement n'en gardait pas l'empreinte. Elle
avait impunément passé dans le flot trouble ; mademoiselle de Chevrolles était décidément *de l'autre
monde*. Seulement Anthelme savait bien que ce n'était
point son ouvrage.

Il y avait parfois à ce jeune front une ombre, à cette
lèvre si fraîche un plissement, et les yeux de violettes
s'emplissaient de pensées. Anthelme s'accusait. Si
déjà Renée avait connu les leçons de la vie, est-ce
que ce n'était pas encore sa faute ?

Comme il lui offrait le bras, elle le repoussa doucement :

— Non, dit-elle, ce n'est pas ce que vous aimez le
mieux ; père, votre bras plutôt sous le mien.

Tous deux allèrent lentement. C'était elle ainsi qui
le conduisait ; lui, s'appuyait à ce bras mignon qui
s'abandonnait sous sa main avec des tendresses câlines. Ils ne se parlaient presque point. Un mot de
temps en temps :

— Père, vous trouvez-vous bien ?

Puis ils faisaient encore quelques pas :

— Crois-tu, demandait-il, que nous ayons une lettre de Londres, demain?

— Père, disait-elle, le grondant un peu, la patience, c'est la sagesse.

Il trouvait, lui aussi, un sourire :

— Oh! oh! c'est une sentence, cela, Rainette!

Alors il retombait dans un lourd silence, et Renée le gourmandait encore :

— Père, vous n'êtes pas du tout avec moi... Où allez-vous ainsi tout seul ?... C'est donc bien difficile de retenir ses pensées!

Autour d'eux les arbres étaient nus, les buissons noirs; mortes les eaux dans les bassins, morts les gazons. Il n'y a point de dépouillement si lugubre que celui des jardins publics de Paris en décembre. A des gelées assez vives un temps moite avait succédé tout à coup, et, suivant l'expression populaire, « il faisait lourd ». Par instants, en ce milieu du jour, un rayon frileux perçait le moutonnement gris des nuées. Dans ce grand parc, des pauvres oisifs erraient comme des ombres. Des troupes de garçons et de fillettes jouaient et couraient, sans cesse rappelés à l'ordre par les gouvernantes allemandes, brutales et glapissantes. De loin en loin une jeune mère escortait le baby que portait la nourrice, pavoisée suivant la mode, et roulant sous des flots de rubans comme une frégate sous ses pavillons.

C'était la note gaie, puis venait la note funèbre : un

malade dans une voiture fermée, suivant l'allée au pas
des chevaux.

Renée, dont les yeux couraient devant elle, détourna
vivement la tête : dans une de ces voitures, elle avait
bien, cru reconnaître Cibelle. Le peintre reposait, à
demi étendu sur les coussins ; auprès de lui, se tenait
une vieille femme en coiffe blanche, qui tricotait. A
la bonne heure, voilà ce qui s'appelait ne pas perdre
son temps ! Mademoiselle de Chevrolles eut un sentiment de compassion envers ce pauvre garçon malade ;
le zèle de cette gardienne rustique la fit sourire.

Cibelle, ordinairement si vivant, avait donc été
frappé d'un mal soudain. Quel dommage ! Ce fin talent
chômait ; en revanche, ce caractère détestable devait
joliment se donner carrière. Elle se souvenait de l'algarade que le peintre avait faite sur le quai du Croisic,
quelques mois auparavant, à sa mère et à elle-même.

Elle n'avait jamais douté qu'il n'eût cherché, ce
même jour-là, un peu plus loin, une querelle à Privat :
mais celui-ci ne s'en était pas trop vanté. Le sujet et
l'objet de cette querelle, Renée les connaissait...

Ces artistes sont de drôles de gens qui osent tout...
Cibelle, en plein Paris, ne se sentait pas embarrassé
de se faire voir en compagnie de cette bonne femme
et de sa coiffe... Voilà une chose toute simple et naturelle, si cette garde-malade le servait bien ; mais une
chose que d'autres ne voudraient pas faire... Oui,
vraiment, ce Cibelle paraissait un singulier personnage

à mademoiselle de Chevrolles... Il avait eu envers elle des attentions... puis des ressentiments...

Renée savait combien son père aimait le peintre... Cependant, elle ne lui dit point qu'elle venait de le voir... Pourquoi ?... Justement parce qu'elle se souvenait du Croisic.

L'étourdissement de cette vie dissipée des villes d'eaux ne lui laissait pas alors la liberté de son petit esprit, échappé de la leçon des religieuses, tout frémissant de révoltes et de curiosités. Elle ne demandait que de l'amusement. Dans cette agitation du jour et du soir, est-ce qu'elle aurait pensé à rien ?

Mais la chose étrange!... Sa mère, tout à coup, l'avait enveloppée, chapitrée. Il faut toujours se marier disait-elle, et, puisque c'est la loi du monde, ne vaut-il pas mieux la subir, même très jeune, si l'on a rencontré des conditions aimables et brillantes ?... Le mariage, présenté sous cette figure de la nécessité rigoureuse toujours, et disgracieuse ordinairement, que la chance d'une rencontre peut adoucir, égayait beaucoup la pensionnaire.

Elle avait deviné bien avant qu'on ne le lui eût dit que ces conditions aimables et brillantes étaient représentées par le boursier Privat. C'est que, vraiment, il était fort bien de sa personne. Elle avait deux ou trois fois vu Cibelle ; le peintre la regardait beaucoup, il ne parlait guère. Privat ne tarissait point : il avait un entrain infatigable et des mots si drôles !... Il était

bien arrivé à Renée d'entendre au Croisic d'autres
parfaits Parisiens et d'observer qu'eux aussi avaient
des mots : c'étaient les mêmes. Mais Privat l'entourait
de jolies flatteries : on s'accoutume à ce régime de
douceur ; et puis sa mère était là qui lui disait :

— Tu n'es plus une enfant... Tu vois bien ce qu'il
espère. Veux-tu qu'il t'aime ?

C'est en ce moment que son supplice avait commencé. Placée entre sa mère, presque passionnément
favorable à ce joyeux garçon, et son père qui le tenait
si durement à l'écart, pressé par l'une, craignant mortellement d'affliger l'autre, entraînée vers Privat par
le mouvement de la vie qu'on lui faisait mener, point
par une véritable impulsion de son cœur, elle avait
passé des jours cruels, après le retour à Paris, surtout
quand le désaccord s'était allumé plus vivement au
logis, sous ses yeux. Mais, au Croisic, avant qu'on ne
quittât la station, quelle aventure !... Ce jour-là, Cibelle brusquement, s'était trahi...

Elle savait bien qu'elle ne lui était pas indifférente..
Est-ce que les pensionnaires, même, ne savent pas ces
choses-là ? Puis il y avait eu cette algarade du quai...
La gaieté froide et violente de madame de Chevrolles
était alors venue tout à coup apprendre à Renée une
autre chose... Celle-là, elle l'ignorait... Cibelle avait
éveillé l'attention de son père... M. de Chevrolles
songeait pour elle au peintre qu'il essayait d'opposer
au boursier. Privat et sa mère en avaient ensuite

ri devant elle... Madame de Chevrolles ne s'étonnait
point de la fantaisie de son mari qui devait contrarier
ses vues à elle, et n'avait pas d'autre portée... Privat
s'amusait fort de celui qu'il désignait sous le nom de
« mon rival »... et qu'il appelait « le candidat de la
contradiction » ...

Tous deux avaient tort de montrer si délibérément
à Renée que son père seul ne serait point admis à
disposer d'elle... La révolte s'attisait encore dans ce
jeune cœur qu'on violentait, mais une révolte bien différente de celle que lui reprochaient, six mois auparavant,
les maîtresses du pensionnat de Saint-Germain. Un
matin donc, elle était allée trouver Anthelme et lui
avait dit :

— Père, c'est vous qui serez mon maître, car c'est
vous que j'aime le mieux !

Ces réflexions et ces souvenirs l'avaient conduite au
bout de la grande allée du parc; Anthelme marchait
également en silence, toujours appuyée à son bras.
Renée tout à coup l'arrêta, ses sentiments avaient
changé. Une curiosité infinie lui était venue peu à peu
de savoir ce que son père avait vraiment pensé de
Cibelle... Elle n'était point trop effrayée de le lui
demander; ils vivaient en si intime confidence depuis
quelque temps tous les deux !

— Père, fit-elle, je vous supplie de me dire franchement une chose... Je n'ai point de secrets pour vous,
moi...

16.

Un père de l'ancienne manière aurait peut-être
répliqué :

— Je le crois bien que tu n'en as pas ! Et si tu ne le
savais point, je t'apprendrais que tu ne dois pas en
avoir.

Mais Anthelme était un père moderne, il répondit :

— Est-ce bien sûr ?

Elle pâlit ; il connaissait donc la visite de Privat ?...
En la lui cachant, elle croyait avoir bien fait... A
l'instant, elle fut rassurée, voyant qu'il avait pris le
change.

— Je te soupçonne d'avoir des nouvelles que tu ne
me dis point, reprit-il.

Il l'entraîna dans une allée transversale du parc et
la fit asseoir sur un banc, de vive force, sous les grands
bras humides et noirs d'un bouquet de marronniers.
Renée secouait ses fines épaules avec un peu d'impatience : elle allait encore être mise à la question.
Cet interrogatoire se renouvelait trois ou quatre fois
le jour. Oui, elle devait recevoir des nouvelles qu'elle
cachait. Sa mère avait peut-être des raisons à lui
donner de sa longue absence ; il n'y en avait pourtant
point de bonnes. A quoi servait de poursuivre, dans
Londres, des compagnons qui avaient tant d'intérêt à
ne pas se laisser joindre ? C'était la chasse à l'invisible ;
une entreprise folle qui convenait bien à l'esprit faux et
violent de madame de Chevrolles, sous ce masque de
roideur qui ne la quittait jamais. Anthelme savait bien

qu'elle s'était juré de se placer en face de cette femme
qui lui prenait son fils et de trouver des paroles si
dures, si envenimées pour lui reprocher la vilenie de
sa trahison, que madame Rosette Villars, — madame
Jacques de Chevrolles à présent, — accablée, vaincue,
ferait amende honorable et lui rendrait le bien volé.
C'était le projet que la voyageuse avait annoncé au départ. Quelle chimère!... Cette femme garderait la proie;
quant à elle, peut-être bien se lasserait-elle à la fin
de courir après l'ombre. Mais non!... Son orgueil ne
céderait point... car ce n'était pas un autre sentiment
qui la menait... Son orgueil, surtout, avait été blessé
dans cette misérable et cruelle affaire... Comment
l'avait-elle apprise? Par une visite de madame de
Roserale, la bonne amie des anciens jours qui venait
tout simplement dénoncer une amitié désormais com-
promettante! Elle voyait des taches à l'honneur des
Chevrolles, elle, la fausse prude qui promenait depuis
vingt ans ses éternelles toilettes blanches et ses vieux
péchés!... Souvent, elle avait vu fermer aux unes et
aux autres la porte des lieux honnêtes... Quelle pitié!
quel châtiment!... Voilà ceux et celles qu'on recevait
autrefois dans le salon hospitalier de la rue d'Aumale...
Hospitalier! quelle dérision!... On les accueillait par
bravade, parce qu'ils étaient exclus ailleurs... Oh!
l'on se vantait de n'avoir pas de préjugés!... Cette
Villars! cette Roserale impudente et lâche!... ce
Prival!

— Oh ! père ! s'écria Renée, mon cher père !

Cette fois, il avait bien dépassé les bornes de sa
plainte ordinaire ; il cédait à un emportement soudain,
et n'en avait pas conscience. Jamais il n'avait parlé
devant sa fille sur ce ton de violence et d'âpreté
sombre... Renée l'interrompait parce qu'elle souffrait
de l'entendre, et surtout parce qu'elle voulait l'avertir.

Mais il fit en ce moment une chose si déraisonnable
et si forte, que brusquement elle se leva tout en
désordre :

— Père ! je vous en prie... Qu'on ne vous voie pas !...
Relevez-vous.

Il s'était laissé glisser à genoux, devant elle, sur
le sable ruisselant d'eau, dans cette allée publique :

— Eh bien, oui, disait-il, je viens de tout te dire,
ma chérie... Si j'ai accusé les autres, je ne me suis
pas épargné moi-même... J'ai souffert tout cela... J'en
ai pris ma part... J'étais le maître de ce logis sans
prudence et sans règle, où tu devais pourtant revenir
un jour... Et tu y es rentrée !... Et tu as vu !... Par-
donne-moi...

— Venez, père, disait-elle... Sortons d'ici.

Elle l'entraînait à son tour.

Tout cela n'avait duré qu'un moment. L'allée,
heureusement, était bien déserte. L'exaltation d'Anthelme n'avait pas eu de témoin ; mais Renée voyait
bien que ce transport étrange n'était point passé. Elle
le chapitrait de son mieux en retournant vers le fiacre :

— Père, ce n'est pas à moi de vous pardonner... Je le fais, pourtant, de grand cœur, puisque vous le voulez... Père, je vous en prie, calmez-vous...

— Je me suis confessé pour ta mère et pour moi... Mais vois-tu, j'ai seul le repentir...

— N'accusez pas ma mère, dit-elle... Je n'ai souffert que de vos querelles à tous deux... Le malheur vous a rapprochés... Ma mère est avec nous à présent.

— Oui, dit-il, ta mère et moi nous avons conclu une trêve et fait un marché... Elle reprendra son fils, si elle le peut, dût-il nous en coûter une part de notre bien... Qu'elle fasse la brèche large ! L'argent, ce n'est rien... En retour, elle m'a rendu ma mignonne... Elle a promis de ne plus songer même à ce mariage révoltant... Assez longtemps, elle t'avait opprimée, n'est-ce pas ?... Elle te faisait violence !... Tu n'aimais pas cet homme ?...

— Père, je vous ai dit tout ce que je sentais.

— Tu ne l'aimais pas !... Et quand je me suis trouvé le maître, enfin, de lui arracher d'un coup ses odieuses espérances, je ne l'ai point fait languir, ce Privat !... J'ai frappé droit, sans tarder, t'en souviens-tu ?. Depuis, on n'a plus entendu parler de lui.

Renée tressaillit et se garda bien de répondre.

— Ainsi, reprit-il, une part de notre vie a été réglée... je t'avais sauvée, je respirais... Alors, délivré du souci qui me rongeait le cœur, ma chérie, j'ai retrouvé en moi un peu du vieil homme d'autrefois qui avait une

volonté, des vues d'avenir, des pensées... J'avoue
m'être bercé au rêve de ta mère, j'espérais l'achever...
Qu'elle ramenât ton frère, il me semblait que je saurais
bien exiger de lui la seule résolution qui pût le relever
à nos yeux et aux siens mêmes... Que Jacques se fît
soldat!... Il a vingt-deux ans, ce n'est pas trop tard...
Mais c'était bien un rêve. Ta mère ne le ramènera pas;
maintenant il reviendrait trop tard... Tandis qu'il
court les chemins là-bas, en compagnie de cette
créature, le mauvais renom monte et le suivrait au
retour... On ne reçoit point sous le drapeau un garçon
qui a fait...

— La pire des sottises, interrompit-elle encore,
puisque les suites en troublent votre esprit, mon
père... Pourtant... Oh! ne craignez rien, je ne veux
pas le défendre... mais puisque, enfin, nous l'aimons
tous les deux...

— Tais-toi, dit-il en la retenant violemment par le
bras. Tu ne sais pas ce que ton frère a fait avant ce
mariage... Tu ne sais pas pourquoi nous l'avions envoyé au loin !...

— Je ne veux pas le savoir, fit-elle résolument...
Un jour, il n'y a pas longtemps, vous m'avez fait jurer
de ne jamais vous le demander... Père, j'ai juré sérieusement.

— Il faut que tu le saches, continua-t-il, cela est devenu nécessaire. Je compte sur toi pour faire entendre
à ta mère qu'un seul parti nous reste à prendre : nous

devons quitter Paris, au moins pour un temps...
Mignonne, on ne gagne rien à faire tête à la méchanceté humaine. Je te dis que la meute est soulevée...
leurs morsures te déchireraient toi, la seule innocente...
Est-ce que je peux vouloir cette horrible chose-là ?...
Tu diras à ta mère que ce serait trop injuste... Mais il
faut que tu sois armée contre sa résistance, car je la
connais, elle n'est jamais lasse, elle... tu la verras te
résister... Écoute...

— Non, disait-elle, non. Père, je ne le veux point !
Mais il lui tenait toujours le bras serré, il parlait
d'une voix basse, à peine distincte. Renée pâlissait

— Qui sait cela ? demanda-t-elle.

— Cazaubon. Le drôle mangeait à notre table, et il
tenait notre secret ; il s'en amusait tout bas. Un jour,
il l'a dit en confidence....

— Il l'a dit ?

— A Privat, au Croisic. Privat, une heure après,
le répétait à ta mère. Il ne parlait de rien moins que
d'étouffer l'affaire sur la bouche du calomniateur, —
car il se disait prêt à soutenir que c'était une calomnie.
Il l'aurait provoqué, tué... Ta mère a été crédule...

— Père, s'écria Renée, cela se passait au Croisic ?
Mais depuis ?... Ah ! répondez ! Depuis, êtes-vous bien
sûr que M. Privat n'ait pas donné de suite à son
projet... généreux après tout ?...

— Voudrais-tu qu'il se fût battu pour toi ? dit
Anthelme...

— Oh! père, comme vous vous méprenez!... Il s'agit
bien de ce que je voudrais!... Au Croisic, et depuis,
c'est peut-être ma mère qui avait raison... Père, il n'y
avait qu'une chose importante... C'était de sauver
Jacques!...

— Même au prix de ton bonheur, à toi?

— Oh! moi, fit-elle plus bas, ce n'est rien!...

Un peu de rougeur remontait au joli visage; les
yeux de violettes se couvrirent d'un voile humide...
puis, tout à coup, pâlissant de nouveau, Renée chancela et s'appuya au bras de son père.

— Qu'as-tu? lui disait-il... je t'ai fait du mal... Ce
que je viens de te dire t'accable, mignonne... Le poids
est trop lourd, n'est-ce pas?

Elle regardait obstinément devant elle sans répondre.
Lui, machinalement, suivit la direction de son regard.
Il ne vit rien qu'un fiacre qui s'éloignait. Elle, dans
cette voiture, avait revu Cibelle.

C'était bien lui, amaigri, livide. La vieille personne
de campagne qui le gardait ne tricotait plus; elle se
tenait, d'un air inquiet, penchée sur le malade. Mademoiselle de Chevrolles se souvint d'avoir entendu
dire que la mère du peintre était une paysanne et qu'il
la faisait vivre auprès de lui. Il était aussi fier d'elle
que si c'eût été une riche bourgeoise. Ah! le brave
garçon.

Cibelle aussi avait vu Renée. Dans la blancheur de
ce visage, toujours si viril, les yeux du peintre s'al-

lumèrent, et, fixement, s'attachèrent à ceux de la
jeune fille. D'ailleurs, il ne fit aucun mouvement; il
n'essayait pas même de la saluer; visiblement, il ne
s'étonnait point qu'elle n'avertît pas son père.

Peut-être même lui en savait-il gré. A quoi bon
recommencer une amitié qui ne lui eût apporté que
de la contrainte? Il pensait qu'elle ne le désirait pas
plus que lui et qu'ils avaient raison tous les deux. On
ne renoue point le passé rompu... Les espérances de
Cibelle, au Croisic, n'avaient été que d'un moment;
pour lui, le souvenir n'en avait plus qu'une amertume très légère. Vieilles émotions qui ne comptaient
plus : il avait coupé cette branche morte.

Renée cependant ne se soutenait plus qu'à peine,
ses lèvres tremblaient.

— Père, dit-elle à Anthelme, je vous en prie, re-
tournons à la maison.

Ils regagnèrent le fiacre, Anthelme la soutenant,
l'interrogeant et, quand elle fut assise dans la voiture,
l'entourant des plis d'une fourrure qu'on avait heureusement apportée du logis. Il lui trouvait les mains
glacées à travers ses gants et il les retenait dans les
siennes.

Ce fut un nouveau supplice pour Renée : il était
penché sur elle; ainsi elle se trouvait placée sous son
regard : elle était bien obligée de retenir les larmes
qui l'étouffaient. En ce moment, elle ne souhaitait
plus qu'un peu de liberté et de solitude.

17

Enfin, on arriva. Anthelme la conduisit dans sa chambre. Elle s'étendit sur une chaise longue. Lui, se plaça sur un fauteuil, devant elle, de l'autre côté du foyer... Il ne comprenait donc point?... Deux ou trois fois, il lui parla, elle répondait d'un signe... Des larmes et des sanglots l'auraient soulagée; la présence d'Anthelme la forçait à retenir son cœur à deux mains et à se clouer les lèvres. Elle ferma les yeux; de temps en temps elle les rouvrait et regardait son père à la dérobée, se disant que c'est une torture quelquefois d'être trop aimée... Mais cela est si beau!

Comme elle était immobile, que le jour tombait et qu'Anthelme commençait à ne plus voir, dans la pénombre, traversée par moments des reflets de la flamme, qu'une forme sur ce sofa, il se leva doucement, croyant sa fille assoupie.

Il gagnait la porte, étouffant ses pas sur le tapis, quand il s'entendit appeler presque tout bas : Père!.. Et brusquement il revint.

— Non, non, dit-elle... Je vous ai assez retenu près de moi... Je crois que je vais reposer... Père, je suis trop lasse pour parler; aussi je pense... Je voulais, pourtant depuis ce matin, vous dire une chose... je me la rappelle à présent... Êtes-vous toujours l'ami de ce peintre...?

— Cibelle?... Si je suis son ami?... Pourquoi ne le serais-je plus? Le loyal garçon, je ne l'ai pas vu depuis trois mois... Il n'est pas à Paris.

— Il y est... Même, il paraît qu'il est malade.

— Malade, Cibelle ? s'écria Anthelme. Et je ne le savais pas !... Qui te l'a dit ?

— Qui ?... Mais personne... Un bout de journal que je lisais avant le déjeuner... Ces peintres occupent les journaux, vous savez bien...

— Cibelle est notre voisin; j'y cours, mignonne.

Il sortit, elle se leva. Enfin! seule! libre! Elle s'était affranchie d'une contrainte accablante, elle avait conduit son père où elle voulait le conduire.

Chez Cibelle! Ah! cela, pourquoi ? Quelle sotte envie d'entendre parler d'un homme qu'elle ne reverrait point et qui ne voulait pas la revoir ? Une heure auparavant, elle l'avait rencontré pour la dernière fois peut-être de toute sa vie... Cette rencontre avait eu comme un sens caché et prophétique, à l'instant précis où elle l'avait faite. Elle venait d'entendre toutes les raisons cruelles qui lui conseillaient de s'oublier elle-même, de se sacrifier résolument, héroïquement, sans mot dire et de rappeler Privat. Son père parlait encore, quand le peintre lui était apparu... Cibelle, l'image de l'honnête homme à qui la sœur de Jacques de Chevrolles ne pouvait espérer d'appartenir jamais. Il n'y avait plus qu'un mari pour elle... Sa mère souvent le lui avait dit, elle n'avait point compris sa mère... Qu'un mari!... c'était ce Privat.

Pendant une heure, elle avait si bien comprimé son cœur et refoulé ses larmes que ses yeux, maintenant, étaient secs. Ce qu'elle allait faire lui mettait aux lèvres un pli amer au lieu de sanglots... Mais elle y était bien résolue!...

Il fallait qu'elle revît Privat. Elle n'avait à lui dire que deux mots, mais qui seraient la sentence prononcée par elle contre elle-même, sans appel, sans recours en grâce. En deux mots, elle allait accepter le marché?

Ce marché, elle le voulait tel qu'il avait osé le lui offrir : il défendrait Jacques. Il avait de la puissance dans les cercles où se forgent les mauvais propos, il avait des relations, des amis; il ne craignait pas d'exposer sa personne puisqu'il avait une fois déjà provoqué ce Cazaubon. Qu'il trouvât le moyen d'étouffer pour jamais ces bruits abominables, qu'il s'engageât auprès d'elle à faire rentrer la paix à la maison, dans l'esprit de son père surtout, — qu'il fît cela, s'il le pouvait faire, comme il s'en vantait. — A ce prix, elle serait sa femme.

Elle entra dans la chambre voisine, qui était celle de sa mère, et là, dans un meuble, elle prit une carte de visite au nom de madame de Chevrolles. Son plan était formé : elle avait imaginé ce stratagème pour faire passer un avis à Privat, car elle ne pouvait lui écrire. Au bas de la carte elle traça quelques mots au crayon : Madame de Chevrolles priait M. Privat de vouloir bien passer chez elle. — Rien de plus régulier. — Elle mit le carton sous un pli et appela sa femme de chambre qui l'accompagnerait : elle allait sortir.

Une course oubliée et pressante servit de prétexte. Le pli fut jeté au passage dans une boîte de la poste. Un quart d'heure après, elle était rentrée. Anthelme, qui l'épiait, accourut à sa chambre.

—J'ai vu Cibelle, criait-il, en lui prenant les mains. Il n'est pas malade... Ah! le brave cœur!... Mais il paraît que la justice de Dieu n'est pas avec nous... Qu'avons-nous donc fait, mignonne ? Sache que Cibelle a provoqué Cazaubon... Malheureusement, le pauvre et généreux ami a été blessé...

Renée écoutait, toute droite, mortellement pâle.

— Blessé, murmura-t-elle. Lui! C'est lui qui a eu ce duel?... Ce n'était pas l'autre! Ce n'était pas Prival... Ah! le menteur!... Père votre fille est perdue.

Et s'affaissant, elle glissa, évanouie, aux bras d'Anthelme.

 ... Loin de Paris, maintenant, — à plus de
cent lieues. C'était un dimanche. Un homme entra
dans le bourg de Plancoët, un peu avant l'heure de
la messe.

Le brigadier de gendarmerie, qui se tenait sous le
porche de l'église, se glissa derrière un des piliers de
marbre gris qui portent de fines arcades du xvi⁰ siècle
surmontées d'une frise, présentant en sainte rangée les
figures des douze apôtres, sculptées en demi-relief.
Plancoët est, dans le présent, une pauvre commune
bretonne, et son église branlante est une merveille du
passé. Le subtil brigadier, à qui la mine de ce particulier, inconnu dans le pays, ne revenait guère, se

mettait en observation. Mais c'était un gendarme tout
rond, et il n'est pas bon que le ventre de l'autorité
pointe.

Le nouveau venu voyait fort bien une surface
jaune et convexe, dont le profil dépassait la ligne du
marbre : c'était le ceinturon du brigadier. Un sourire
effleura ses lèvres horriblement gercées par le froid,
si bien qu'on aurait dit une plaie sanglante au-dessus
de cette bouche populacière et féroce, armée de superbes dents. Bien loin de prendre peur, il s'approcha.
C'était un compagnon d'un peu plus de trente ans,
vêtu de l'habit des villes : jaquette, pantalon flottant
sur ses souliers, chapeau mou.

La jaquette avait été brune; elle était couleur de
lie de vin; des accrocs ouvraient les manches, des
loques pendaient au dos. Les deux jambes du pantalon,
à partir du mollet, n'étaient plus qu'une double frange
de guenilles battant les souliers éculés : un débris
de talon, une ombre de semelle; — et la pointe bâillait.

L'homme était moins ruiné que son costume : grand,
vigoureux, souple, bien que s'en allant lourdement,
mais avec des allures de fauve qui se ramasse pour se
ruer contre sa proie, il avait des traits assez réguliers,
presque une jolie figure. Si la gendarmerie de Plancoët avait couru le monde autant que les bois, elle
aurait reconnu sans peine, en ce maraudeur qui l'inquiétait, un coq faubourien des grandes villes.

Il en avait la marque dans cette bouche impudente,

immonde, aux lèvres flétries par la débauche, tordue par l'injure et la violence ignoble des mots, d'ailleurs meublée de ces belles dents saines et blanches. L'œil du compagnon était noir et brillant sous des paupières éraillées par les veilles, le verre en main, — rougies par les sommeils pris sur les bancs des cabarets, dans l'atmosphère des lampes fumantes et du vin, ou sur les berges de la Seine, sous les ponts, sur le sable des jardins publics, sous la bise, sous la pluie dont l'ivrogne ne se soucie guère.

Mais le brigadier Joblin à qui l'expérience de Paris manquait, avait celle des grands chemins ; il ne méconnut pas un vagabond, et sortant brusquement de sa cachette, il se dressa devant ce déguenillé.

Quand il accomplissait son devoir il avait une manière à lui de se rejeter le torse en arrière, ce qui, nécessairement, repoussait en avant le ventre de l'autorité sous le ceinturon jaune ; et le brigadier Joblin soufflait comme un phoque.

— Tout de même, je me fais un plaisir de croire que vous avez des papiers, l'ami ?

L'ami fit entendre un ricanement dont l'accent particulier aurait à l'instant transporté dans une rue de Montmartre un gendarme plus cosmopolite que Joblin ; c'était la gaieté de Gavroche. Le brigadier ne la connaissait pas, mais il la trouva déplaisante et bien osée.

— Que je n'aime pas qu'on me rie au nez, dit-il ; sachez ça.

L'homme leva les épaules et prit dans la poche de sa jaquette en guenilles un petit portefeuille qui embaumait; il était de cuir de Russie passé, taché, souillé, usé aux coins, et la soie de la garniture intérieure en était une autre loque, mais il gardait son odeur. Le compagnon y prit les « papiers » qu'on lui demandait, un passeport tout neuf, qu'il s'amusa un moment à agiter devant la figure de Joblin, en ricanant toujours. Le brigadier le lui arracha, le déplia et lut à haute voix :

— Gabriel-Henri Villars, trente-deux ans, né à Paris résidant à Paris, employé; taille de un mètre soixante et quatorze, yeux noirs, nez moyen, bouche grande, etc.

— Comme ça, dit-il, — le front de l'autorité était sombre, — vous êtes employé, vous?... Employé à quoi?

— Pour le moment, à mon plaisir, répondit Gabriel Villars avec un balancement de la tête et des épaules qui confirmait les indications du passeport; — encore un signe de Montmartre. — Les affaires chôment, l'industrie est dans le marasme, l'égoïsme est la devise des patrons. N'ayant plus d'occupation sédentaire, j'ai décidé que je visiterais notre belle France. C'est un pays superbe... pas trop libre... je me suis fait touriste.

— Touriste! répéta Joblin, qui devenait ironique. Sans bagages alors?

— On va plus vite.

17.

— Il faut que vous ayez déjà beaucoup marché pour avoir mis, comme ça, le bas de vos culottes en ficelle... Suffit !... Vous avez un passeport... Paraît que vous avez aussi des protections ; sans quoi, on ne vous l'aurait pas donné sur votre mine... C'est bon !... Ne vous y fiez pas ! on a l'œil ouvert.

Et le brigadier Joblin tourna le dos.

Gabriel-Henri Villars s'avança dans le cimetière qui entourait l'église ; machinalement, il examinait les tombes. Deçà delà, quelques croix fraîchement peintes sur des tertres neufs ; mais presque partout des débris enfouis dans l'herbe. Des renflements du sol sous cette végétation épaisse et jaunie par l'hiver indiquaient l'emplacement des anciennes sépultures. Là reposaient les vieux morts ; c'était bien le pays des ombres. Gabriel Villars subitement se mit à rire : il venait de penser qu'il était là comme chez lui. On le croyait mort.

Et pourtant il était vivant, bien vivant. Que de vicissitudes, de changements de scène dans cette existence, depuis quatre ans, déjà. D'où arrivait-il alors ? De là-bas, bien loin, derrière les mers, des îles où les bourgeois de la République avaient parqué par milliers les misérables qui, un jour, s'étaient avisés de vouloir prendre leurs places et brûler leurs maisons. Quatre ans auparavant, Villars, rentrant dans Paris, était déjà un revenant.

Il pouvait bien rire à la pensée de cette rentrée triomphale des bandits dont il était, et que ramenait

le vent de la fortune. Lui, le jeune chevalier de la
torche, déporté à vingt ans, on était venu le prendre
par la main; on lui donnait une place et le voilà plus
bourgeois qu'il n'avait jamais été. Et puis, il avait
rencontré cette jolie fille, Rosette la brune, l'adorable
Rosette, qui, trois mois après, était devenu son bien,
sa femme.

Gabriel Villars s'assit sur le mur du cimetière, mit
son menton dans sa main et songea creux.

Pourquoi avait-il quitté ce nid duveté et cette délicieuse Rosette? Pourquoi?... Qui sait ces choses-là?
On revient de l'exil au bout du monde, on devrait n'aimer plus que le repos! Ah! bien oui! On n'a d'autre
idée que de retourner à l'aventure. Et puis dans les
bureaux de la ville de Paris, on le gardait : c'était
tout. Un député le recommandait; on ne lui cachait
pas que, par lui-même, on ne le trouvait pas recom-
mandable. Enfin Rosette gouvernait trop le logis, ne
comptant point ses dépenses à elle, et chicanant sur
ses amusements à lui. Elle avait bien cessé d'être
tendre, la mignonne! Il s'en plaignait au protecteur
et celui-ci de rire. Le cher député le laissait libre.

— Garde ta place, mon garçon, ou va-t'en courir le
monde. En ce dernier cas tu auras une somme.

Voilà un mot qui rend un son flatteur! Une somme!
La fête, la ribote, tant qu'il y en a! Il était parti un
beau matin.

Quel rêve! L'argent s'envolait... Il n'y en avait plus,

il y en eut encore. Le naufragé écrivait, la bonne
grâce de l'ami député ne s'usait point. Le temps passait; parfois Gabriel Villars entre deux débauches
perdait cinq minutes à se demander ce qu'était devenue
sa Rosette... Un jour, — c'était à Lyon, — il eut un
sujet de grande gaieté. Un journal parisien était
ombé sous sa main dans le cabaret où il avait élu son
vrai domicile; on y faisait sauter les bouchons, en
discutant les moyens de faire sauter les bourgeois. La
gazette était mondaine : il y lut que madame Rosette
de Villars était « la reine » de plusieurs salons. Pas un
moment il ne s'y trompa : c'était bien elle.

Rosette passée grande dame, devenue « reine »; il
s'en pâmait de rire. Il avait toujours bien pensé qu'elle
ferait fortune et que ce serait par des chemins hardis,
bien que couverts, car il lui connaissait l'art de toutes
les fraudes. Celle-ci pourtant était trop forte ! Comme
il aurait pu la ramener à ce rien d'où elle était
sortie ! Il n'avait qu'à se montrer pour renverser l'édifice. Elle et son conseil étaient allés trop vite. Ils
avaient cru tout simplement que le divorce, qui pour
Rosette aurait été vraiment le renouveau, serait voté
au premier printemps.

Lui, voyait bien où ils voulaient en venir et ce qu'ils
lui réservaient. La sentence des juges qui ferait de lui
un demi-veuf, en cassant le demi-mariage qu'il avait
déserté, ne serait pas malaisée à obtenir. Après quoi,
n'ayant plus à le craindre, on se soucierait bien de

lui ! Adieu le tribut du généreux protecteur; la source
serait tarie où buvait le bon compagnon. Gabriel Villars sentait pourtant que sa soif n'aurait pas cessé.
Voilà ce qu'il était donc bien résolu d'empêcher. On le
connaissait mal si l'on pensait qu'il se laisserait arracher son droit sur Rosette. Il lui plaisait de ne pas
l'exercer pour le quart d'heure ; mais y renoncer, point !

La bande de loups à deux pieds, au milieu de laquelle il vivait à Lyon le vit rêveur pendant quelques
jours. Il s'ingéniait, il combinait. Que fallait-il ? se
défendre. Comment ? en s'arrangeant de telle sorte
que l'arrêt de divorce ne sût où le trouver... Si, par
exemple, il avait disparu ?... S'il était mort ?

S'il était mort, il reviendrait tout juste au moment
opportun, c'est-à-dire après le divorce prononcé, pour
mettre opposition à la sentence. Ce serait un méchant
tour, mais si plaisant ! Sans doute, il en souffrirait tout
le premier, puisque, se cachant jusque-là, il ne recevrait plus l'offrande du député. Bast ! un peu moins
d'aise pendant quelques mois. Mais après comme il
rattraperait en bloc ce qu'il aurait perdu en détail !
Comme il saurait se faire couvrir de belle monnaie
sonnante en échange de sa condescendance à ne point
troubler un bonheur déjà régulier, à ne pas provoquer
un nouveau jugement, — contradictoire celui-là, —
avec le bruit qu'il causerait ! Ce serait décidément un
coup de maître que de mourir pour mieux assurer sa
vie. Donc il était mort.

— Quelques jours après, les journaux de Lyon annonçaient qu'un soldat de la Commune venait de tomber, — Gabriel Villars; — et l'on déplora de ne pouvoir mêler des cendres d'otages à celles du héros... pour les apaiser!...

.,. Sur ce mur du cimetière de Plancoët, le *revenant* s'agitait en songeant à ces jours déjà lointains. Deux ans écoulés pendant lesquels l'existence avait été rude. Lui aussi avait compté sur le divorce. Quelle sottise! Le divorce ne venait point et le niais avait tué la poule aux œufs d'or... Les paysans commençaient d'arriver pour la messe; les cloches sonnaient. Le porche qui s'ouvrait sur la place du bourg était déjà rempli, les fidèles cherchaient la porte latérale en traversant ce cimetière et s'arrêtaient devant ce déguenillé sinistre. Villars ne leur faisait point l'effet d'un revenant, mais d'un dangereux vivant plutôt, ayant peut-être bien pour unique métier d'envoyer autrui dans un monde souvent plus mauvais, quelquefois dans un monde meilleur.

Lui, n'y prenait point garde. Il continuait de repasser ses misères. Une année en Suisse, sous un faux nom, une autre à Paris, perdu dans un faubourg, existant comme il pouvait, de hasards, d'industries, de rapines, plusieurs fois obligé de demander du travail, la dernière honte! Il confiait sa déconvenue et sa rage, la nuit, aux étoiles qui piquaient son pavillon de lit quand il couchait dans les fossés du rempart. Le vent de novembre le mordait sous ses haillons ; il lui disait : Je te connais. Si nous nous retrouvons encore une fois, c'est la faute du divorce !

Il allait hagard, considéré comme un fou par le peuple de vagabonds qui l'entouraient. Le pauvre hère s'était stupidement fourvoyé. On devait bien rire chez Rosette de sa ruse qu'on avait éventée !... La trame n'en était pas très solide, le protecteur avait pu s'informer : ces députés ont le bras long et des moyens d'enquête...

De la perte douloureuse que venait de faire madame Rosette, quelle preuve ? Trois lignes dans un journal que Cazaubon subventionnait ; si ce n'était lui, c'étaient les siens. Depuis cet avis, en effet, on ne l'avait point revu ; mais il pouvait se cacher...

Gabriel Villars s'avouait qu'il s'était abandonné à une vilaine chimère après boire. Et ce divorce ! ce divorce qui n'arrivait point !

Parfois l'envie le serrait à la gorge de reparaître et d'aller dire : Eh bien, oui, j'ai fraudé ! j'ai menti ! — Est-ce que cela pourrait étonner personne ? Une pointe d'orgueil sauvage le retenait... Quand il avait en poche de quoi entrer dans un cabaret un peu plus relevé que ses bouges, il consultait assidûment les gazettes mondaines, espérant y retrouver la mention qui l'avait, une fois, tant égayé à Lyon des succès de Rosette dans le monde honnête, *l'autre monde*, vraiment pour elle...

Un jour, enfin, il la trouva. Parmi les invitées à la

fête de madame X..., la femme d'un sénateur influent,
qui approchait du pouvoir, il lut le nom de madame
Rosette de Villars, la jolie veuve. — Rosette s'était
donc payée de l'avis mortuaire de Lyon, elle y croyait,
elle; mais lui? mais le député?

Six mois après, il recevait une étrange nouvelle. Un
billet en deux lignes, point de signature : « On sait
que vous n'êtes pas mort, et votre femme est remariée. » — Après cela cherche ton correspondant
anonyme, Gabriel Villars... Si tu as gardé ton flair
des anciens jours, tu n'auras pas trop de peine à le
trouver...

— Hé, le touriste! dit une grosse voix, près de lui,
tandis qu'une lourde main s'abattait sur son épaule,
— on a beau avoir un passeport, ce n'est pas une raison pour demeurer ici. On ne s'assied pas sur le mur
des cimetières... Vous mettez la paroisse à l'envers
avec votre bonne mine.

— Suffit, brigadier! dit Villars, qui se laissa glisser à terre, tout en imitant l'accent du gendarme.
Alors je fais peur à vos paroissiens.

— Vous feriez peur aux moineaux.

— Ma mise est négligée, j'en conviens. C'est que je
n'ai pas eu le temps d'en réparer le désordre depuis
Paris d'où j'arrive... J'ai de l'argent, brigadier, et si
vous vouliez accepter à boire...

. Le brigadier Joblin se redressa, frappa du plat de
sa main son ceinturon jaune, comme pour invoquer

l'attribut de la gendarmerie à laquelle on manquait
de respect.

— Allons! l'homme, dit-il, qu'on déguerpisse!

Le misérable obéit. L'affluence avait grossi autour
de l'église, les cloches sonnaient la dernière volée, on
arrivait par les rues tortueuses du bourg qui débou-
chaient sur la place, par le grand chemin qui la traversait : les hommes portant les débris du costume national,
le grand chapeau rond orné de la boucle d'argent ou
d'acier et de rubans flottants, la veste bleue brodée,
avec le pantalon moderne, au lieu des vieilles braies
celtiques et des guêtres ; les femmes en jupe écarlate
ou noire, le corsage guindé, bouffant aux épaules,
s'ouvrant et formant le gilet sur la poitrine, et presque
toutes jolies, pendant la courte durée de la jeunesse
aux champs, sous leurs coiffes blanches à petites ailes.
Des forestiers se mêlaient à la foule, car Plancoët est
situé entre une grande forêt domaniale et la mer. —
Le cadre sombre se déploie au nord et à l'est, bordé
d'une ligne de parcs et de châteaux assis sur la rivière qui court vers l'Océan. C'est de ce côté que regardait Gabriel Villars, tout en battant en retraite devant
l'humeur décidément revêche du brigadier Joblin.

Dans le cimetière, on grommelait autour de lui, on
ne marchandait pas les épithètes malsonnantes au
vagabond; ces compliments étant proférés en bas
breton, il ne les comprenait point, mais il pouvait en
deviner le sens à l'air enflammé des visages. Les

femmes se démenaient, les garçonnets ricanaient.
Comme il arrivait aux marches étroites qui descendent à la place, entre deux petits murs à hauteur
d'hommes, il se vit serré par une haie menaçante.
Au-dessous de lui, cette place tout encombrée de
monde; au-dessus, une houle de têtes, deux cents
regards qui le suivaient; — et des deux côtés, une
grande huée qui s'éleva.

Gabriel Villars se souvint des foules au milieu des-
quelles il avait marché autrefois, aveugle, ivre comme
elles. On se serrait autour de la proie, comme cela
justement, on enveloppait l'otage en poussant des
huées féroces. C'était le peuple parisien alors, main-
'tenant c'était le peuple des champs. Là-bas on déchirait le magistrat et le prêtre; ici on en voulait au
bandit... Le misérable avait de la mémoire, il pâlit.

Un forestier cria : Pourquoi ne l'empoigne-t-on pas
celui-là? Où sont les gendarmes? — Le brigadier
Joblin arrivait, se frayant malaisément un passage,
en dépit du bicorne galonné; chemin faisant, il expliquait qu'il ne pouvait rien contre ce compagnon-là,
qui était muni d'un passeport régulier. La foule se
refermait derrière lui, n'en grondant que plus fort. Ce
propos qu'on se répétait courut jusque sur la place; la
rumeur redoubla. — Un passeport à ce va-nu-pieds !
En quel temps vivait-on? Les voleurs finiraient-ils par
remplacer les gendarmes? — Le brigadier avançait
toujours lentement, exposant que l'homme était deux

fois en règle, qu'un passeport n'était plus de rigueur,
que celui-ci avait pris un comble de précautions et
qu'il n'avait pas mal fait. Villars, qui le sentait derrière
lui désormais, se redressa et voulut reprendre son
chemin. On le laissait passer, mais, lentement, le serrant encore; les femmes lui mettaient le poing au
visage.

Tout à coup une voiture, accourant de la route, au
grand trot de deux vigoureux postiers, déboucha sur
la place. C'était un breack conduit par le maître,
ayant un domestique auprès de lui sur le siège; dans
la caisse, une femme en riche parure d'hiver et un
enfant, — des châtelains du voisinage se rendant à la
messe. Le breack décrivit sur la place une courbe
savante qui devait le conduire au porche de l'église; la
foule recula. L'instant était bon pour Villars, agile et
hardi comme il était. Il bondit au-devant des chevaux
dont la tête le toucha, il était bien sûr que les mégères
de campagne n'auraient pas envie de le suivre. Le
châtelain vit ce frénétique qui passait comme une
ombre au front de ses postiers, se rejeta vivement en
arrière, serrant les rênes et laissa échapper un cri de
colère. De l'autre côté de la voiture, le fuyard se
retourna. La haine et la rage l'emportaient en lui sur
le souci même du salut, il ne pouvait souffrir que ce
riche passât, sans lui avoir lancé le défi :

— Toi qui écrases le peuple, je te retrouverai ! cria-
t-il.

Et ce côté de la place étant presque désert, il se lança sur la route. Il espérait bien n'être pas poursuivi, les cloches se taisaient, la messe commençait. D'ailleurs ces paysans sont lourds; il n'y a que le fauve des villes pour bien courir. Au bout de cinq ou six minutes, il s'arrêta, mesurant l'espace. Il était à cinq cents pas au moins; derrière lui, personne. A gauche de la route s'élevait un bouquet de chênes qui gardent jusqu'au milieu de l'hiver leurs feuilles rouillées; il s'y jeta pour se donner le temps de reprendre haleine.

A peine avait-il gagné cette cachette assez sûre, qu'un bruit de grelots retentit; puis ce fut le pas allègre, vivement cadencé, de deux chevaux de petite taille, aux jambes nerveuses. Villars avança prudemment la tête entre les branchages des chênes que le vent secouait au-dessus de sa tête avec des bruits de vieilles armes entre-choquées et des froissements de fer.

L'équipage approchait : une voiture basse, deux poneys que conduisait une jeune femme vêtue, à la russe, d'une large pelisse fourrée, coiffée d'une toque de martre. Près d'elle, sur un coussin moins élevé, un homme était assis. Sur le siège de derrière se tenait un domestique dont l'attitude empesée disait assez l'origine : c'était bien un objet exotique, un vrai groom ramené de l'autre côté du détroit. Sûrement, il n'entendait pas un mot de français; aussi les maîtres causaient-ils librement. La voiture, lancée d'un grand train, rencontra sans doute une pierre, il y eut un cahot, la toque de fourrure se dérangea et glissa sur l'oreille de la jeune femme. Son compagnon la replaça sans qu'elle quittât les rênes, et, sous les bords de l'élégante coiffure, rajusta des boucles noires qui s'échappaient.

Elle le remercia d'un sourire, leurs visages se touchaient... Alors, du bouquet de chênes s'éleva un éclat de rire, et madame Jacques de Chevrolles, oubliant qu'elle menait des chevaux fougueux, se rejeta éperdue sur l'épaule de son deuxième mari, le mari de la veille. — Le groom, heureusement, glissant en bas de son siège, avait pu courir à la tête des poneys qui se cabraient.

Jacques entourait la taille de la pécheresse d'un de ses bras.

— Qu'as-tu? lui disait-il.

Elle ne répondait point; elle était froide et toute blanche, ses dents claquaient. Il la grondait. Était-il raisonnable de prendre tant de peur pour un drôle qui s'amusait à ricaner sur leur passage? Il lui offrait de descendre de la voiture, de fouiller le petit bois où, sûrement, il trouverait le rieur : il le châtierait d'importance. Mais elle s'attachait à lui de toute sa force; sa gorge était encore trop serrée pour qu'elle parlât; son regard défendait à Jacques de la quitter.

Enfin, elle se ranima. Lentement, elle se redressait; un sourire de défi courut sur ses fines lèvres cruelles; un pli se creusait à son front. D'un geste brusque elle reprit les guides que le groom lui présentait :

— Vous avez raison de me gronder, Jacques, dit-elle ; ce n'était rien. Mettons que j'ai été folle !

Gabriel Villars avait rampé sous les chênes jusqu'au fossé qui formait la bordure du bois et s'y était blotti. Il entendit la voiture qui recommençait de rouler sur la route, secoua la terre noire et les feuilles sèches attachées à ses haillons et se remit à rire, mais cette fois tout bas... Il savait bien qu'elle était hardie, cette petite Rosette. Elle allait à la messe, elle s'agenouillait dans les églises. Il n'aurait pas osé, lui !

Ainsi c'était bien vrai ! c'était bien elle, et remariée ! Plus jolie qu'autrefois ! Quel air de princesse sous ces fourrures ! Elle menait avec elle ce pauvre jeune bourgeois qu'elle avait ensorcelé. Ce Jacques de Chevrolles ne jouirait peut-être pas bien longtemps du paradis en ce monde. Le paradis dans l'autre, c'était différent ! Un certain Gabriel Villars avait le droit, après tout, de lui en ouvrir le chemin. Ah ! nos amoureux s'étaient réfugiés dans ce fond de campagne et s'y croyaient en sûreté. Rosette, là-bas, avait été mordue par le mal du pays, par la vanité aussi, par le désir de faire la grande dame régulière, la châtelaine, en ce coin des Anglais où personne ne pouvait la connaître ; car c'était ainsi qu'on nommait Plancoët dans toute la Bretagne : Le coin des Anglais.

Presque tous ces châtelets qu'on apercevait de la place du bourg, noyés dans les branchages noirs d'hiver, c'étaient des logis loués chèrement par ces insulaires qui ne peuvent se tenir chez eux ; la beauté des sites les attirait ici. Des Anglais partout, des protestants : c'est pourquoi il y avait peu de beau monde à la messe. Parmi eux, les hôtes d'un petit Castel, là-bas, qu'on nommait Kerdaniel faisaient figure, — une jolie figure. Ils étaient à croquer tous les deux... Aussi on les croquerait ! — Et Gabriel Villars de rire plus fort.

Jacques de Chevrolles avait apparemment trouvé une bonne somme à emprunter d'un usurier international exploitant Paris et Londres. Son père lui avait envoyé 20 000 francs. Rosette était d'humeur généreuse ; elle avait consenti à vendre quelques-uns de ses diamants, elle escomptait l'avenir. Aussi l'on dépensait largement ! On avait pris Kerdaniel à bail, on avait acheté ces gentils poneys et l'équipage... Le magot des fugitifs devait être ébréché... Bast ! ils en auraient toujours assez pour le temps que Gabriel Villars, le maître et le justicier, leur donnait à vivre ensemble. Videz la coupe, mes mignons !... Pendant ce temps, la mère du bel épouseur courait en Angleterre après les tourtereaux. Elle devait prendre de l'amusement, la bonne dame !... Gabriel Villars savait cela, il savait tout !

Avec des précautions infinies, il sortit de sa cachette, étudiant le terrain autour de lui. Au delà de la chênaie, des cultures, sur la gauche de la grande

route; entre les champs, un sentier qui revenait aux
dernières maisons du bourg de Plancoët. C'est là qu'il
devait aller.

Le bandit comprenait maintenant son imprudence.
Pourquoi n'avait-il point rejeté depuis Paris l'horrible
défroque de sa misère, quand sa poche était bien
garnie? C'est que, d'abord, la première condition imposée par celui qui avait fourni le nerf du voyage était
la hâte : — Va, mon brave! On te conseille de ne pas
perdre une heure pour faire connaître ton droit! —
Et puis la joie furieuse de sentir cet argent dans sa
main! L'étourdissement de la ribote enfin renaissante,
enfin libre, le long de la route! Et le plaisir du défi;
Ces employés du chemin de fer, ces gendarmes qui le
toisaient sous leurs casquettes galonnées et leurs
bicornes, et qu'il avait de quoi terrasser d'un mot, en
exhibant ces fameux papiers reconnus si bien en règle
par le brigadier Joblin! Ces paysans, ces demi-bour-
geois qui, dans la voiture de troisième classe, s'écar-
taient de ses haillons, et qu'il bravait! Tout cela,
c'était l'amusement du misérable, c'était sa revanche!

Mais la revanche à Plancoët avait failli lui coûter
trop cher. Désormais, il était signalé dans les environs
du bourg, il devenait le prisonnier de ses guenilles; il
fallait donc les secouer pour être libre. Lentement il se
dirigeait vers les maisons; il pensait bien pourtant
qu'elles étaient désertes. La population, presque entière, était renfermée dans l'église ou se tenait dans le

cimetière et sous le porche, à la manière des paysans bretons, qui entendent volontiers la messe au seuil du sanctuaire, tête nue, un genou en terre, égrenant leurs chapelets.

Dans ce gros bourg, il devait bien y avoir un marchand d'habits. Le vagabond traversa une ruelle; une femme était sur sa porte et rentra vivement; il l'entendit qui poussait les verrous. La ruelle joignait la rue principale qui devait, un peu plus loin, s'ouvrir sur la place. Il n'y avait pas fait dix pas qu'il vit ce qu'il cherchait. A la devanture d'une boutique, des blouses sur des perches, des vestes de paysans, des vareuses de marins; derrière la vitrine, des piles de chemises. Il hésitait pourtant, il y avait de quoi : sur le seuil de la boutique était couché un énorme chien, muni d'un collier à pointes de fer, qui se dressa en grondant. La marchande s'avança. Dans la poche de l'horrible pantalon qui se terminait en ficelles sur les débris de souliers, Villars prit une poignée de pièces d'or qu'il montra... La marchande fit reculer le chien..

... La messe alors venait de finir; la charmante petite église rendait le flot humain qu'elle avait engouffré. Les paysans demeurèrent en groupes sur la place, les *femmes* se bousculaient sous le porche pour voir sortir les *dames*, — la nouvelle venue, surtout, dans le pays, la dame de Kerdaniel, si jolie sous « ses peaux de bêtes ». — Les uns disaient que c'était une Anglaise, les autres que c'était une Russe.

18

Madame Rosette de Chevrolles parut au bras du châtelain, dont le breack, une heure auparavant, avait failli renverser le vagabond qui mettait en rumeur toute la population du bourg. Jacques de Chevrolles les suivait, conduisant la châtelaine. Les deux voitures attendaient les maîtres. C'étaient des voisins, et ce châtelain portait un des beaux noms de la province; on s'était lié d'amitié très vive. Ce dimanche, après la messe, il y avait un grand déjeuner au château du Poulguen; M. et madame de Chevrolles devaient être au nombre des convives.

Les femmes de Plancoët ouvrirent de grands yeux, et les langues bretonnes s'en donnèrent. La dame de Kerdaniel avait eu la fantaisie de changer d'équipage : la petite Rosette, juchée sur le haut siège du breack, à côté du châtelain, prit en main les guides des grands chevaux attelés en poste avec de grosses sonnettes et des queues de renard leur battant le front. On plaça l'enfant dans la caisse, sous la garde du domestique. La dame du Poulguen s'assit auprès de Jacques de Chevrolles, dans la voiture basse; elle allait conduire les poneys.

Au Poulguen, superbe déjeuner. Les châtelains anglais des environs étaient là, et les étrangères aux cheveux pâles que Rosette écrasait de l'éclat de sa beauté brune. Le soir, la fête devait se renouveler au château de Larmor, chez un riche baronnet. Le lendemain, il y aurait grande chasse dans la forêt doma-

niale, qu'on tenait à bail. Au fond du pays breton, on
passait gaiement l'hiver.

A quatre heures, les hôtes de Kerdaniel regagnaient
leur pittoresque logis, assis entre la rivière et la forêt.
Un chalet presque tout neuf, au toit de tuiles rouges
en auvent, aux volets bruns, aux balcons de bois
découpé où montait le lierre. Au devant, un bosquet
de chênes verts et de grands pins, puis un jardin
planté de massifs de camélias, près de fleurir en pleine
terre, sous cette atmosphère tiède et molle ; ce jardin
toujours vert se terminait par une terrasse, épaulée
sur une roche au-dessus de la rivière ; on y recevait
le souffle de cette eau déjà marine, car la mer
battait à moins d'une lieue de là. En ce moment, le
flot montait.

La terrasse, exposée à l'ouest, s'éclairait des derniers
feux d'un soleil pâle, qui, dans l'après-midi, s'était
enfin décidé à percer les nuées. Aussi Jacques et
Rosette y vinrent-ils, se tenant par le bras. Ces lueurs
mourantes se jouaient sur le dôme dépouillé des
grands bois ; une flèche d'argent glissait obliquement
sur la rivière. Les amoureux, qui se berçaient de
rêves et qui vivaient de fraude, s'assirent paresseuse-
ment sur un banc rustique. Rosette se mit à repasser
avec animation l'emploi de la journée. La soirée serait
charmante à Larmor. Et cette chasse, le lendemain !
Quelle bonne idée elle avait eu de conseiller à Jacques
le séjour dans ce pays perdu où l'on s'amusait ! On y

était bien caché, et l'on était pourtant en France. Elle avait appris, par hasard, à Londres, l'existence de cette colonie anglaise autour de Plancoët. Le succès qu'ils y avaient rencontré tous les deux était un présage. Elle avait bon espoir dans l'avenir, les résistances s'useraient au-devant d'eux; on leur ferait justice!...

En disant cela, elle secouait ses admirables boucles noires. Des éclairs s'allumaient dans ses yeux de velours et de feu; elle avait un petit froncement méchant de la lèvre. Et comme elle demandait à Jacques si, de son côté, il n'espérait point, il se pencha sur la main mignonne qui tenait la sienne et la baisa passionnément... Oui, il espérait! Oui, on finirait bien par rendre justice à sa chère Rosette. Son père céderait, il était bon...

— Soit, fit-elle de sa voix mordante et chaude... mais il reste votre mère, et nos ressources s'en vont.

La jolie femme craignait la disette!... Une peur bien naturelle aux yeux de Jacques. Le pauvre enfant ne se doutait guère de tout ce qu'elle avait fait en sa vie pour la conjurer. Il se mit à la rassurer de son mieux. Sans doute, le mécontentement de sa mère s'augmentait en ce moment même du dépit que devaient lui causer ses recherches inutiles en Angleterre... Mais cela, ce serait l'affaire de quelques semaines... Et n'était-ce pas encore meilleur qu'une entrevue qui aurait tout gâté?...

— Oui, interrompit Rosette, avec son sourire aigu, je n'aurais pu la supporter! Allez, je sais bien de quoi votre mère m'accuse! Je suis une voleuse de cœurs! J'ai été son amie... et ma trahison est infâme... Je lui ai volé... je vous dis que c'est son mot... je lui ai volé son fils! Elle ne sait point que je n'ai cédé qu'à vos prières... ou plutôt, elle ne veut pas le savoir... Vous étiez fou... Est-ce que vous ne me menaciez pas de vous tuer là tout simplement, mon pauvre cher Jacques... Moi, j'avais bien envie que vous continuiez de vivre!...

Elle riait franchement et s'était attachée de ses deux bras au cou de son mari :

— Il faut de la patience, vois-tu, j'en aurai. Tu dois commencer à me connaître. Nous vaincrons parce que nous sommes deux êtres forts... Moi, surtout!... Tu vivras, mon mignon, et bien heureux par ta Rosette, ta femme... Car on a beau faire, je suis bien ta femme à présent...

L'autre mari arrivait au pied de la terrasse.

Qui aurait reconnu Gabriel Villars? Il avait le costume de bourgeois de campagne : une longue redingote noire que, dans ce pays lointain, on appelle encore une « lévite », de grosses culottes bleues de drap marin, un chapeau rond. Sous cet habit de fermier aisé, il allait, lourd, empesé, gauche comme un fauve apprivoisé qu'on aurait affublé d'oripeaux pour la foire.

18.

Mais il avait impunément traversé deux hameaux, et tout à l'heure, passant devant la maison d'un garde forestier, il avait pu y entrer sans crainte, et demander sa route ; la femme du garde la lui avait indiquée. Maintenant, il venait de quitter le sentier battu, se coulant entre les arbres qui s'étendaient jusque sur la berge, formant ainsi autour du chalet un cadre d'épaisse ramure. A travers les branchages, il vit, sur le banc de la terrasse, Rosette les bras passés autour du cou de Jacques.

Pour ne point rire et crier, comme sous le bouquet de chênes, au bord de la route de Plancoët, le misérable mordit sa lèvre sanglante ; mais une effroyable expression de haine et de menace furieuse passa sur cette face hâve. Et dans la poche de sa « lévite » neuve, Gabriel Villars s'assura qu'il avait bien son couteau.

Un moment, il s'arrêta, il se posait une question : — L'intérêt qu'avait eu le député Cazaubon à laisser croire à Rosette que le mari d'autrefois était mort sautait aux yeux ; il la tenait ainsi par l'espérance d'un mariage qu'elle devait souhaiter, puisqu'elle avait une rage de se remarier, la mignonne... Mais elle, l'avait-elle jamais bien cru ?

Le fait est qu'elle n'avait jamais tenu dans ses menottes l'acte de décès de Gabriel-Henri Villars... Plus tard, quand elle s'était affolée de ce beau fils qu'elle embrassait là-bas, sans se douter que ce fût

un baiser d'adieux, n'avait-elle pas résolument passé
outre?... Bast!... le divorce arrivait en France, un
mariage en Angleterre n'est pas un vrai mariage...
Elle se tirerait toujours bien de peine si *l'ancien*
reparaissait... C'est qu'elle était terriblement hardie,
la petite Rosette!...

Et terriblement jolie!... Le bandit pouvait maintenant, d'un bond, escalader la roche qui portait la terrasse... Il tourmentait le manche de son couteau dans
sa poche :

— Elle, la toucher, lui faire du mal, jamais!
disait-il... Quant à lui!...

XI

Anthelme, sur la pointe du pied, sortit de la chambre de sa fille. Une crise avait succédé à l'évanouissement où Renée était tombée au retour du parc Monceau ; on avait mis mademoiselle de Chevrolles au lit, mais elle exigeait que son père demeurât près d'elle, et ne voulait point qu'il ôtât sa main des siennes. Elle avait des sourires suppliants.

— J'ai peur ! disait-elle... Si vous saviez comme j'ai peur !...

Deux fois il essaya de l'interroger : qu'avait-elle donc voulu dire par ces mots inexplicables : *votre fille est perdue ?*... Elle ne répondait que par un brusque tressaillement ; les nerfs n'étaient pas apaisés,

il était bien obligé de se taire. Alors elle retombait
dans sa rêverie.

Mais si quelque bruit se faisait dans une chambre
voisine, surtout si elle entendait s'ouvrir et se refermer
la porte cochère, elle se dressait sur le lit, plus pâle,
prêtant l'oreille.

— Père, n'a-t-on point sonné à la porte de l'appartement ?...

Non!... On n'avait point sonné. Ce n'était pas le
terrible visiteur attendu. Renée paraissait se calmer
pour un moment.

— Père, murmurait-elle, on dit quelquefois : je
donnerais un an de ma vie pour n'avoir pas fait telle
chose...

— Qu'as-tu donc fait ? demandait-il.

— Moi ? Rien. Votre fille divague.

Ce n'était pas un an, c'était la moitié de sa vie qu'elle
eût donnée pour n'avoir pas adressé à Privat ce
funeste billet.

Il allait venir... Ah! sans perdre de temps. Elle ne
pouvait même espérer qu'il tardât... Il est vrai que ce
soir-là, du moins, il ne serait point reçu. Mais, en
apprenant qu'il s'était présenté, que dirait Anthelme?
Et que répondre, elle ?...

Sans cesse, elle s'agitait, demandant l'heure... Enfin,
onze heures sonnèrent, elle respira. Privat, sans
doute, n'était pas chez lui quand le billet était arrivé,
il ne le recevrait que fort tard, peut-être dans la nuit.

Maintenant il ne viendrait plus que dans l'après-midi du lendemain. Elle avait une nuit, une matinée pour se préparer à l'entrevue et pour prendre un parti. Alors elle cessa de lutter contre la fatigue qui la brisait et s'abandonna. Elle dormait à présent.

Le matin la trouva bien plus forte. C'était un dimanche. Elle se fit accompagner de bonne heure à la messe. Le temps était presque doux : un petit soleil, tamisé par des nuées grises, visitait Paris, comme là-bas, le dimanche précédent, il visitait la côte bretonne.

Mademoiselle de Chevrolles, en rentrant, passa d'abord chez son père : Avait-on des nouvelles fraîches de sa mère et de Jacques? C'était elle qui le demandait à présent. Point de nouvelles. Anthelme et sa fille se regardèrent, ils sentaient tous deux, sans savoir pourquoi, une pointe d'angoisse. Mademoiselle de Chevrolles se retira chez elle. Ce pâle soleil était un hôte si rare qu'elle lui eût volontiers ouvert sa croisée... Elle ne le pouvait plus, elle était prisonnière... Si plus bas, au côté opposé de la rue, elle voyait une autre fenêtre s'ouvrir!... Peut-être Privat s'imaginerait-il qu'elle se montrait pour confirmer le billet de la veille, inquiète de penser qu'il avait remis sa visite et qu'il n'était pas empressé de conclure le marché.

... O Dieu! qu'il vînt à présent quand il lui plairait, elle était prête! On ne savait pas à quel point le repos et la méditation de la nuit avaient mûri son courage!

Qu'il vînt, toutes les bonnes grâces maintenant à la bouche, au lieu de ces lâches menaces!...

Elle erra dans sa chambre, cherchant, sans le trouver, un livre capable de lui remplir l'esprit pendant quelques heures. Elle aurait voulu ne plus penser, oublier tout jusqu'à l'instant de la bataille... Sur une table il y avait un journal que son père avait apporté chez elle le soir précédent et qu'il n'avait pas lu. Machinalement elle le déplia, puis, elle aussi, ne songea plus à le lire.....

Un souvenir s'était ravivé qui lui rendait un sourire triste. Des journaux, on savait bien qu'elle ne s'en souciait guère. Aussi quel étonnement que celui de son père, la veille, lorsqu'elle lui disait avoir appris par un journal la maladie de Cibelle!... Et quelle pensée lui était venue de le dire! Car enfin, elle ne le voulait point, elle était bien résolue à ne pas parler de cette rencontre dans le parc Monceau. Une volonté plus forte que la sienne lui avait décloué les lèvres. Il fallait bien que cette contrainte lui fût venue d'une puissance favorable qui voulait la sauver. Si elle avait gardé le silence, elle n'aurait connu ni le dévouement du peintre ni l'odieuse supercherie de Privat. Ce billet qu'elle avait écrit la tiendrait maintenant liée, asservie, condamnée...

Elle allait, battant le tapis de son petit pied, crispé dans sa mule, les mains frémissantes. Une mêlée de pensées et de sentiments se choquaient dans ce jeune

esprit vaillant et pur qui ne se connaissait guère avant
l'heure du péril. Ah! le lâche! ah! le menteur! Comme
elle allait trouver une joie sincère à le confondre! A
lui les menaces autrefois, à elle le défi à présent!...
Le brave cœur que Gibelle! Comme son père avait
raison de le dire sans cesse!... Se dévouer, sans rien
dire, risquer sa vie, presque la perdre, recevoir pour
prix de sa générosité cette blessure injuste, tout cela
sans se plaindre!..... Puisqu'il faut aimer et être
aimée, puisqu'on dit que c'est la loi de la vie, voilà les
hommes qui doivent la rendre glorieuse et douce...
Et pourtant elle ne reverrait sans doute jamais le
peintre qui s'était battu pour elle. Car il n'y avait pas
à s'y tromper : si Jacques, si ce méchant garçon qu'il
fallait toujours défendre, n'avait pas été le frère de
Renée de Chevrolles... O Jacques, elle t'aimait bien,
cette petite sœur qui avait été si près de se sacrifier
pour ton honneur et pour ton repos... Si tu avais
connu l'amertume du sacrifice, qu'aurais-tu dit pourtant? N'aurais-tu pas eu bien de la honte et quelque
peur de ton ouvrage?... C'est donc une destinée pour
une honnête femme d'être enchaînée à un homme qui
lui a forcé le cœur!...

Épuisée par la violence des émotions qui venaient
de l'assaillir, mademoiselle de Chevrolles se laissa
tomber sur un fauteuil. Elle mit son front dans sa main,
elle songeait aux étranges chemins qu'on lui avait
déjà fait parcourir. C'était donc la vie, cela! Un mot

mystérieux pour elle deux mois auparavant et dont
elle n'aurait cherché de longtemps à démêler le sens...
On lui avait appris trop tôt à le connaître. Et la brave
fille se releva... Elle entendait bien comme Cibelle
supporter sa blessure sans plainte !... Eh bien, oui,
l'expérience avait été rude... Mais, en revanche, sa
conscience était-elle moins claire ?... Se sentait-elle
le cœur moins ferme et moins tendre, moins épris de
ce qui était beau et de ce qu'elle croyait juste ?

... L'après-midi commençait et décidément elle ne
ressentait aucun trouble. Tout allait s'arranger pour
le succès du plan qu'elle avait formé. Son père sor-
tirait suivant sa coutume ; elle lui avait fait entendre,
dès le matin, que sa promenade, ce jour-là, serait
solitaire. Il n'apprendrait rien de ce qui se serait
passé en son absence. Le combat serait entre elle seule
et celui qui venait chercher le châtiment sans le savoir... Ah ! cette fois, Privat ne mentirait point, en
disant qu'il avait eu un duel !

Il se présenterait, demandant à voir madame de
Chevrolles qu'il croyait de retour. C'est auprès de
mademoiselle de Chevrolles qu'on l'introduirait...
Un duel, oui, vraiment ! Et sans merci... Ah ! comme
il allait payer cher à l'avance le mal qu'il essayerait
ensuite de faire à Jacques, et comme elle vengerait
Cibelle !

Deux heures seulement. Elle reprit le journal dé-
plié sur la table... Distraitement, elle le parcourut.

19

Par moments, elle s'astreignait à lire à haute voix
pour ployer son attention à suivre les lignes ; mais
elle avait beau faire, son esprit se cabrait contre ce
ramas de choses oiseuses ou frivoles et indifférentes,
et la ramenait aux chemins d'où elle avait voulu s'é-
carter. Jacques, là-bas... Plus près d'elle, tout près
dans la rue voisine, Gibelle qui souffrait... Gibelle
qui, sans doute, avait sur le cœur le regard froid et
vide qu'elle lui avait jeté la veille au passage et auquel
il n'avait point daigné répondre par un salut... Puis
l'autre, celui qui était la cause de cette cruelle injustice, celui qui avait voulu faussement, bassement en
usurper le profit, celui, enfin qui allait venir pour être
puni...

Tout à coup elle eut un cri étouffé... Le titre d'une
des nouvelles friandes que le journal donnait à foison,
venait de passer en lettres de feu devant les yeux de
la liseuse indolente. Il était long, ce titre, parce qu'il
avait voulu être clair ; on l'avait imprimé en lettres
grasses qui forçaient le regard ; c'était vraiment une
méchante enseigne : *Un scandale. L'intégrité d'un*
fils de la Durance. Révélation sur le député X...
Renée, désormais, lisait avidement.

« O vénalité, lèpre abominable !... » C'est par ce
beau mouvement d'éloquence que débutait la note
perfide de la vertueuse gazette. « Tout n'est que vénalité ! » ajoutait-elle. Eh ! cela, parbleu, les garçonnets le savent dans leurs collèges, les filles à dix-huit

ans ne l'ignorent pas. La chanson de l'or a envoyé
son écho jusque dans les couvents, par-dessus les
grands murs. En ces lieux sévères où l'on enseigne au
nom du Dieu des pauvres et de la charité, on sait
vaguement qu'il y a des larrons puissants et des voleurs favoris qui ont poussé bien haut leur fortune,
— en sorte que la chute de l'édifice est bruyante et
qu'il y a du pauvre monde écrasé sous les ruines.
L'argent mal acquis, on ne parle que de cela partout,
et quand on dit d'un enrichi sur un certain ton :
C'est un homme qui a de bonnes chances, — cela
signifie pour les personnes bien informées : Voilà
un heureux bandit!...

Mais nulle part autant que chez Anthelme de Chevrolles, autrefois, on ne saluait ces richesses scanda-
leuses par des gaietés écrasantes. Nulle part, on ne
savait si joliment les raconter par le menu, les prenant à leur source trouble, les conduisant à leur épa-
nouissement effronté. Le maître du logis y dépensait
toute sa verve. On croyait assister au tripotage ; on
entendait le glouglou des pots-de-vin, le chuchote-
ment des « marchés » secrets; c'était un tableau
complet. Il y avait de belles indignations autour de la
table. Cazaubon criait avec l'accent de la Durance
qu'il fallait faire sauter cette société bourgeoise qui
se décomposait, et l'on riait des rages honnêtes et ra-
dicales de Cazaubon.

Tillaudière, sa face pointue et sa mine sèche, disait :

— Personne n'a donc les mains nettes !

Alors Anthelme seul osait rire et répondait :

— Il y a moi qui les ai toujours eues et le petit Privat qui les a encore, parce qu'il n'a pas trouvé l'occasion de les mettre dans la bourbe qui charrie les paillettes ; mais, je vous le dis, il les y mettra.

Ces propos violents passent sous la couleur du badinage, l'esprit permet tout, et l'on est bien obligé de pardonner du bout des lèvres à un amphitryon qui s'amuse. Mais tôt ou tard ces vérités dites en riant se payent ; Anthelme les avait chèrement payées.

A Dieppe, deux ans auparavant, la saison ayant été fertile en enrichissements soudains, la politique ayant déchiré ses voiles et bien fait voir dès ce temps-là qu'elle entendait ne plus déguiser ses rapines, l'éducation de Renée de Chevrolles avait reçu son achèvement aux dîners du chalet. Aussi comprenait-elle très clairement cette note furieuse. Le député, c'était Cazaubon. Un financier se trouvait mêlé à l'outrageuse histoire. Celui-là, c'était Tillaudière. En lisant, Renée rougissait.

C'est qu'un peu de honte lui venait avec des pensées incommodes. Elle se rappelait la folie de son père, la veille, dans cette allée heureusement déserte du parc Monceau, — Anthelme se laissant glisser à genoux devant elle et lui demandant pardon. Pauvre père ! s'il s'était amusé de ce monde ignominieux et brillant, s'il avait été volontairement aveugle, n'était-il pas trop douloureusement puni ? Que voulait-il donc qu'elle lui pardonnât ? de l'avoir trop aimée, puisque c'était pour elle qu'il avait tout à coup changé de cœur et purgé sa maison...

Cazaubon et Tillaudière... La note, d'abord, accolait les deux compères dans le tableau d'une série d'entreprises toutes neuves. Des choses communes, d'ailleurs : des concessions récemment obtenues par le premier, usant de la force de son mandat de député et promettant en échange sa complaisance au pouvoir. Tillaudière apportait l'argent qui devait mettre la criante machine en œuvre. Trafic de votes, marchés de vies humaines. Il y avait une fourniture de draps pour l'habit de nos soldats qui n'en seraient pas longtemps vêtus, car le drap ne devait plus être que haillons au troisième jour d'une marche en campagne. La note ajoutait : « Vétilles encore que cela ! » — Et puis elle prédisait que ce riche et puissant Tillaudière aurait bientôt rejeté le politicien pour chercher un autre complice et, s'il pouvait, un autre dupe, — ce financier subtil étant le plus abominable des ingrats.

Ce dernier trait, qui devait faire bien reconnaître celui qu'on dénonçait, éclaira soudainement Renée, car il trahissait aussi le dénonciateur. Ce ne pouvait être que Privat, en disgrâce apparemment auprès de Tillaudière... Privat, ruiné sans doute... Renée se leva : Voilà donc pourquoi cet homme l'avait si âprement poursuivie !

Il avait besoin de la dot de mademoiselle de Chevrolles!... Et Renée, un moment, demeura songeuse; elle ne connaissait pas le chiffre de cette dot. Elle murmura, avec un sourire qui lui brûlait la lèvre : Ignorante que je suis ! je ne sais pas ce que je vaux !

Elle reprit le journal du bout des doigts, cette lecture lui soulevait le cœur. Que lui importait que Cazaubon fût atteint et convaincu d'avoir reçu une subvention mensuelle d'une compagnie commerciale qui n'existait que par l'effet d'un privilège?... Cela pourtant était écrit... Le réquisitoire était en règle... Il y avait encore bien d'autres vilenies, — par exemple, une plainte en dol et une demande en autorisation de poursuivre le député... Eh bien, qu'on poursuivît, que l'on perdît cet aventurier politique, le premier ennemi de Jacques, l'adversaire de Gibelle dans ce duel malheureux, elle en serait aise vraiment !...

Mais alors elle eut une autre pensée... Privat comptait peut-être bien se faire honneur auprès d'elle d'avoir perdu Cazaubon ? Ne l'ayant point amené sur le terrain, il avait trouvé un autre moyen de le tuer, et il allait s'en prévaloir... Ah! certes, il en voulait à la dot !

La note avait encore quelques lignes. Mademoiselle de Chevrolles lisait avec une répugnance croissante... Elle eut un mouvement, un nouveau cri, et ressaisit le journal à deux mains pour le rapprocher de ses yeux. Il disait :

« Le député X... est d'ailleurs un très curieux personnage. Le côté le plus piquant de ce faiseur subtil, c'est encore le côté galant. Tout Paris l'a vu aux pieds de cette jolie madame de V..., qui, récemment, l'a planté là pour enlever un jeune homme de bonne famille, très parisienne. On s'est épousé en Angleterre, l'affaire a fait assez de bruit. Pourquoi X... n'avait-il point pris les devants et assuré son bonheur ou son pouvoir par un bon mariage civil, à l'exclusion, bien entendu, du sacrement ?... C'est ici que l'histoire devient obscure. Il paraît que le mari, le premier, le vrai, le seul, n'était point mort, qu'il le savait, qu'il avait pourtant fait croire à la belle qu'elle était veuve et qu'elle l'avait cru un peu légèrement. V... tout court, — sa femme avait pris la particule et ne la tenait pas de lui, — V... a été bien connu comme le protégé du législateur pour rire qui l'a recueilli à son retour des continents lointains, où le drôle avait été expédié pour avoir aidé de tout son cœur à brûler Paris, et qui l'a marié à cette adorable créature sortie du ruisseau, une Vénus faubourienne, une Vénus brune. Plus tard, V..., ayant quitté le nid conjugal, aurait été pensionné à Lyon par ce généreux protecteur... Et puis, un beau jour, certaine gazette, un de nos moniteurs de la torche flambante, annonça la mort de cet intéressant citoyen. On a vu la veuve, alors, car elle croyait bien l'être, sans acte de décès, sans preuves, sur la foi de celui qui avait, en ce temps-là, un grand intérêt à lui persuader qu'elle était libre, — on a vu la délicieuse aventurière se glisser dans le monde et même dans un bon monde... Elle y a cueilli ce jeune garçon moins âgé qu'elle de deux ans et qui doit être millionnaire... V... a réellement disparu... mais on peut croire que X... sait où le retrouver. Quel pacte ignominieux s'est noué entre ces deux hommes? L'amoureux député trahi ne se servira-t-il point du maître légitime de la fugitive pour la ramener au bercail, dont il se fera le gardien ? Tout est quelquefois pour le mieux dans la plus vilaine affaire. La famille du deuxième et du faux mari est désormais avertie que ce beau mariage anglais fait de la jolie R... de V... une bigame. Le cas de bigamie est même des mieux caractérisés. Puissent ces honnêtes gens se servir de cette complication favorable pour reprendre leur fils. Et ainsi la morale aura sa revanche. Amen. »

Renée mit ses mains devant son visage... Elle murmurait : Jacques! O Jacques!... Puis, sortant de chez elle, courant à travers l'appartement, elle criait : Mon père!... Un domestique accourut : M. de Chevrolles venait de sortir. Au même instant, le timbre se fit entendre à la porte du logis. Elle s'arrêta, respira longuement, recula jusque dans sa chambre :

— Ah! disait-elle, enfin!

Pas une seconde, elle n'avait douté que le visiteur ne fût celui qu'elle attendait. Le domestique reparut: M. Privat était là et demandait madame de Chevrolles.

Suivant les ordres de mademoiselle, il n'avait point dit que madame fût encore absente.

— C'est bien, répondit-elle, je ne voudrais pas faire attendre M. Privat.

Le boursier allait et venait dans le salon de peluche, il n'était pas d'humeur à prendre un siége. Seul encore, il s'abandonnait à l'agitation de son esprit, qu'il faudrait vaincre tout à l'heure. Il s'approcha d'une croisée, regarda vaguement au dehors et se mit inconsciemment à tambouriner sur une vitre. Privat battait la charge.

Il n'entendit point le petit pas de Renée, étouffé par le tapis, — si bien qu'arrivée au milieu de la pièce, elle eut le temps de mesurer le champ de bataille. Toute droite, légèrement pâle, les lèvres un peu frémissantes, elle avertit l'ennemi de sa présence :

— Monsieur...

Il salua profondément, avec une recherche affectée de respectueuse réserve, sans rien dire.

— Monsieur, reprit mademoiselle de Chevrolles, d'une voix rapide et ferme, ma mère n'est point de retour.

— Je le savais, Mademoiselle.

— C'est donc moi qui ai cru devoir vous adresser ce billet. Vous le saviez aussi sans doute, puisque vous êtes si bien informé.

Privat eut un sourire :

— Madame de Chevrolles étant absente, vous seule

19.

pouviez me faire passer cet avis obligeant en son nom,
dit-il. Comment m'y serais-je trompé?

— Vous voudrez bien me pardonner une petite supercherie que j'ai jugée nécessaire.

— Oh! fit-il, voilà un mot entre nous, Mademoiselle...

— Entre nous! répéta-t-elle... Vraiment, oui, Monsieur. Il y a entre nous plusieurs choses qu'il faut
éclaircir et terminer...

— Il y a d'abord, Mademoiselle, le profond dévouement que je vous ai prié d'agréer, et qui, ne vous
en déplaise, n'est pas disposé à prendre fin.

— Il y a aussi les menaces que vous m'avez fait
entendre au cas où je ne l'agréerais point! s'écria-t-
elle.

Une attaque si droite ne déconcerta pas le boursier :

— Pardonnez-moi, dit-il... Je vous écoute, Mademoiselle... Je me demande si j'ai bien entendu...
Moi! je vous aurais adressé des menaces?

— Très claires. Oh! l'on est toujours bien forcé de
mettre un peu de parure aux vilaines choses... Ce
que vous m'avez dit le mois passé, Monsieur, n'en
voulait pas moins dire : Il me faut la personne et la
dot de mademoiselle de Chevrolles...

— Mais vous m'accusez là d'une infamie, tout simplement.

— Oh! la dot surtout, car, pour la personne..., je
n'ai point de vanité.

— Mademoiselle, dit-il d'une voix assourdie par la colère, décidément je rêve. Je vous vois, c'est vous qui parlez, je ne peux croire pourtant à des paroles si malsonnantes sur une bouche comme la vôtre.

— La dot surtout! répéta-t-elle... Sans quoi vous sauriez bien prendre votre revanche sur l'honneur de Jacques de Chevrolles mon frère, et sur le repos de tous les siens! Ou je servirais à refaire votre vie, ou vous achèveriez de défaire la nôtre.. Oui, Monsieur, vous m'avez offert la paix, — quelle paix! — ou déclaré la guerre, à mon choix. Eh bien, je vous ai fait prier de m'accorder ce très court entretien. Oh! très court... afin de...

Privat l'interrompit par un éclat de rire violent qui s'en allait par saccades...

— Afin de m'exécuter! dit-il.

— En effet, je veux que vous sachiez bien que je préfère la guerre.

— C'est très net, reprit-il, je commence à comprendre. J'aurais sûrement été le plus ardent défenseur de votre frère et de tous les vôtres qui ont tant besoin d'être défendus... Ne vous offensez pas, Mademoiselle!... C'est à mon tour de parler sans voiles. Mais le sort m'a trahi, et un autre plus heureux...

— Vous auriez été!... dit-elle... Sous condition, on peut tout, on fait tout, Monsieur... Oh! vous m'avez assuré il y a un mois, je me le rappelle fort bien, que vous auriez risqué votre vie sans crainte pour notre

réputation à tous. J'en suis persuadée... Mais un
autre en ce moment avait passé déjà de la parole aux
actes... Vous ne le saviez pas... nous non plus... Un
autre follement, mais généreusement, était allé tout
droit à l'ennemi qu'il voulait écarter de notre chemin... Nous ne l'en avions pas prié... pas plus que
nous ne vous en aurions prié vous-même... Il a fait
cela sans le dire. Il a presque trouvé la mort dans ce
duel affreux !

— Et il vous a mal servie, Mademoiselle, dit Privat, qui avait retrouvé son sang-froid de joueur dans
cette partie désespérée. En se faisant maladroitement
blesser, le peintre Cibelle, qui manie moins bien sans
doute l'épée que le pinceau, a causé beaucoup de
bruit autour de choses qui demandent le silence...

— Oh! je sais bien que vous ne vous lasserez point
de calomnier mon frère !

— Moi, continua le boursier impassible, j'aurais probablement tué le Cazaubon. Morte la bête, mort le venin... La bête le savait bien; aussi elle s'est dérobée !

— Et qu'y aurais-je gagné? dit-elle... Sachez qu'un
duel est une chose abominable à mes yeux... Je garderai pourtant de la reconnaissance pour celui-là à la
personne dont vous venez de parler, car elle a une
excuse : ce duel était désintéressé.

— En vérité! fit Privat ironiquement... pensez-vous
bien sincèrement, Mademoiselle, que cette victime
sympathique ne demande jamais de retour?

— Je le pense sincèrement, j'en suis sûre, Monsieur. Jamais!

— Et j'en aurais demandé, moi. D'ailleurs, je ne l'aurais pas obtenu... Voilà ce que vous souhaitiez de me dire une fois de plus, sans doute... L'entrevue que vous avez bien voulu m'accorder aujourd'hui, en l'absence de votre mère, sans que j'aie pris la liberté de la solliciter, n'avait même pas d'autre objet. Un désir étrange vous obsédait de me bien faire savoir qu'un sentiment très doux de reconnaissance envers un autre vous tenait charmée, — car un autre, enfin, l'a dompté ce cœur de dix-huit ans qui n'était pas indomptable.

— Monsieur!

— Vous brûliez de venger sur moi la blessure reçue par ce peintre héroïque.

— Monsieur, balbutia Mademoiselle de Chevrolles, je n'ai plus rien à vous dire.

— Ce n'est pas comme moi, Mademoiselle. Oh! n'ayez pas peur que je manque en rien au respect que je vous dois... Mais c'est vous qui m'avez appelé... je vous en prie, daignez bien vous en souvenir. Pensez-vous qu'après notre dernière conversation et la bonne chance qu'a eue M. Cibelle de recevoir le coup d'épée que j'aurais donné, je ne devinais pas un peu ce qui m'attendait ici. Je n'y serais pas venu si, comme vous le disiez tout à l'heure, je n'avais pas une revanche à prendre, Mademoiselle... Sachez donc que je crois avoir trouvé une nouvelle occasion de vous servir...

— Même malgré moi, dit-elle ; je n'en suis pas étonnée.

La porte s'ouvrit, le valet de chambre de M. de Chevrolles entrait, tenant en main la dépêche attendue le matin ; et d'après l'ordre qu'il avait reçu de son maître, au cas où elle arriverait en son absence, venait la remettre à mademoiselle. Renée la prit vivement et, dans la surprise qu'elle éprouva, parla tout haut :

— De ma mère... datée de France.

— Je le savais aussi, dit Privat.

Le domestique était sorti, Renée, brusquement, regarda le boursier.

— Je peux vous dire ce que contient ce papier bleu, dit-il. Madame de Chevrolles a quitté Londres avant-hier. Elle était hier soir à Cherbourg et, sans tarder, elle a dû prendre le chemin de Bretagne, où Jacques de Chevrolles votre frère et... sa femme sont établis depuis un mois.

— Qui vous a dit cela ? s'écria-t-elle.

— Mademoiselle, ne pensiez-vous pas tout à l'heure que je me ferais un devoir de vous servir même malgré vous ? Ce n'était pas obligeant, mais c'était vrai. Mon zèle, qui a toujours pris sa source dans un désir chimérique de vous plaire, s'applique à tous les vôtres. J'ai donc voulu servir aussi madame votre mère, même malgré elle... Je devais croire, en effet, qu'elle ne m'était plus très favorable puisqu'elle avait prêté les mains à mon exclusion de cette maison où elle m'accueillait si bien autrefois... Cette petite considération ne m'a pas arrêté.

— Oh! dit Renée frémissante, je sais bien que rien ne vous arrête.

— J'ai eu l'honneur de lui écrire à Londres, et bientôt j'ai été assez heureux pour me trouver en état de la diriger vers le but de son voyage qui lui échappait. Elle aurait inutilement fouillé Londres et l'Angleterre; les fugitifs avaient eu la nostalgie du pays, ils étaient en France, cachés au fond d'une province perdue. J'ai découvert leur retraite et, bien mieux encore, le moyen d'arracher Jacques de Chevrolles à cette folie qui le possède... Pour cela, il y avait un instrument, et c'était le député Cazaubon, Mademoiselle...

— Ah! oui, fit-elle imprudemment, vous avez su reprendre cet adversaire qui s'était si heureusement dérobé... Toutes les armes sont bonnes!... Une note dans un journal remplace un duel manqué...

— Là, dit le boursier ne se départant plus de sa courtoisie railleuse, vous réprouvez le duel et pourtant ce duel manqué, vous ne me le pardonnerez point. Votre estime et votre reconnaissance, — un sentiment qui n'est que l'habit d'un autre, — s'en vont d'une force irrésistible vers celui qui a failli se faire tuer gauchement. Eh bien, Mademoiselle, j'ai pourtant trouvé quelque chose de mieux qu'un coup d'épée pour abattre Cazaubon, et surtout pour l'obliger à

nous servir quand il aurait pris tant de plaisir à nous
écraser... Je dis nous... n'en soyez pas étonnée... je
peux bien le dire, car madame votre mère, qui répond
à mes lettres, m'écrivait hier encore : « Achevez notre
œuvre ! » Je ne suis plus du tout de la famille, mais
je pense que votre mère en est toujours... Et cette
œuvre est sûre, ce qui n'est pas un petit mérite. Cazaubon sera bien forcé désormais de lancer contre la
fausse madame Jacques de Chevrolles certain vrai
mari qu'il tenait en réserve. Sans quoi nous pourrions
nous-mêmes appeler l'attention de la justice sur la
situation criminelle de cette charmante personne...
Et Cazaubon n'entend point qu'on lui fasse du mal...
Je vous demande pardon, Mademoiselle, de remettre
sous vos yeux de si vilaines choses... mais je dois
croire que malheureusement elles ne vous sont plus
tout à fait étrangères. Vous aurez certainement pris
connaissance d'un journal que j'ai eu soin de faire
adresser à votre père, afin que ce cher ami d'autrefois
sache bien que son fils est sauvé... Du reste, je lui
ai laissé deviner le nom du sauveur, j'ai été discret...
Si la perspicacité de son esprit s'est par hasard trouvée
en défaut, votre mère ne manquera point de l'éclairer...

— Mon père n'a pas lu ce journal, dit Renée qui
ne respirait plus qu'à peine... Je l'ai lu, moi... Vous
me forcez à le dire... D'ailleurs vous ne vous trompez
pas, j'ai deviné sans peine le véritable auteur de cette
machination abominable.

— Vous continuez d'avoir des mots sévères, riposta Privat en riant... Je dois penser que la pitié pour Cazaubon vous égare un peu, Mademoiselle... C'est un sentiment très chrétien... Pourtant si M. Cibelle l'avait tué, vous n'auriez peut-être pas trouvé tant de charité pour le plaindre.

— Vous avez sauvé mon frère, fit-elle en se redressant, ou vous le sauverez : soit ! Mais ce sera par un nouveau scandale... Vous ne devez donc pas attendre que mon père vous en ait aucune obligation, moi non plus... A présent, Monsieur, je pense que vous avez tout dit.

— Sauf une chose, répliqua Privat en s'inclinant, et la voici, Mademoiselle : dans sa dernière lettre qui, comme je vous l'ai dit, est d'hier, madame votre mère m'appelait son second fils.

Le timbre de l'appartement résonna de nouveau. Renée s'élança vers la porte du salon.

— Mon père ! mon père ! criait-elle... Cette fois, Monsieur, c'est bien le châtiment qui vous arrive et nous allons en finir. . Mon père ne me vend pas, lui ! Mon père ne fait pas marché de ma liberté !

La porte du salon ne s'ouvrait point. Dans le vestibule, on entendit des chuchotements d'abord puis comme une voix grave qui répondait avec mesure, et d'autres voix, celles des domestiques subitement rassemblés, qui interrogeaient. Ce n'était encore qu'un bourdonnement assez confus, car, entre le vestibule et la pièce où se trouvaient mademoiselle de Chevrolles et Privat, il y avait toute la largeur du premier salon. Cependant quelques échos arrivaient plus distincts, et Privat, oubliant de répliquer à la chaude sortie de la jeune fille, prêtait l'oreille; il savait déjà que le coup de sonnette n'avait pas été donné par Anthelme. Renée aussi écoutait, pâle, frappée d'une immobilité soudaine, les mains tremblantes.

Tout à coup la rumeur monta.

— Seigneur, est-ce possible !... Et Madame en voyage !... Et Monsieur qui n'est pas à la maison !... Mademoiselle toute seule !... Il faut laisser entrer la justice !... On va la tuer, la chère demoiselle !... C'est pourtant assez d'un !... Monsieur Jacques !... Le pauvre jeune homme ! Monsieur Jacques assassiné !...

Mademoiselle de Chevrolles jeta un grand cri et s'affaissa sur le tapis. La porte, au même instant, s'ouvrit enfin. Un homme vêtu de noir traversait le premier salon, suivi des six domestiques du logis qui, d'abord, en pénétrant dans la seconde pièce, coururent à leur jeune maîtresse; les femmes la relevèrent, et c'étaient des lamentations bruyantes. Privat s'avança vers le messager en habits de deuil.

— Êtes-vous un envoyé du parquet? lui demanda-t-il.

Il était blême, il avait l'œil égaré d'un homme qui voit fuir devant lui la fortune, décidément railleuse et infidèle; le faiseur habile et subtil avait tout prévu, sauf ce qu'il aurait dû prévoir : que ce mari lancé par

Cazaubon tuerait Jacques de Chevrolles, que Cazaubon ne s'en plaindrait pas, que l'assassin en serait quitte à bon marché, puisqu'il avait pour lui la fameuse excuse légale; — et qu'enfin dans toute cette sanglante bagarre qu'il avait suscitée, il y aurait une seconde victime — et que ce serait lui-même, lui, Privat.

Pas un moment il n'avait douté que le meurtrier ne fût ce bandit tenu secrètement en réserve par Cazaubon et dont il possédait si bien l'histoire aventureuse. Au reste, l'envoyé du parquet, le prenant pour un ami de la famille, un fiancé peut-être, puisqu'il l'avait trouvé en tête-à-tête avec mademoiselle de Chevrolles, confirma cette supposition si vraisemblable.

— M. Jacques de Chevrolles, dit-il, vivait depuis un mois à Plancoët, en Bretagne, avec une personne qu'il aurait épousée, dit-on, en Angleterre, assez récemment. Mais elle était vraiment mariée à un ancien condamné politique du nom de Villars. On a vu cet homme déjà dimanche passé, dans les environs de Kerdaniel, le petit château qu'habitaient M. de Chevrolles et la femme Villars. Il aura sans doute hésité devant un crime, car il n'a frappé M. de Chevrolles que jeudi soir, dans le salon du château; il a épargné sa femme. La gendarmerie du canton avait eu l'œil sur Villars depuis le premier jour, mais ses papiers étaient en règle. Après le crime, on l'a arrêté et conduit à la prison de Quimper. Monsieur, je ne sais pas autre chose.

— C'est assez, dit Privat, avec un sourire qui lui contractait affreusement la bouche ; je vous remercie, Monsieur.

Qu'avait-il à faire désormais dans cette maison grasse qui lui échappait ? Il reprit son chapeau, qu'il avait posé sur une table pendant son entretien avec Renée.

Mais au moment où il sortait, mademoiselle de Chevrolles se ranima et, se dressant dans les mains des femmes qui la soutenaient, cria :

— Chassez cet homme ; c'est lui qui a tué mon frère... je ne veux plus le voir... Chassez-le ! chassez-le !

Privat n'avait pas besoin d'être chassé, il s'en allait bien de lui-même.

Alors Renée éclata en sanglots ;

— Ma mère, là-bas, ne va plus trouver que ce pauvre corps, disait-elle. Et mon père, ici... cher père !... je serai seule auprès de lui pour le soutenir et le consoler.

Elle pensait bien à quelqu'un dont le secours eût été puissant sur l'esprit d'Anthelme. Mais elle n'aurait osé l'appeler... d'ailleurs sa blessure l'aurait retenu... Enfin, ce n'était pas possible... bien qu'il eût risqué sa vie pour elle. — Gibelle, après tout, n'était qu'un étranger !

XII

Deux ans ont passé. Jacques de Chevrolles repose
sous un lit de marbre, sur cette terrasse de Kerdaniel
où le pauvre jeune garçon, affolé par l'aventurière, ne
fit qu'entrevoir le paradis d'un méchant rêve. Sur les
rochers qui épaulent cette terrasse romantique, on a
planté une croix de granit. C'est l'usage dans le pays;
on marque du signe divin de l'expiation les lieux où
s'est commis un crime. Le salon où Jacques fut surpris par l'assassin demeure fermé. C'est là qu'un soir,
Rosette et lui lisaient le même livre; leurs mains
étaient unies, leurs fronts se touchaient, quand Villars les surprit. Jacques, qui eut à peine le temps de
se dresser, reçut le couteau en plein cœur. Il ne jeta

qu'un seul cri; et, tandis que les domestiques accouraient, Rosette livide, mais sans peur, regardant le bandit aux yeux, lui criait :

— Tu ne me tueras pas, moi !

Elle connaissait bien son ancien pouvoir. Le couteau sanglant était tombé de la main de Villars; et le fauve se laissait saisir et lier sans résistance. Il ricanait pourtant et il disait :

— Je ne crains rien; les juges ne me font pas peur; j'avais le droit de tuer celui qui m'avait pris ma femme.

Au balcon de la chambre haute de Kerdaniel, on peut voir quelquefois, dans les beaux jours, une vieille femme en cheveux blancs, en longs voiles de deuil. Le dimanche, elle se rend à la messe à Plancoët. Les paysannes la regardent passer et chuchotent :

— C'est la mère !

Madame de Chevrolles n'a point voulu quitter la demeure funèbre; elle y vit en compagnie de trois serviteurs. Le monde enfin a cessé d'exister pour elle. Rigide et muette, elle expie l'injustice commise : elle avait deux enfants et n'a uniquement aimé que le premier-né, le fils. Maintenant ce cœur violent est vide.

Longtemps Anthelme et Renée ont habité près d'elle. La paix s'était refaite, sur une tombe, entre M. et madame de Chevrolles. Ils avaient enfin une pensée commune; pourtant, ils ne l'échangeaient point, car ce terrible deuil était encore un foyer d'orages. De ces deux bouches closes, si elles se descellaient, un double cri pouvait sortir : C'est votre faute !

Dans cette atmosphère morne, sous le poids de ce lourd silence, Renée lentement s'étiolait. Souvent on la voyait agenouillée, tout en pleurs, devant la tombe de la terrasse, et ses larmes n'allaient peut-être pas qu'au mort. Anthelme, un jour, annonça qu'il reconduirait sa fille en terre de vivants, et madame de Chevrolles ne lui répondit point; leurs regards s'étaient croisés; celui d'Anthelme disait : Auriez-vous résolu, encore une fois, de sacrifier votre fille ?...

Quelques petits changements — de ceux qui ne comptent guère dans l'immensité confuse du flot trouble qui roule — s'étaient accomplis à Paris pendant leur absence.

Par exemple, le petit Tillaudière, qui devenait chaque jour un plus gros personnage, qui même allait avoir les honneurs d'une persécution, c'est-à-dire les désagréments d'une poursuite judiciaire, était mort au moment où il encaissait son vingt-sixième million. Deux fois treize, c'est un chiffre fatidique.

Madame de Roseraie s'était rapprochée de son vieux mari, devenu subitement impotent et malade. Elle démentait donc le mauvais propos de ceux qui disaient deux ans auparavant : « Ce sera notre première divorcée. » Ce dévouement conjugal, bien que des plus tardifs, rachetait de vieilles erreurs. On avait bien pu voir qu'elle se préparait à une vie austère, et qu'elle

arrangeait sa rentrée dans « l'autre monde », lorsqu[e]
vers le même temps où couraient encore ces méchan[ts]
bruits, elle avait dénoncé l'amitié des Chevrolles, u[ne]
famille compromise, — des gens à ne plus voir.

Le député Cazaubon de la Durance avait résigné s[on]
mandat. La Chambre avait repoussé la demande [in-]
discrète des gens malintentionnés, d'ailleurs parfa[ite-]
tement spoliés, qui agitaient leurs poches vides [et]
voulaient le poursuivre. Mais Cazaubon de crier b[ien]
fort qu'il ne lui convenait pas d'être soupçonné. Il s'ét[ait]
donc représenté devant ses électeurs de la Duranc[e,]
et il faut croire qu'un peu de sens droit court que[l-]
quefois à la pointe du flot irrité de la dangereu[se]
rivière. Ces électeurs avaient décidément congé[dié]
leur ancien mandataire et porté leurs suffrages sur [un]
brave homme bien surpris d'un revirement si rare[,]
qui s'en allait disant : « Je suis l'élu du miracle. »

Cazaubon était désormais ce que, dans le langa[ge]
des affaires et de la politique, on appelle « un hom[me]
à la mer ». Vers le même temps et en cadence, deva[nt]
la cour d'assises de Quimper, comparaissait Gabr[iel]
Villars, sous l'inculpation de meurtre sur la person[ne]
de Jacques de Chevrolles. L'accusé ne manqua po[int]
de faire citer l'ex-député Cazaubon comme témoi[n à]
décharge. Un autre témoin était appelé, qui eût a[u-]
trement agité le public, les jurés et même la cou[r,]
mais madame Rosette Villars était introuvable. [On]
disait qu'elle s'était empressée de retourner en Ang[le-]

terre, et qu'au lieu de ce pauvre jeune bourgeois
français, qui avait payé si cher son faux bonheur d'un
jour, elle tenait un jeune lord dans ses chaînes
fleuries. Villars et Cazaubon, le meurtrier et le témoin,
que de vagues rumeurs accusaient d'être bien plutôt
le complice, s'entendirent d'un regard. Villars ne
parla pas; il invoquait l'excuse légale, il en eut le
bénéfice et fut absous. La famille de Chevrolles ne
s'était point portée partie civile; et ce fut dommage,
car l'avocat de cette partie civile n'aurait pas manqué
de fouiller de quelques bons traits la conscience du
député. Pourtant l'opinion de la cour était faite. Aussi
l'étonnement des magistrats fut-il des plus vifs et des
moins agréables, lorsque, deux mois après, un beau
matin, par la *Gazette officielle*, ils apprirent que
l'ancien « honorable » devenait leur collègue. Le gouvernement de la République faisait un juge de ce
député rejeté par ses électeurs et les honnêtes gens.
Dans la même ville où Cazaubon allait siéger, Gabriel Villars, l'ancien incendiaire, fut nommé com-
missaire de police.

Privat, qui s'était cru perdu par la mort de Jacques
de Chevrolles, se vit sauvé tout d'un coup par celle de
Tillaudière. L'implacable financier l'aurait étranglé
sûrement, et il le savait bien; grâce à la fièvre bilieuse
qui emportait cet ami d'autrefois, devenu le plus
féroce des ennemis, le boursier reprenait haleine. Il
redevenait désormais de ceux dont on dit avec une

20

compassion très douce, parce qu'elle est mêlée de quelques vagues pressentiments d'une chance renaissante : « Il a trouvé de bonnes affaires. » Privat ne sortait presque point, le soir, de l'hôtel de madame de Roseraie, une riche veuve à courte échéance.

Et voilà comment à Paris, on n'est jamais si près de la fortune qu'au moment où l'on se noie ; un remous vient qui vous ramène à la crête du flot. Paris, ville de toutes les surprises, de toutes les indifférences au mal et au bien, ville de toutes les indélicatesses dont on ne tient compte, et de toutes les délicatesses, qui ne servent de rien, puisque c'est la foule qui gouverne la grande ville, et que ce Paris, plus corrompu que pervers, plus affiné que raffiné, est vraiment livré aux bêtes...

Un matin de décembre, le peintre Cibelle, dans son atelier, était à son chevalet ; devant lui, sur un fauteuil, se tenait une fille délicieuse de vingt ans, en demi-deuil. Une jupe de velours, un corsage de satin brodé de perles de jais ; tout ce noir lustré, aux reflets opulents, faisant ressortir la chevelure dorée, les tons délicats du visage où les yeux de violettes répandaient en ce moment une lueur attendrie. Pour ceux qui ne sont pas aimés, et dont on portera le deuil, c'est une chose cruelle à penser que cette livrée noire soit la parure des blondes. Mais le deuil de Renée de Chevrolles avait été sincère. Un mois auparavant, — délivrée pourtant de la lourde tristesse qui l'entourait et l'étouf-

fait à Kerdaniel, — elle pleurait encore son frère...
Puis Cibelle était venu; elle l'avait vivement remercié
de cette première visite au logis de la rue d'Aumale.
Après son départ, elle avait dit à Anthelme :

— Père, j'ai bien fait de l'inviter à revenir souvent.
C'est un ami qui vous est nécessaire.

Anthelme la regardait, elle rougissait. Le père retrouvait un sourire.

La semaine suivante, Cibelle avait demandé à faire
le portrait de mademoiselle de Chevrolles. Le peintre
avait sur le cœur son premier succès obtenu par sa
Judith, une « mauricaude », lui qui, « n'avait jamais
aimé que les blondes ». Le portrait s'avançait.

Anthelme était là, étendu sur le divan, sous la
grande baie dont il n'était pas besoin en cette saison
de faire descendre le store. M. de Chevrolles paraissait
absorbé dans sa pesante rêverie ordinaire, quand tout
à coup il leva les yeux. Cibelle n'était plus à son
chevalet, il se tenait devant la jeune fille ; leurs mains
s'étaient unies, il parlait bas, — et Renée, à mi-voix,
lui répondit souriante :

— Quand mon père le voudra.

— Ton père le voudrait dès demain, dit Anthelme. Il
n'a jamais cessé de le vouloir depuis plus de deux ans..

Il ramena sa fille chez elle et s'engagea dans une
de ces longues promenades solitaires qui occupaient
une partie de ses journées. Il passa au pied de la
maison de son ancien cercle ; quelques habitués en-

traient en ce moment pour y déjeuner. L'un d'eux dit :

— Reconnaissez-vous là, de l'autre côté de la rue, Anthelme de Chevrolles?

— A peu près, dit un autre, c'est un septuagénaire, à présent. Dix ans de plus depuis la mort de son fils, vingt ans de plus que son âge...

Le premier qui avait parlé répéta l'arrêt qui était un jour tombé, au Croisic, des lèvres de Cibelle :

— Encore un qui s'est détraqué parce qu'il n'a pas su arranger sa vie. Un de plus!

On dit qu'il marie sa fille, reprit le second, — au peintre Cibelle.

— Dans *l'autre monde*, comme il disait autrefois. Le fait est que, plutôt que de se marier dans le monde qu'on rencontrait alors au logis de la rue d'Aumale... à Privat, par exemple, qui a manqué la dot...

— Ah! oui, plutôt que cela, cette jolie Renée aurait mieux fait de demeurer fille...

Puis ils montèrent l'escalier du cercle, en disant :

— Mais, enfin, ce pauvre Chevrolles nous rappelle la belle Rosette. Qu'est-elle devenue?... Finira-t-elle par être lady?...

FIN

TABLE

BOURLOTON. — Imprimeries réunies, B.

Paris. — Imprimerie Ph. Bosc, 3, rue Aube

www.ingramcontent.com/pod-product-compliance
Lightning Source LLC
Chambersburg PA
CBHW070321030726
47505CB00004B/1046